■艺术与人文修养读本

方 珊/主 编

文与字的神韵——文学美

杨桂青 赖配根◎编著

北京师范大学出版集团
BEIJING NORMAL UNIVERSITY PUBLISHING GROUP
北京师范大学出版社

图书在版编目(CIP)数据

文与字的神韵——文学美/杨桂青，赖配根编著.—北京：北京师范大学出版社，2012.4
(艺术与人文修养读本/方珊主编)
ISBN 978-7-303-14149-4

Ⅰ.①文… Ⅱ.①杨…②赖… Ⅲ.①文学美华-通俗读物 Ⅳ.①I01-49

中国版本图书馆CIP数据核字(2012)第018941号

营销中心电话 010-58802181 58805532
北师大出版社高等教育分社网 http://gaojiao.bnup.com.cn
电子信箱 beishida168@126.com

出版发行：北京师范大学出版社 www.bnup.com.cn
北京新街口外大街19号
邮政编码：100875
印　　刷：北京联兴盛业印刷股份有限公司
经　　销：全国新华书店
开　　本：155 mm × 235 mm
印　　张：12.5
字　　数：200千字
版　　次：2012年4月第1版
印　　次：2012年4月第1次印刷
定　　价：25.00元

策划编辑：曾忆梦　　责任编辑：曾忆梦
美术编辑：毛　佳　　装帧设计：北京博兴元文化传播公司
责任校对：李　菡　　责任印制：李　啸

总　序

每个人都是一个独立的个体，都是一个小宇宙，都有自己独特的喜怒哀乐，都有自己的理想与追求。艺术则是人类世世代代精神追求的一种浓缩，它把人的心灵世界通过外在的形式镌刻下来，让后人欣赏、赞叹与批判。艺术固然离不开人，离不开人的各种生活，但它不是因此而让人去炫耀自己，炫耀自己的人生，而是去审视自己，审视自己的人生意义。

艺术离不开现实，但它总是默默地把人的精神追求与理想，通过迷人的技巧与现实的图景予以展示。艺术的永恒魅力离不开技巧，更离不开通过艺术呈现出来的人的丰富多彩的情感和复杂多变的心灵。就是这些让人无法捉摸的情感与心灵，温暖着读者，动人心弦，令人一唱三叹，使人难以忘怀。艺术会让人去回归生命的活力，守望自己的精神家园，从而改变现实，迈向美好的未来。

因而，艺术是人的终生伴侣，只要有了人，就会有艺术，人不能没有吃喝，但更不能没有梦想。艺术予人以启示，它是人生智慧的升华，蕴含着人的爱恨情仇、信仰与希望；它会让人微笑地面对人生，华丽地从磨难、贫穷中转身，无论身处何种险境，都能优雅地昂首阔步，富于尊严地去追求自己的幸福。艺术就如梦中花、水中月，激励着人去追求梦想，让人永远念想，领悟再三，却不会有丝毫贬损。

在高新科技高歌猛进的今天，人们愈来愈追求效率，讲究实利，物质生活愈来愈麻痹着人，使人愈来愈贪图安逸享乐。科技固然可强国，但人文艺术却会不断地鞭策着人，呼唤着人，使人振奋精神，激发生命活力，不断去追求那美好幸福的梦想。因为只有梦想，才会使人类永葆青春，怀抱远大抱负，不为蝇头小利而沾沾自喜，不迷醉于现实而忘记了自由的使命；也只有梦想，才会使人类牢牢把握前进的轮舵而不迷失方向，驾驭着高新技术，不使人一味讲究功利而失去人的灵性与活力。只有梦想，激励着我们为之奋斗，亲手把它变成现实。我们既需要迅速发展高新技术，更要提高中华民族的艺术修养，只有这样，才能使中华民族屹立于世界民族之林，为世界人民所尊重和敬佩。因而加强人文艺术修养，是我们在新世纪面临的一项极为紧迫的任务。

2010年，在中国人民大学王旭晓教授与牛宏宝教授的举荐下，北京师范大学出版社独具慧眼，发现了这套书的艺术价值，欣然接纳了丛书。众多作者齐心协力，尽快地对原作进行了修订，图片也焕然一新，以使本丛书更为适合大家阅读。凡是愿意提高自己艺术与审美修养的人，不论是老师或是家长，不论是青年或是少年，不管年龄大小，只要是艺术爱好者，就一定会在阅读中喜欢上它。美与艺术是人类文明的精华，中国人民在改革开放中逐步摆脱了贫穷，就有必要去了解世界各国的艺术与美，了解中国的艺术与美。

当然，提高艺术修养与艺术教育及审美教育密切关联。我们绝不能将艺术教育与审美教育只看做是学校教育的事情，当我们一些人并不知晓斗拱、爱奥尼亚式、巴洛克、哥特式等时，不要把责任都推向学校教育。而是要问问自己：自己为何没去学，为何没有去学会学习，学会审美？爱美固然是人的天性，让人爱美、追求美的天性得以健康成长却要靠审美教育。审美教育不能简单地被理解为学校老师对自己的教育，或者父母长辈对自己的教育，好像没有专门施教者来施教就不是审美教育。在我看来，审美教育既需要专门施教者来施教，这种施教大多是审美知识教育，包括美是什么、为何审美、艺术何为等理论探讨，或许可称为“被教育”，因而需要老师引导与阐释，但它更需要自我教育。

这种施教是自己既当学生又当老师，因为接受什么、选择什么，都必须靠自己做决定；喜欢什么、厌恶什么、爱什么、恨什么，都必须靠自己去表达。要使自己具有一定的艺术修养，就一定要多多自我教育，他人教育也须通过自我教育起作用。不要一听到教育，就以为是他人来教育自己，因而把教育归属于学校教育、家庭教育与社会教育，教育也完全可以是自我教育即自己教育自己。

其实，审美教育就是以自我教育为主、他人教育为辅的一种自我发展、自我丰富、自我完善的教育。父母、朋友、老师，包括博物馆、美术馆、电影院、书籍、互联网，社会的方方面面、各色各样的人都可以成为我们施行审美教育的良师益友，可关键仍在于自己。因为美与艺术重在自己去发现，重在自己去体悟。没有自我、失去个人的独特性，追逐时尚、跟随潮流其实只是一种“伪时髦”。这套丛书就是要帮助读者走进艺术，独立地去发现艺术中的美。

现在这套丛书终于要与大家见面了，希望它能成为艺术爱好者的伴侣。我作为丛书主编，既要向北京师范大学出版社的大力支持表示感谢，又要向王旭晓、牛宏宝、王志敏、杨桂青、赖配根、丁伯奎、王志钧、王芊、边国英、刘秀乡、乔基庆、宿志刚、林叶青、苏丹、崔辰等编委的认真努力表示感谢。丛书在撰写与修订中，虽然强调了编写体例统一的要求，但由于各编委的关注点不同，想法各异，更何况各门艺术的演变亦有长有短，因而各门艺术的撰述会有一些差异。加上我们也在学习中，本身水平仍有待提高，因此，本丛书仍会存在这样或那样的缺点，如有不足之处，欢迎广大读者不吝指正。对于广大读者所提的意见，我们会心存感激，因为我们知道，我们都怀有同样美好的梦。

北京师范大学价值与文化中心

方　珊

2011年1月18日

前　言

我们每时每刻都生活在语言之中。与朋友问好，和对手针锋相对，看广告牌上的标语，听布什谴责恐怖主义，读顾城在激流岛上写的诗……日常生活，国际交往，审美活动……都离不开语言。文学是语言的殿堂，语言因为文学而具有了美的特质，充盈着无穷的韵味和无尽的魅力。

这本小书就是从这个角度入手的，如果读者读过这本书后，能从笔者用拙笔所涂抹的文字中，领略到古今中外文学的博大精深，文与字在文学世界中所流露出的神韵和美，那将是笔者的荣幸。语言是一套规则系统，字与词之所以有意义，是因为它处在语言的意义结构之中。文学的媒介是语言，文学是特殊的语言系统。语言构成了巴尔扎克的《人间喜剧》、雨果的《悲惨世界》、王尔德的《快乐王子》和安徒生的《灰姑娘》。世间的喜怒哀乐，通过文本呈现出来；一个文字符号凭借文本变得神奇、美丽。在文学文本中，它们不再是干巴巴的符号，而是流动着神韵和生命力。这是本书名字的由来。

写作，从某种意义上说是一种交流。这本书是笔者与读者就文学审美进行的交谈。笔者已经把自己对文学的感悟和思考呈现在读者面前。作为一种声音，它也许不算有力、迷人，但它有独特的一面。交谈最忌讳独白，因此说话人——本书作者，期待您加入到这场以文学、审美为主题的谈话中来。一种声音就是一种建构，愿不同的声音能共同建构起一个奇妙的美的世界。

本书在写作上与其他的同类作品有不同之处。因为篇幅所限，它只抓住了文学最能吸引人的那一部分。因此，在本书的写作中，趣味是一位重要的裁判，至于抽象的思考和理论上的推演，都在其次。

本书在选取素材和重新建构内容框架时，把生动放在很重要的位置上。本书的内容包括文学的起源，中国文学和外国文学的介绍，文学的审美特征以及名作赏析四部分。在文学起源部分，作者期望能简要梳理出与文学的起源有关的因素，从诗、乐、歌、舞合一的现象和神话对后世文学的影响两个方面找出文学的源头，并深入一步，引出文学起源于劳动的观点。中国文学和西方文学并不是一个完全对等的概念，把中国文学单列出来，做比较详尽的介绍，是想把中国文学美充分展示给读者看。中国文学部分以文学史的变迁和文体的变革为切入点，以汉赋、唐诗、宋词、元曲、明清小说为主线索，串起文学史上的名人名篇，借具体的文学家和具体的篇章来体现不同文体的审美特点。在外国文学部分，由于外国文学并不是铁板一块，各国文学之间也有不同的特点。但是，纵观文学发展史，东方文学和西方文学在内容和叙事上有很大的不同，而拿西方文学来说，各国文学虽存在差异，却大体上体现出古典主义、启蒙主义、浪漫主义等不同的流派特征。因此在分类上，本书遵从了按照流派分类的方法。东方文学是世界文学史上的瑰宝，由于篇幅的限制，只选取了日本和印度两个成就最高的国家的文学，做了简要的介绍。作品赏析部分是本书的审美高潮，选取的10部作品是世界文学史上很有代表性的作品，各自取得了很高的审美成就。

由于在结构全书时，作者比较看重文学的趣味性，因此各部分特别是在中外文学部分并不严格遵循均衡原则。比如，中国文学部分的汉赋，本书只是概述了它的内容，并没有选择其中的名篇做详尽介绍。而对唐朝文学和宋朝文学，本书进行了比较详细的描述，并对其中的名篇精品进行了赏析。

另外，应该提一下的是本书的插图。书中的插图基本上可以分为三类：一类是作家肖像；一类是历史上的名画家根据作品中的情节或意境所作的绘画作品、雕塑作品或插图；一类是能体现时代风貌，却不一定与文学作品或文学现象相关的美术作品。本书的插图并不仅仅是为了悦人耳目，它们是文学所营造的审美空间的一部分，承担着帮助读者欣赏文学之美的使命。因此，当你看到在水中死去的奥菲丽亚，你不要只把她当作鲜花与流水映衬下冰冷的美丽女郎。当你看到但丁与比德丽丝，你不要只想起他们令人怅惘的爱情。它们是作品的一部分，是为你拓展审美空间的美的使者。为了让你自由地去想像，本书不会为它们做额外的说明，只是告诉你，它们是什么。

目 录

一、寻找文学之根

文学是什么？我们不妨从文学的起源的角度来理解这个问题。文学是一个迷宫，要去探寻文学的奥秘，只有找到阿里阿德涅的线团，在古希腊神话中，英雄的忒修斯就是靠了它，找到了迷宫的出路。

（一）混沌的源头——诗、乐、歌、舞及其他

> 文学的源头恐怕要追溯到上古时代。在中国上古时代的文艺实践中，诗、乐、歌、舞四者是紧密结合而不可分的。拿《诗经》来说，《墨子·公孟》中有“颂诗三百，弦诗三百，歌诗三百，舞诗三百”的说法，意思是诗经在流传之初，可以诵读，可以弹奏，可以歌咏，也可以舞蹈，而且这四者一般是同时进行的。在当时，乐是最主要的一种艺术形式，我们古代所说的“乐”，常常不是单指音乐，而是诗、乐、歌、舞四者的结合体。而照射于人类精神世界的文学之光就被包容在这四者合一的“混沌”之中。

对于文学的起源，有很多说法，有的人说，文学起源于巫术，有人认为文学起源于游戏，有人认为文学起源于宗教仪式。我们认为，文学起源于劳动。当猿类开始直立行走，他们就已经向着美迈出了关键的一步。直立行走改善了人的肢体结构和体质，并开阔了他们的眼界。站立起来的人类不再匍匐在大地上，昂首向前的姿势令他们苏生了王者之气。在自然界面前感到骄傲，是美产生的前提。因为美是自由的象征，是对自由的追求。在劳动中，人类产生了语言——文学的媒介，劳动也为文学提供了内容和创作动机。鲁迅先生曾说，最早的文学作品就是劳动者的劳动号子，并把它们称作“杭育杭育派”。诗是最早的文学样式，《吴越春秋》中记载的《弹歌》：“断竹，续竹，飞土，逐宍”是一首比较完整的早期诗歌，描述了人们狩猎的情况。原始人的劳动呼声和劳动号子，是原始诗歌的胚基。早期的诗歌多与人们的劳

动有关，如南美波托库多人有这样一首歌，表达劳动胜利后狂欢的情景：“今天打猎打得好，一只野兽被杀掉；现在有了食物了，吃得美来喝得饱。”流传在贵州一带的一首苗族古歌这样唱：“用石头当锄头，折树枝当钉耙，划竹篾当撮箕，到山上去开田。”诗歌伴随着舞蹈，也有生产演练的意味。而澳洲土人的一首战歌：“刺他的额，刺他的胸；刺他的肝，刺他的心；刺他的腰，刺他的肩；刺他的腹，刺他的肋！”起到了鼓舞士气的作用(如图 1-1)。因此，原始诗歌具有很强的实用性，那些在巫术中咏唱的诗歌，表面上看荒诞迷信，但是背后都隐含着强烈的实用色彩。原始人祭祀神灵、祖先，或者使用巫术，都是为了能得到庇佑或能征服自然，谋取生活资料。

图 1-1　古希腊埃斯特罗壁画　舞蹈家

诗歌是中国文学中产生最早的艺术形式之一，也是文学中得到最为充分发展的体裁。后来，散文、小说、戏曲等文学样式才出现，文学繁荣起来。

(二)精神的火种——神话

我们是听着女娲补天、精卫填海的神话故事长大的。神话不仅伴随着一代又一代人成长，它还是文学的乳母。鲁迅先生曾在《中国小说史略》中提到，神话是文学的源头。从文学史来看，神话是一种口耳相传的文学作品，属于文学的早期形式。从文学作品的角度看，神话为后世的文学作品提供了丰富的素材。伟大的《荷马史诗》写的就是优美的古希腊神话，演绎奥林匹司山上的神祇们的故事。《红楼梦》的故事以女娲补天的神话开头，写贾宝玉是女娲炼补天的五彩石时，遗落在凡间的一颗石头，后来化身为宝玉。欧洲古典主义时期的剧作家拉辛的著名剧作《美狄亚》，以古希腊神话中伊阿宋盗取金羊毛，遇到公主美狄亚后所发生的故事为原型。总之，神话是许多文学作品的素材和原型，它总能够以瑰丽的想像激发后世作家、诗人的灵感。

为什么神话有这么大的威力呢？

图 1-2　古希腊神话中的人马怪

神话是人类童年时期特有的产物，是原始人对自然和社会的一种认识。处于蒙昧时代的远古人民，无力与自然抗争，他们对客观世界的认识水平，不能超越生产力低下的状况，因而对自然和社会现象更多是直观、猜测和臆想。鲁迅先生说："昔者初民，见天地万物，变异不常，其诸现象，又出于人力所能以上，则自造众说以解释之：凡所解释，今谓之神话。"所以在社会生产力水平和人类智力高度发展的情况下，原始神话也就不再产生。神话的产生和发展，就像人的一生的发展一样，少儿时代，人对世界充满了幻想（如图 1-2）。长大了，各方面的知识渐渐多了起来，幻想相应地也少了起来。恩格斯在评论古希腊神话时曾说过，古希腊神话是人类童年的产物，它体现出健康儿童的可爱和富于幻想，因此深得人们喜爱。启蒙时期的法国作家伏尔泰曾模仿《荷马史诗》写过两部史诗，但被恩格斯讥为"穿着开裆裤的成年人"。

从神话思维的角度看，神话的思维是一种原始思维，神话是人类童年的产物。意大利学者维柯在《新思维》一书中曾对原始人的思维进行了深入研究。他认为，神话思维是一种以想像为主的思维，是形象思维。法国学者列维一布留尔在《原始思维》中指出，原始人不进行推理，而是根据事实进行类比。而文学创作的思维方式是以形象思维为主的。因此，原始人的思维，也就是神话中的思维，和诗人、作家的创作思维是类似的。思维方式的近似，决定了神话对后世文学发展的促进作用。

从神话的内容来看，神话以各种各样曲折离奇的故事来解释原始人所不能理解的现象（如图 1-3）。神话中的故事是文学作品的素材，神话的构思启迪了文学家们的灵感。古希腊悲剧家欧里庇得斯根据古希腊神话中俄底浦斯的神话传说写成了不朽名剧《俄底浦斯王》，现代心理学家弗洛伊德则通过对俄底浦斯神话的解读，发现了“俄底浦斯”情结，即杀父娶母情结，对20世纪的文化产生了很大影响。

图 1-3　海神波赛敦

从神话的叙事方式来看，神话是一个巨大的隐喻，各个神话体系都寓含着不同的结构。希腊神话中，宙斯是最高的神，统摄所有的神。宙斯是雷电之神，隐喻着至高无上的力量。他具有无比强大的威力，凡人无法看到他的容颜，甚至宙斯的微笑都会把他们毁灭。因此宙斯总是化做各种动物的形象来和他的人间情人幽会。当塞维利因为好奇而固执地要求宙斯现出原身时，她便在宙斯的微笑中香销玉陨了。对宙斯威力的描述，可能起因于原始人面对自然界中的雷雨、闪电等现象无法解释，充满了恐怖的心理。再如，希腊神话中凡人敬畏神祇，为他们设下祭坛，其中的一个原因是他们有旺盛的繁衍后代的能力。果园女神波穆娜，就是因为生殖力旺盛而受到人们的尊重。人们认为，女神的生殖力会促使果树茂盛地生长。中国的神话分创世神话、洪水神话等，隐喻了世界的生成与各种现象。文学作品中也存在隐喻，古今中外的文学也有共同的母题，诉说着人类对自由、生命、爱的向往和感受。另外，神话中所使用的比喻、拟人等手法，也是文学作品所青睐的。

总之，神话是人类最初的诗意想像，是精神世界播下的火种。

二、中国文学

(一)历史的深醇与诗意——先秦文学

先秦是指秦以前的历史时期，它虽然离我们很久远，却诞生了仍然影响着我们精神世界的思想与文化。儒家、道家思想在这个时期已基本发展起来，并渐趋成熟，深刻地影响着中国的文化。而在文学方面，诗歌、散文“出生”了，并取得了辉煌的艺术成就。

中国有文字记载的历史是从甲骨文开始的，据史书记载，殷人尚鬼、好卜，殷墟出土的甲骨文大多是一些卜辞，也有一部分记载了统治者的其他重大活动。到了周朝，钟鼎文字成为当时历史文献的主要载体，当时，和甲骨文一样，钟鼎文多为零星片段，还没有成段的优美文字。能够供后人欣赏的文字，最早要到《尚书》里去找。

《尚书》相传为孔子编订而成，相传《尚书》共有 100 多篇，仅有 58 篇流传于世，但一般认为其中可信为原作的只有 28 篇。就这 28 篇而言，《尚书》的内容可划分为三类：第一类，誓辞。包括从《甘誓》直至《汤誓》《牧誓》《费誓》的文章，它们主要是用兵时鼓励士气的话，从一个侧面反映了初民时代的天命崇拜和信仰。比如夏启征伐有扈时的借口是，有扈氏“威侮五行，怠弃三正”。商汤伐夏桀时说：“夏氏有罪，予畏上帝，不敢不正。”武王伐纣时说：“今予发惟恭行天之罚。”那时候，部落之间，朝代之间的战争都是以对方有辱于天命而发起的。第二类，文诰书札。包括从《盘庚》《大诰》至《梓材》《秦誓》的内容，它既有对民众的公告，如《盘庚》，又有个人书札来往、劝告，如《大诰》《康诰》《洪范》。古代的文书是很实用的应用文体，并有许多箴言训语，文句优美，取意深刻，具有很高的文学价值。第三类，记事的断片。如《尧典》《禹贡》等。

《山海经》是中国古代神话的总集，相传为夏禹时代伯益所作，分山经和海经两部分，它和战国时楚国诗人屈原的《天问》同是古代文学中的瑰宝。民间喜闻乐见的神话女娲补天、精卫填海、夸父逐日等，都出自《山海经》。

堪称中国古代诗歌典范的是《诗经》。后代不少文论家以《诗经》为标准，总结出中国古代的诗歌的本质、诗歌的创作和欣赏标准，如《诗大序》中说道："诗者，志之所之也，在心为志，发言为诗，情动于中而形于言，言之不足故嗟叹之，嗟叹之不足故咏歌之，咏歌之不足，不知手之舞之，足之蹈之。"《楚辞》是战国时期楚国伟大的爱国诗人屈原的代表作，在《楚辞》中，屈原创造了一种新的诗体——楚辞。

先秦散文的辉煌是中国文学史上的新现象，以前的作品有的是诗歌总集、文章总集，有的只是某个人的作品，而先秦的散文，不仅篇幅多、写作者也多了起来，有哲学家、政治家，也有辩士、历史学家、专门的学者，风起云涌，极一时之盛。他们没有传统的信仰和思想的约束，都有一种开创自己的学说的冲动，也都有自己的学说传世，并有自己的信徒。这个时代，即春秋战国时代（前 570—前 230），是中国哲学的黄金时代。

图 2-1　老子骑牛图

在这些先秦哲学家中，最先出现的是老子（姓李，名耳，字聃），楚国人。关于老子的传说很多，有的人说他活了 200 余岁，有的人说他骑青牛出关仙去（如图 2-1）。老子是道家思想的创始人，他的传世著作是《老子》，又名《道德经》。老子的思想是一种悲观厌世的思想，主张无为而治。

庄子（名周，蒙人，与梁惠王、齐宣王同时）对老子的思想进行了充分的发挥，《庄子》一书中表达了他的哲学主张和人生追求，后代的文人都很喜欢他的作品。他的文字"雄丽光洋，自恣以适己"，多用有气势的排比和瑰丽的比喻、夸张，奇幻的寓言，使文章文风华美，气势磅礴(如图 2-2)。由老子开创，庄子继承并发扬的道家学派对中国后世文人的思想、作品甚至行为都产生了重要的影响。在后文中，我们将不断提到这个话题，并结合具体的文学现象进行讨论。

图 2-2　庄生晓梦迷蝴蝶

继老子之后，另一位对中国的传统思想产生了深远影响的思想家是孔子(前 551—前 479，名丘，字仲尼，鲁国人)(如图 2-3)。孔子反对老子悲观厌世的思想，宣扬尧、舜、文、武之治，力图回到古代政治清明的社会。孔子的影响在当时就很大，据说他有弟子三千，有名的 70 多个。孔子的思想主要记录在《论语》中。孔子主张“仁政”。孔子编订了《尚书》《诗经》《周易》《春秋》，并订定了礼和乐。

孟子(前 372—前 289，名轲，邹国人)继承了孔子的学说。孟子所生活的时代天下竞言功利，以攻伐纵横为贤，孟子痛言功利之害，宣传仁义之德，提出了“民为贵，社稷次之，君为轻”的民本思想，努力维持儒家的道德。孟子的传世之作是《孟子》。由于受战国辩士之风的影响，孟子的文章也雄辩滔滔，辞意犀利而深刻，比喻华美而有趣。

荀子(约前 310—约前 230，名况，字卿，赵国人)，《荀子》有 33 篇，内有赋 5 篇，诗 2 篇，汉魏六朝及隋唐最流行的文体之一——赋即是由荀子开创。荀子是儒家学派的传人，但他并不墨守儒家的思想，在批判墨、道等诸派学说的同时，也批判了孟子的思想。他反对孟子的性善说，主张性恶论；主张法后王，反对法先王；主张人治，反对天治，认为“人定胜天”。荀子的许多说法对后人都有很大启发，《劝学》中“青出于蓝而胜于蓝”“不积跬步，无以至千里”等，寓含丰富的思想，激励人们进步。

图 2-3　孔子像

在道家和儒家之外，墨家和法家都有名作传世。墨家的创始人墨子(约前 500—前 416，名翟)的《墨子》53 篇，主张节葬，非乐，反对美。墨家所恪守的是一种苦行的生活，墨家的思想并没有在历史上传布很久。法家的韩非子(？—前 233)，其著作《韩非子》，有 55 篇，文辞致密深切，为后世文人喜爱。韩非子的其他著作有《孤愤》《五蠹》《说难》等。

除了这些诸子散文外，先秦的历史散文也取得了极大的成就，代表作有《左传》《国语》和《战国策》，它们或以善于描写政治斗争、渲染复杂的军事交锋、点染优美典雅的言辞取胜，或以保存国别历史佚事而引人注目，或以展现雄辩的口才、再现战国时代策士张扬的个性而让人不忍释手。与《诗经》《楚辞》、诸子散文一样，它们所传达出的人生态度、价值取向，都成为后世士人取之不竭的精神源头；而它们在叙事上的原创性，也影响了后世文学的走向，直至今天的文人，都把它们当作宝贵的叙事资源。历史的烟尘挡不住它们的诗意，更抹不去它们不灭的精神火种。春秋战国时期的思想灿烂无比，到了战国末期，中国的思想界渐渐沉寂下来，这时，秦相吕不韦组织他的门人编写了《吕氏春秋》，此书思想驳杂，无所不包，是中国古代的思想总集。当历史演进到秦始皇以后，由于秦始皇焚书坑儒，以愚天下人之耳目，各种思想暂时沉寂下去。

(二)华丽雄风——两汉文学

就像汉代的历史在中国史上灿烂夺目一样，汉赋在中国文学史上也以其体制的宏大，气势的壮观而著称于文坛。汉赋是中国文学史中最能与产生它的时代相匹配的文体。

赋是一种文体。赋作为文学体制，可追溯到楚辞。战国中期屈原的《离骚》《九歌》等篇章，当时并不曾以赋题称，直至西汉的文献学家刘向、刘歆为屈原编集，始称之为“屈原赋”。后代文体分类也就常以辞赋合称，并以屈原为辞赋之祖。

从赋的起源上我们可以看出，赋和诗、辞有很亲近的关系。赋很讲究声韵美，它把散文的章法、句式与诗歌的韵律、节奏结合在一起，借助长短错落的句子、灵活多变的韵脚以及排比、对偶的调式，形成一种自由而又严谨、流动而又凝滞的文体，既适合于散文式的铺陈事理，又能保存一定的诗意。这是赋的重要特征。

汉赋的形成和发展可以分为三个阶段。汉初的赋家，继承楚辞的余绪，这时流行的主要是所谓“骚体赋”，其后则逐渐演变为有独立特征的所谓散体大赋，这是汉赋的主体，也是汉赋最兴盛的阶段；东汉中叶以后，散体大赋逐渐衰微，抒情、言志的小赋开始兴起。汉赋的这种发展变化过程，与汉代社会状况的变化有着密切的关系。

第一阶段，自汉高祖初年至武帝初年。当时所谓“大汉初定，日不暇给”，封建统治者在思想文化上禁锢不严，儒家思想尚未占据统治地位。当时诸王纳士，著书立说，文化思想还比较活跃。这一时期的辞赋，仍然继承《楚辞》的传统，内容多是抒发作者的政治见解和身世感慨之作。贾谊的《吊屈原赋》和《鹏鸟赋》是其中很有代表性的作品。

标志着汉赋正式形成的是枚乘的《七发》。枚乘主要生活于汉文帝、景帝时期，死于武帝初年。他的《七发》写楚太子有病，吴客前去问候，通过主客的问答，批判了统治阶级腐化享乐生活，说明贵族子弟的这种痼疾，根源于统治阶级的腐朽思想，一切药石针灸都无能为力，唯有用"要言妙道"从思想上治疗。赋中铺陈了音乐的美妙，饮食的甘美，车马的名贵，漫游的欢乐，田猎的盛况和江涛的壮观。《七发》前承汉初的骚体赋，后启司马相如、扬雄等人的大赋，是一部重要作品。

第二阶段，西汉武帝初年至东汉中叶，共约 200 多年时间，从武帝至宣帝的 90 年间，是汉赋发展的鼎盛期。据《汉书·艺文志》著录汉赋 900 余篇，作者 60 余人，大部分是这一时期的作品。司马相如是汉代大赋的奠基者和成就最高的代表作家。《子虚》《上林》两赋是他的著名的代表作。这两篇以游猎为题材，对诸侯、天子的游猎盛况和宫苑的豪华壮丽，作了极其夸张的描写，而后归结到歌颂帝国的权势和天子的尊严(如图 2-4)。在赋的末尾，作者采用了让汉天子享乐之后反躬自省的方式，委婉地表达了作者惩奢劝俭的用意。

图 2-4　上林苑斗兽图(局部)

司马相如的这两篇赋在汉赋发展史上有极重要的地位，它以华丽的词藻，夸饰的手法，韵散结合的语言和设为问答的形式，大肆铺陈宫苑的壮丽和帝王生活的豪华，充分表现出汉大赋的典型特点，从而确定了一种铺张扬厉的大赋体制和所谓"劝百讽一"的传统。后来一些描写京都宫苑、田猎、巡游的大赋在规模气势上始终难以超越它。所以扬雄说："如孔氏之门用赋也，则贾谊升堂，相如入室矣。"

汉武帝、宣帝年间著名的赋作家还有东方朔、枚皋、王褒等人。

在赋的发展史上有"扬、马"并称的说法，"马"指司马相如，而"扬"指扬雄。扬雄是西汉末年最著名的赋家，《甘泉》《河东》《羽猎》《长杨》四赋是他的代表作。这些赋在思想、题材和写法上，都与司马相如的《子虚》《上林》相似，不过赋中的讽谏成分明显增加，而在艺术水平上有了进一步的提高，部分段落的描写和铺陈相当精彩，在模拟中有自己的特色。《解嘲》是一篇散体赋，写他不愿趋附权贵，自甘淡泊的生活志趣，纵横论辩，善为排比，可以看出有东方朔《答客难》的影响。但在思想和艺术上仍有自己的特点，对后世述志赋颇有影响。

班固是东汉前期的著名赋家，他的代表作《两都赋》较之司马相如、扬雄等人的赋作，有更为实在的现实内容。张衡以至左思的所谓"京都大赋"的出现，都明显地受到《两都赋》的影响。

第三阶段，东汉中叶至东汉末年，这一时期汉赋的思想内容、体制和风格都开始有所转变，反映社会黑暗现实，讥讽时事，抒情咏物的短篇小赋开始兴起。东汉中叶以后，政治日趋腐败，文人们失去了奋发扬厉的精神，失望、悲愤，乃至忧国忧民的情绪成为他们思想的基调，这就促使赋的题材有所扩大，赋的风格有所转变。这种情况的出现始于张衡。

张衡具有代表性的赋作是《二京赋》和《归田赋》。《二京赋》是他早年有感于"天下承平日久，自王侯以下莫不逾侈"而创作的，基本上是模拟司马相如的《子虚》《上林》和班固的《两都赋》。但他对统治阶级荒淫享乐生活的指责比较强烈和真切，他警告统治者天险不可恃而民怨实可畏，要统治者懂得荀子所说的"水所以载舟亦所以覆舟"的道理。这是当时尖锐的社会矛盾对作者的启发，表现了当时文人对封建统治的危机感。《二京赋》除了像《两都赋》一样，除铺写了帝都的形势、宫室、物产以外，还写了许多当时的民情风俗，容纳了比较广阔的社会生活。而在《归田赋》中，他以清新的语言，描写了自然风光，抒发了自己的情志，表现了作者在宦官当政，朝政日非的情况下，不肯同流合污，自甘淡泊的品格。他把专门供帝王贵族阅读欣赏的“体物”大赋，转变为个人言志抒情的小赋，使作品有了作者的个性，风格也由雕琢堆砌趋于平易流畅。这在汉赋的发展史上是一个很大的转机。

赵壹的《刺世嫉邪赋》、蔡邕的《述行赋》、祢衡的《鹦鹉赋》都对社会的黑暗面进行了不同程度的揭露，是赋中的名篇。

赋是继诗、楚辞之后，在中国文坛上兴起的一种新的文体，在丰富文学作品的词汇、锻炼语言辞句、描写技巧等方面，都取得了一定的成就。但当时的一些大赋在思想和艺术形式上表现了较多的局限性。西晋的挚虞在《文章流别论》中认为，它们“假象过大，则与类相远；逸词过壮，则与事相违；辩言过理，则与义相失；丽靡过美，则与情相悖”。这种批评是切中要害的。

除了赋以外，两汉静静盛开的文苑奇葩是汉乐府。

江南可采莲，
莲叶何田田，
鱼戏莲叶间。
鱼戏莲叶东，
鱼戏莲叶西，
鱼戏莲叶南，
鱼戏莲叶北。

这首清新、淳朴、天真烂漫的民歌，是汉乐府中的名篇。“孔雀东南飞，五里一徘徊”“青青河畔草，绵绵思远道”，是汉乐府中的名句。刘兰芝、秦罗敷是汉乐府中的美人。

乐府原是汉代的掌管音乐的官署。由于它专事搜集、整理民歌俗曲，因此后人就用“乐府”代称入乐的民歌俗曲和歌辞。在六朝，“乐府”成为一种明确的诗歌体裁，和“古诗”相对并举，以区别入乐的歌辞和讽诵吟咏的徒诗这两类诗歌体裁。宋、元以后，“乐府”又被借作词、曲的一种雅称。

乐府歌辞以民间创作为主，反映了汉代社会的现实生活，表达了当时各阶层人民的情绪和意愿，暴露了封建制度和封建统治阶级的罪恶。其中比较突出的主题有下述几个方面：

暴露、讽刺、抨击封建上层统治集团淫侈、腐败。《长安有狭斜行》是西汉娱乐豪贵的歌曲，铺叙一个贵族之家的三子三妇的富贵荣耀，在“小子无官职，衣冠仕洛阳”和“小妇无所为，挟琴上高堂”的描述中，讽刺世胄子弟倚仗权势而衣冠显赫。《卫皇后歌》则指斥“卫子夫霸天下”，间接地讽刺了武帝。

表达人民悲惨的生活遭遇和挣扎反抗的情绪。《东门行》写一个男子迫于生计，铤而走险，他的妻儿哀求他不要冒险。他断然喝道：“咄！行！吾去为迟，白发时下难久居！”《妇病行》写一个男子妻死儿幼，无衣无食，只能把孤儿锁在家里，自己上街求乞。回家进门，“入门见孤儿，啼索其母抱，徘徊空舍中”。《孤儿行》则写出孤儿受兄嫂奴役的惨状。

表现战争给人民带来的痛苦。《战城南》中写到，“为我谓乌，且为客豪。野死谅不葬，腐肉安能去子逃？”沉痛地要求乌鸦在啄食尸体之前，先为战士哀号；痛斥统治者的不义和罪恶。《十五从军征》写一个老兵少小入伍，老大回乡，只见家园残破，亲友凋零。他孤独地采掇杂谷野菜做饭，“羹饭一时熟，不知贻阿谁”，茫然地倚门东望，不禁伤心落泪。这类作品还有《东光》《小麦谣》等。

歌颂妇女对坚贞爱情和幸福婚姻的追求，对封建礼教的反抗。这类作品大多以妇女为主角。《铙歌》中的《上邪》《有所思》是文人加工较少的民间情歌，粗犷热烈，鲜明爽快。《上邪》追求爱情，矢志不渝：“山无陵，江水为竭，冬雷震震，夏雨雪，天地合，乃敢与君绝！”《有所思》痛恨变心，把本来要送给情人的礼物，“拉杂摧烧之”，“当风扬其灰。从今以往，勿复相思，相思与君绝！”《白头吟》表白被弃的女子“愿得一心人，白头不相离”的期望，慷慨要求“男儿重意气，何用钱刀为”，应当重情义而轻钱财。这类诗深刻地反映了封建社会中妇女的地位和命运。

歌唱妇女的美丽善良和机智勇敢。《陌上桑》写美丽的罗敷用夸耀夫婿官威的方式，嘲笑斥退了太守的调戏。最杰出的是长篇叙事诗《孔雀东南飞》以汉末建安年间发生的真人实事为题材，通过刘兰芝、焦仲卿这对年轻夫妇的婚姻悲剧，表达了青年男女对爱情和幸福的追求，控诉了封建礼教的罪恶。

描写下层文士奔走仕途、困顿他乡的种种苦闷。这类作品主要出自下层文人之手，有的在六朝就传为“古诗”，如《驱车上东门行》《冉冉孤生竹》《青青陵上柏》等便被《文选》收入《古诗十九首》。它们多属游子思归、思妇闺愁的抒情诗。游子诗中还有一些抒写抱负、阅历和讥时愤世的作品。如《长歌行》"青青园中葵"是一首励志诗，"少壮不努力，老大徒伤悲"已成格言。

此外，两汉乐府中还有一些作品歌颂清官贤良，描写社会风情。前者如《雁门太守行》，后者如《江南》《城中谣》等，都是较好的作品。它们和上述各类作品一起构成了一幅两汉社会生活的历史画卷。

两汉乐府"感于哀乐，缘事而发"，继承了先秦民歌"饥者歌其食，劳者歌其事"的传统。两汉乐府的诗歌体裁以五言为主，兼有七言及杂言。句式比较灵活自由，语言自然流畅，通俗易懂，朗朗上口，生活气息比较浓厚。从建安时代起，凡以诗歌抨击政治黑暗、反映民生疾苦而取得显著成就的诗人，大都从两汉乐府中汲取艺术养料。

在华丽的雄风(汉大赋)、清丽的乐府之外，还有历史散文在闪光，这就是分属于西汉、东汉的两部杰作——司马迁(前 145—前 87?)的《史记》和班固(32—92)的《汉书》。《史记》叙述的历史上自黄帝，下至汉武帝太初年间(前 104—前 101)，跨越 3000 年，但其间的著名人物、事件、制度，尤其是那些富有个性的人物的精神面貌，都得到了天才般的表现，而"究天人之际，通古今之变，成一家之言"的写作使命，也使作品呈现出沉重有时是悲剧的历史感，无怪乎鲁迅称之为"史家之绝唱，无韵之离骚"。《汉书》是断代史，主要是西汉历史的留痕，但班固显然是一个温柔敦厚的文人，在他的作品中我们找不到司马迁那样的锋芒和悲剧感，贯彻《汉书》始终的文风是典雅、精炼，而这一风格，是后世官修史书所追崇的叙事理想。但无论怎样，两部史书给我们留下了宝贵的历史遗产，而其中人物的精神风貌和叙事风格，都给我们美妙的审美愉悦和心灵的震动。

(三)林下风韵——魏晋南北朝文学

三国两晋南北朝时期恐怕是中国文学史上留下风流最多的时代。曹植《洛神赋》把洛神写得如梦似幻，美艳绝伦，后世传为佳作。当代武侠小说大师金庸曾在他的《天龙八部》中根据《洛神赋》虚构了一套武功"凌波微步"。刘伶醉酒而裸，别人笑他，他还振振有词：他以天地为屋，房屋为裳，别人为什么到他的裤子里来？阮籍爱驾车外出，却行路不由径，而每到穷途，必大哭而返。其他如《世说新语》中所记载的一些玄谈、风流，就更是不一而足了。

这个时期的文学，风流中自有一种怪诞，深刻中别有一种洒脱。三国两晋南北朝时期特有的文化氛围和审美观，使这个时代的文学在中国文学史上别有一番情貌和神采。

东汉末年的黄巾大起义，严重打击了贵族大地主的力量，原来占统治地位的儒学发生了动摇。老庄、刑名等各家学说得以复兴，再加上外来佛教的影响，使许多士大夫轻视礼教，崇尚通脱，在思想上显得比较活跃，玄学兴盛起来，玄谈之风对文学的影响至为巨大。

对中国文学史影响深远的一件事发生在魏文帝曹丕登位以后。他在《典论·论文》说道："盖文章，经国之大业，不朽之盛事。"把文章提到很高的地位。他还对文体进行分类，提出了"诗赋欲丽"的原则，从此，"文"的地位提高了，文人开始自觉地进行文学创作。矫枉过正，文学的绮靡、浮艳之风，也随着人们对文字、篇章结构、韵律的过分在意和雕琢而充满文坛，骈文的发展，齐梁诗风的出现，是必然的结果。不过，建安时期"三曹"：曹操、曹丕、曹植，和"建安七子"：孔融、陈琳、王粲、徐干、阮瑀、应玚、刘桢。建安作家的创作，对文坛的绮靡之风是有力的扫荡。他们有着共同的时代特征。从创作态度上说，他们基本上都能关心现实，面向人生，从作品中反映汉末以来的社会变故和人民所遭受的苦难。从情调风格上说，大多流宕着一种悲凉慷慨的基调。建安文学的这些特征，被后人称为"建安风骨"或"汉魏风骨"，受到后代作家和文学理论家的推重，并被用来作为反对靡弱诗风的武器。下面，我们以各种文体为例，梳理三国两晋南北朝文学的发展脉络。

先看散文。这个时期的散文在内容上抒情色彩越来越浓，表达社会政治见解和抒发个人感慨往往密切结合；在形式上骈偶化倾向逐渐明显，更加讲求遣词造句的艺术技巧，体裁愈益多样化。其发展过程大致可以分为建安黄初、魏晋之际、西晋、东晋几个阶段。

建安黄初时期的散文成就主要是应用文字，多是帝王与将相文臣之间的论辩与酬答；论辩散文次之。此外，笔札之文，意真而语畅，也是这时散文有别于前代的一个方面。

曹氏父子散文上很有成就。曹操文章清峻通脱，质朴简约，如《让县自明本志令》《求贤令》等。曹丕以书札见长，如《与吴质书》《与繁钦书》《答曹洪书》等，清丽绰约，富于情韵意趣，对后来旷达一派有一定影响。曹植表章，独冠群才，《与杨德祖书》亦富于抒情意味，辞藻比其父兄华美。建安七子中，孔融、陈琳的散文也都有传世之作。诸葛亮的《出师表》，言辞诚恳，志笃文实，叮咛周详而几于涕零，感人至深，被认为是章表之英。

魏晋之际，谈玄之风盛行，这一时期最重要的是论难散文，其次是书序之属。其内容，或为玄理之辩，或多嫉世之辞，而后又转化为超然物外之音。其文体风格，或清峻通脱，或富艳宏阔，但都析理严密，浑厚典重。阮籍的名作如《大人先生传》，语重意奇，惊风骇俗，发前人所未发。嵇康散文使气骋辞，明快犀利，立论新颖，《与山巨源绝交书》，名为与友人书信，实为对统治者的抗争，公然“非汤武而薄周孔”；《声无哀乐论》《养生论》等，析理之美，对南朝论辩散文深有启迪。书序类中以李密《陈情表》最出色，剖陈衷曲，辞语恳切，笔调哀婉，通篇以情感人，连晋武帝也不能不为之动容。向秀的《思旧赋序》，即景生情，寥寥数语，却凄神寒骨。

西晋散文一个突出特点是骈偶化越来越严重，六朝的骈文多以四六句式，以四言、六言为主，但也常有杂言。到了唐代，要求越来越规整，出现了通篇四、六句式的骈文。到了宋代，骈文又叫四六文，我们在批评一些人的文章时说的“四六不通”，即由此而来。散文名家，首推陆机、潘岳。陆机被认为是骈文的奠基者，他的《豪士赋序》《叹逝赋序》《吊魏武帝文》等，说理与抒情结合，是当时骈体文的典型。潘岳尤善为哀诔之文，如《哀永逝文》等。

东晋文坛盛行骈文，不过，有少数人仍沿用散文写作，或以散驭骈，取得了优异的成绩，前期如王羲之，后期是陶渊明。王羲之文风清淡，不尚辞藻而多情致。名篇如《兰亭集序》，由叙事而写景，用感物以抒怀，笔势飘逸，一如其书法。陶渊明是魏晋时期最重要的诗人，也是重要散文家之一。他的文章自然淡泊而内涵丰腴，在内容上一扫魏晋间玄学佛理的虚缈空幻，代之以山水田园、人情物态的清新淳朴，革除嵇、阮以下的压郁愤懑而归于真率超脱；在辞句上则摒弃潘陆的骈偶雕砌，返于明白省净。代表作有《桃花源记》《归去来兮辞》《五柳先生传》等。

南朝的骈文是流行文坛的主要形式，散文并不发达。北朝却出现了北魏时期郦道元(？—527)的《水经注》和杨衒之的《洛阳伽蓝记》。

接着看赋。三国两晋时期，诗歌的地位已经超越了辞赋，成为文学创作中最重要的体裁。然而赋在本时期仍颇兴盛，许多优秀诗人同时也是重要的赋作者，并产生了不少佳篇。与两汉比较，本时期赋经历了一个重要的发展演变，其基本表现是：两汉盛行的那种以铺写京都宫殿苑囿田猎等为主的体物大赋，逐渐为抒情小赋所取代，并在形式上出现了骈化的趋势。

今存建安赋绝大部分是篇幅较短的小赋，有150多篇，超过今存两汉辞赋总数，其中曹植一人就占了50多篇。王粲的《登楼赋》和曹植的《洛神赋》(如图2-5)，前者在抒情与写景的融会上，后者在刻画人物体态及心理上，都取得了很高的成就。

图2-5　洛神赋图卷(宋摹本局部)

阮籍的赋继承并发展了建安抒情小赋的传统，铺写的成分大为减少，而以表现隐逸情绪或刺时为主旨，如《猕猴赋》即为刺“俗人”而作，《鸠赋》则又以“鸠子”被“狂犬”所害，隐喻司马氏集团杀少帝、擅废立事。嵇康赋的铺写成分稍重，但也以“感荡心志而发泄幽情”为最终目的，他的《琴赋》抒情气氛浓厚。

西晋太康作家几乎都写辞赋，形式上也以小赋为主，篇幅短小，但在抒情性上却不及建安、正始作品。太康时期也产生了一篇著名的大赋，即令“洛阳纸贵”的左思的《三都赋》，作者倾十年精力而成，一时声价极高。不过此赋只是详尽真实地描绘了三国时期蜀都、吴都、魏都的景况，并表达了向往统一的愿望，而在艺术上较之前人无多大突破，只是更能体现“品物毕图”的原则。

东晋时期的辞赋比较明快，东晋末陶渊明的《闲情赋》《感士不遇赋》等，更显示了自然平淡的独特风貌，为历来赋作所稀见。

再看诗歌。三国两晋，是中国诗歌发展的重要时期。在它之前的两汉时期，文坛上占据重要地位的是辞赋，诗歌大多是乐府民歌，文人创作不多。进入三国以后，文人创作的重点转向了诗歌，诗歌在文坛上的地位逐渐与辞赋并重，蓬勃发展。三国两晋时期的诗歌，曾出现了几次创作高潮。依次是三国前期的建安，三国后期的正始时期，西晋的太康时期以及两晋相交时期；其中尤以建安为最盛，成就也最大。

以“三曹”“建安七子”为代表的建安诗人们，继承和发扬了汉乐府诗“感于哀乐，缘事而发”的传统，他们诗的内容，对当时社会生活的各个方面作了深入广泛的反映，产生了一些“诗史”式的作品。曹操、王粲、曹植、蔡琰等都有一些描写汉末战乱造成的社会大破坏、同情人民所受深重灾难的优秀诗篇，如《薤露行》《蒿里行》《七哀诗》《送应氏》《悲愤诗》等。这些诗作，感伤乱离，追怀悲愤，写得很有深度。建安诗歌还形成了慷慨悲壮的时代风格，程度不等地贯穿于建安诗人的创作中。究其成因，同汉末以来的社会动乱有着直接关联。建安诗歌体裁多样化。曹操的四言诗如《步出夏门行》《短歌行》等，是《诗经》以来少见的佳作。五言诗在建安年间进入了全盛时期，技巧上比东汉有了长足的进步，是当时诗人们采用得最多的体裁，其中尤以曹植作品最为纯熟。他的五言诗“骨气奇高，词采华茂”，或叙事状物，或抒情述志，极为得心应手。其代表作有《赠白马王彪》《杂诗 6 首》《送应氏》等。文人七言诗也兴起于建安时期。曹丕的《燕歌行》，通体七言，是诗歌史上较早的比较完整而成熟的七言作品。

图 2-6　山涛

正始诗歌的主要作者是阮籍、嵇康。两人都名列“竹林七贤”中，“竹林七贤”包括嵇康、阮籍、山涛（如图 2-6）、向秀、刘伶、阮咸、王戎。由于他们互有交往，而且曾集于山阳（今河南修武)竹林之下肆意酣畅，故世称竹林七贤。他们对文艺都有所贡献。

当时正是司马氏父子擅权的年代，政治情势十分险恶。阮、嵇对司马氏持批评态度，他们在诗歌创作中对黑暗现实都有所揭露，他们继承了建安诗歌重现实的传统。不过由于客观政治处境的限制，他们往往使用比较曲折的方式来表示对现实的不满和反抗。在体裁上，正始诗歌以五言为主。阮籍的《咏怀诗》今存82首，它们在抒述情志的深度上，在描写复杂曲折的内心活动上，以及在运用比兴手法上，都取得了很大成功，是中国诗歌史上的第一部内容丰富、规模较大的个人抒情五言组诗。嵇康在四言诗方面造诣也颇高。

太康诗人主要有“三张”(张华、张载、张协；一说张载、张协、张亢)、“二陆”(陆机、陆云)、“两潘”(潘岳、潘尼)、“一左”(左思)，还有傅玄等。他们的诗歌大多追求辞藻的华美，开了中国诗歌史上雕琢堆砌的风气。太康诗人中成就较高的是左思和张协。左思的《咏史诗》8首，借古人古事寄托自己的怀抱，对堵塞贤路的士族门阀社会表示愤慨，在当时诗坛上，表现了独具的“风力”。张协的《杂诗》也抒发了自己的“高尚”“心曲”，批评“流俗”的“昏迷”。在诗风上，左思骨力苍劲，张协辞采华净，都与时尚有所不同。

东晋末陶渊明的出现，使诗坛大放光彩。陶渊明亲身体验过当时官场中的黑暗情状，对上层统治集团的腐朽本质有一定了解。他以弃官行动表示了洁身自好的决心，并在村居生活中与劳动人民建立了真挚感情(如图2-7)。他的诗歌，表现了对官场污浊风气的憎恶和对田园劳动生活的赞美。在艺术风格上，他的诗自然真朴，言近旨遥，平淡而有思致。处处有桃花源的风致(如图2-8)。这些都使陶渊明成为中国诗歌史上最优秀的诗人之一。在诗歌体裁上，陶渊明以五言为主，代表作有《归园田居》《饮酒》《拟古》等；他亦擅长四言，佳篇有《停云》《归鸟》等。然而，陶渊明在当时却颇不为人所重，诗坛的总的风气也不因他而有所改变。此后整个南北朝时期，诗歌仍沿着华艳靡弱和注重形式表现的方向在演进变化。

图 2-7　归庄图卷(部分)

图 2-8　桃花源图轴

南朝刘宋前期，最为突出的作家是鲍照。他的乐府诗风格强劲奔放，充满了愤懑不平，大异于南朝的其他作品。谢灵运是优秀的诗人，脱胎于玄言诗母体中的山水诗在他的作品中大量出现，一扫东晋诗坛上窒息沉闷的空气。这一题材同时也进入骈文，产生过不少精致清新的作品。刻意追求形式美、铺陈辞藻、罗列典故的作风在谢灵运和颜延之的作品中有所发展，开启了“大明、泰始中，文章殆同书抄”的风气。降及齐梁，山水的题材扩展而及于自然界和日常生活中的种种物象。梁代又出现了宫体诗，在艺术上更加讲究调声选色、数典属对，加之诗歌格律逐渐成形，所以作品就更加规整工丽。比较突出的作家有谢朓、沈约、江淹、何逊、吴均，他们的优秀作品，虽然不脱藻绘，却给人以新鲜明丽的感受。

北朝的诗坛相对寂寞，只有王褒和庾信比较有名，另外《敕勒歌》是一首至今传唱的民歌：

敕勒川，
阴山下，
天似穹炉，
笼盖四野。
天苍苍，
野茫茫，
风吹草低见牛羊。

整首诗质朴、明快，反映出北朝少数民族的生活风情。《木兰诗》写花木兰替父从军的事，受历代文人和白姓的喜爱。

最后看小说。“小说”一词最早见于《庄子》杂篇《外物》：“饰小说以干县令。”指琐屑的言谈、无关政教的小道理。后来，作为文体的小说和庄子的“小说”含义不同，但小说在古代一直被认为是不能登大雅之堂的东西。班固在《汉书·艺文志》中把小说家列于诸子十家的最后，这是小说见于史家著录的开始。

小说起源于神话、寓言和史传。从神话到小说的关键一环是逸史。《穆天子传》《燕丹子》可以说是最接近小说的逸史了。前者写周穆王周游天下，叙述中多有史实，西王母和《山海经》中的相比，增添了人间的内容。《燕丹子》写荆轲刺秦王，增加了《战国策》和《史记》中并不曾有的细节。《庄子》《韩非子》中记载的一些寓言，也有了小说的意味，如《庄子》中庖丁解牛、《韩非子》中的郑人买履等。《战国策》《史记》《三国志》中对人物性格的描写、对故事情节的叙述，不仅为小说提供了素材，还为小说积累了叙事经验。

中国古代小说分文言小说系统和白话小说系统，魏晋南北朝的小说主要是笔记体小说，属于文言小说系统。魏晋南北朝的小说分志人小说和志怪小说两类。志怪小说主要有托名东方朔的《神异经》，曹丕的《列异记》，干宝的《搜神记》和王琰的《冥祥记》等。有的志怪小说曲折地反映了社会的现实，表达了人民的爱憎和对美好生活的向往。《搜神记》中的《三王墓》写楚国的巧匠干将、莫邪为楚王铸剑，干将反被楚王杀害，其子长大后为父报仇。《韩凭妻》写宋康王霸占了韩凭的妻子何氏，韩凭被囚自杀，何氏也随之自杀。韩凭夫妇墓上长出相思树，一对鸳鸯栖息树上交颈悲鸣。

志人小说主要有邯郸淳讽刺世态的《笑林》和刘义庆的《世说新语》。《世说新语》又名《世说》《世说新书》。《世说新语》的思想比较复杂，其上卷为德行、言语、政事、文学四类。这正是孔门四科，说明此书有崇儒的一面，但又有很多谈玄论佛和蔑视礼教的内容。这本书主要记录魏晋名士的逸闻轶事和玄虚清谈，标榜“魏晋风流”。根据中国当代哲学家冯友兰的说法，“风流”是一种人格美，标准是“越名教而任自然”。构成真风流的条件是：玄心、洞见、妙赏、深情。《世说新语》褒扬淡泊名利之心。《德行》中有管宁割席分坐的故事：“管宁、华歆共园中锄菜，见地有片金，管挥锄与瓦石不异，华捉而掷去之。又尝同席读书，有乘轩冕过门者，宁读如故，歆废书出看。宁割席分坐曰：‘子非吾友也。’”有的条目是写真情的流露，《任诞》有这样一个故事：“王子猷尝暂寄人空宅住，便令种竹。或问：‘暂住何烦尔?’王啸咏良久，直指竹曰：‘何可一日无此君?’”这种任诞便是对竹的一种妙赏。

《世说新语》在艺术上有较高的成就，鲁迅先生曾把它的艺术特点概括为：“记言则玄远冷隽，记行则高简瑰齐。”魏晋两朝的主要人物，如帝王、将相、隐士、僧侣，都包括在内。它对人物的描写有的侧重形貌，有的重在才学，有的刻画心理，但都抓住人物的特点，用独特的言行写出独特的性格，显得生动活现，跃然纸上。如《俭啬》：王戎有好李，卖之恐人得其种，恒钻其核。16个字便把王戎的吝啬写了出来。《忿狷》：王蓝田性急。尝食鸡子，以箸刺之，不得，便大怒，举以掷地。鸡子于地圆转未止，仍下地以屐齿碾之，又不得，嗔甚，复于地取内口中，啮破即吐之。绘声绘色地写出王蓝田吃鸡蛋的蠢相。

这个时期的小说篇幅短小，只是粗陈故事梗概，没有艺术的想像和情节的描写，人物性格的刻画还没有展开，所以只是初具小说的规模。但它们为唐代传奇的写作积累了经验。

(四)诗意之巅——唐代文学

唐代文学是和李白、杜甫、王维等家喻户晓的诗人联系在一起的。唐代在文学上取得了如此辉煌的成就，与开放的文化环境、士人的生活方式、宗教的发展分不开。

唐朝的立国者，对外来文化采取兼容并包的态度，“一视华夷”。这种文化姿态，对生活习惯、审美趣味，都产生了广泛的影响，从而也影响了文学题材的拓广、文学趣味和文学风格的多样化。唐代国力日渐强大，为士人展开了一条宽阔的人生道路。唐代的士人对人生普遍采取一种积极、进取的态度。他们中的不少人，自信而又狂傲地面对世界，李白曾留下“仰天大笑出门去，我辈岂是蓬蒿人”的诗句，杜甫也要“致君尧舜上，再使风俗淳”。

唐代的文坛从未寂寞过。唐文学的繁荣，表现在诗、文、小说、词的全面发展上。诗在唐朝文坛上坐第一把“交椅”，当诗发展到高峰时，散文开始它的文体、文风的改革，小说也走向繁荣，而当它们相继走入低潮时，词又开始焕发光彩。

图 2-9　红衣舞女图

唐朝文学发展脉络与唐王朝的兴衰是紧密联系的。

唐朝前期，经过太宗贞观年间到玄宗开元年间 100 多年的发展，唐王朝达到了国力强大、经济高涨的全盛阶段。同时，唐代文化在继承的基础上，也出现了全面高涨的形势。唐代的经学、史学、书法、绘画、建筑、音乐、舞蹈(如图 2-9)等都取得了相当的成就，文学更放射出绚烂的异彩。在诗歌方面，“初唐四杰”、陈子昂等人用手中的笔对齐梁余波的扫荡，使诗歌在韵律、艺术表现手法方面出现了新形式，形成了后世所称道的“唐音”，体现了唐代新的精神和新的风格。诗坛上相继崛起了李白、杜甫以及王维、孟浩然、高适、岑参等大诗人，形成了中国古代诗歌发展史上的高峰。

“初唐四杰”指的是王勃(650—676)、杨炯(650—693?)、卢照邻(634? —689?)和骆宾王(640? —684)。“四杰”心中充满了博取功名的幻想和激情，郁积着不甘寄人篱下的豪杰之气，在诗中开始有了一种壮大的气势和慷慨悲凉的感人力量(如图 2-10)。卢照邻的《行路难》写道：“人生贵贱无始终，倏忽须臾难久持。”把世事无常和人生有限的伤悲，抒写得淋漓尽致。骆宾王的《帝经篇》流露出自负而又慷慨的豪杰之气。王勃的《送杜少府之任蜀州》写道：

城阙辅三秦，风烟望五津。
与君离别意，同是宦游人。
海内存知己，天涯若比邻。
无为在歧路，儿女共沾巾。

图 2-10　落霞孤鹜图轴

虽是羁旅送别，却没有伤感和惆怅，只有共勉和友情，心境明朗，感情壮阔。杨炯的《从军行》写道："烽火照西京，心中自不平。牙璋辞凤阙，铁骑绕龙城。雪暗凋旗画，风多杂鼓声。宁为百夫长，胜作一书生。"虽未到过边塞，却心怀立功边塞的志向。

"四杰"的诗流荡着激扬文字的书生意气，是构成诗歌"骨气"的重要因素，对当时雕琢绮靡的宫廷诗是一种反动，但他们并没有完全革除宫廷诗的不良诗风。

陈子昂(659—700)对唐诗的发展具有重大的影响，当馆阁诗人醉心于应制咏物、寻求诗律新变时，他却主张诗歌创作要恢复古诗比兴言志的风雅传统，提倡风骨和兴寄，寄托济世的功业理想和人生意气。这样，诗歌创作就与片面追求藻饰的齐梁诗风彻底划清了界限。陈子昂振一代诗风的力作是他的《感遇》诗 38 首，如第 35 首：

本为贵公子，平生实爱才。
感时思报国，拔剑起蒿莱。
西弛丁零塞，北上单于台。
登山见千里，怀古心悠哉。
谁言未忘祸，磨灭成尘埃。

诗人亲历沙场，有感而发，以兴寄直接建安风骨，带有拔剑而起的豪侠之气。《蓟丘览古赠卢居士藏用》组诗慨叹时光流逝，诗人作这组诗的同时写下了千古绝唱《登幽州台歌》：

前不见古人，
后不见来者。
念天地之悠悠，
独怆然而涕下。

在天地无穷而人生有限的悲歌中，回荡着一股目空一切的孤傲之气，激昂着壮伟之情和豪侠之气。

在初、盛唐之交的诗坛上，张若虚是一位很值得一提的人物，他大致和陈子昂同时登上诗坛，与贺知章、张旭、包融齐名，被称为“吴中四士”。他的诗仅存两首，但一篇《春江花月夜》就奠定了他在唐诗史上的地位。此诗采用乐府旧题，但全新的内容将画意、诗情与对宇宙人生深奥哲理的体察融为一体，创造出玲珑透彻的诗境。

江天一色无纤尘，
皎皎空中孤月轮。
江畔何人初见月？
江月何年初照人？
人生代代无穷已，
江月年年只相似。
不知江月待何人，
但见长江送流水。

由时空的无限想到生命的无限，表现出深刻的宇宙意识，这在中国的诗歌中是不多见的，是一种新声。类似的诗境，在刘希夷的诗里也能看到，《代悲白头翁》中写道：

洛阳城东桃李花，
飞来飞去落谁家！
洛阳女儿好颜色，
坐见落花长叹息。
今年花落颜色改，
明年花开复谁在？

面对易逝的青春，一种朦胧的生命意识在觉醒。“年年岁岁花相似，岁岁年年人不同”，这千古传诵的名句，凝聚着世世代代多少伤春悼红之心！他们所创造出的空明纯美的诗境，表明唐人对意境的感悟和创造已到了炉火纯青的地步。

盛唐的文坛上，活动着的是完全可以和唐朝盛大的国势相媲美的诗人群体。大批禀赋着天地山川之灵气的诗人们，创造出风格多样的美丽诗篇，但有一点是相同的，即他们的诗歌中，初唐以来讲究声律辞藻的近体，与书写慷慨情怀的古体完美地融合在一起，韵律与抒情相辅相成，真所谓“神来、气来、情来”，达到了声律风骨兼备的境界。

图 2-11　山阴图卷

静逸明秀之美是流淌在盛唐诗坛上的一种诗美理想。王维(701—761)是这种风格的代表。盛唐山水田园诗盛行，王维是盛唐山水田园诗派的代表作家，一生过着亦官亦隐的生活。年轻时，和许多渴望建功立业的才士一样，对功名充满热情和向往。《少年行》中说：“孰知不向边庭苦，纵死犹闻侠骨香。”声调高朗，气势宏大。王维曾出使边塞，他的边塞诗《从军行》《观猎》《使至塞上》《送元二使安西》等诗境雄浑壮阔，贯注着豪逸之气，《使至塞上》是他的名篇：“单车欲问边，属国过居延。征蓬出汉塞，归雁入胡天。大漠孤烟直，长河落日圆。萧关逢候骑，都护在燕然。”征蓬、归雁、大漠孤烟、长河落日，几组意象写出了意气风发的诗人满怀豪情，走马边塞的欣喜与得意。让王维在诗坛上奠定了人师地位的，是他书写隐逸情怀的山水田园诗。王维精通音乐，又擅长书画，因此，他往往创造出“诗中有画，画中有诗”的意境(如图 2-11)。王维的诗中流露出浓厚的禅意，文学史上把他尊称为“诗佛”。王维的山水田园诗静逸明秀，兴象玲珑。《山居秋暝》写道：“空山新雨后，天气晚来秋。明月松间照，清泉石上流。竹喧归浣女，莲动下渔舟。随意春芳歇，王孙自可留。”在宁静而又生机盎然的气氛中，感受万物的生生不息；在这种感受中，灵魂升华到空明无碍的境界，自然的美和人的心境完全融合成一体，正如严羽在《沧浪诗话》中所说："玲珑剔透，不可凑泊。""明月松间照，清泉石上流"，意境明白如画，读来让人如闻其声，如见其景。"竹喧归浣女，莲动下渔舟"，抓住事物的特点来写，生动传神，洗衣女的快乐嬉戏，渔舟的轻巧，在竹与莲这两种象征着高洁、幽雅的意象的衬托下，感染了神圣的光彩。在诗人空明的心境中，生命被诗意化、神圣化了。心境的空明使他心思敏锐，画家的天赋，使他善于在动态中捕捉事物的光和色，如《送邢桂州》："日落江湖白，潮来天地青。"王维以他画家的眼睛，诗人的情思和佛家的心境，写出物态天趣，缥缈神韵。

当时同样以写山水诗见长的诗人是孟浩然(689—740)。孟浩然终生未仕，他的诗一般写济时用世的强烈愿望，不同流俗的清高。前者有《临洞庭湖赠张丞相》：

八月湖水平，涵虚混太清。
气蒸云梦泽，波撼岳阳城。
欲济无舟楫，端居耻圣明。
坐观垂钓者，徒有羡鱼情。

后四句点出了诗人欲请张九龄引荐一登仕途的心情，有不甘寂寞的豪逸之气。后者有《夏日南亭怀辛大》：

山光忽西落，池月渐东上。
散发乘夕凉，开轩卧闲敞。
荷风送香气，竹露滴清响。
欲取鸣琴弹，恨无知音赏。
感此怀故人，中宵劳梦想。

诗人清高自赏，不免寂寞，而池月清光，荷风送香，竹露清响，使人顿觉开朗。整首诗意境单纯明净，清旷爽朗。孟浩然一生爱好出游，曾北到幽州，南到江、湘。他偏爱水行，写了不少山水诗。如《宿建德江》《过故人庄》和《春晓》等很典型地体现了这种特点。

清刚劲健之美是王翰、王昌龄、李颀、崔颢、祖咏等诗人的诗美追求。他们地处北方，出身低微，靠考取进士入仕，热衷于尘世间的功名，并且非常自负。王翰行为狂放不羁，他的诗中有及时富贵行乐的思想，代表作为《凉州词二首》其一：

葡萄美酒夜光杯，欲饮琵琶马上催。
醉卧沙场君莫笑，古来征战几人回？

以豪饮旷达写征战，新人耳目。王昌龄七绝写得好，是“七绝圣手”。他豪侠任气，纵酒长歌，但观察问题敏锐，诗中常带有透视历史的深重感。边塞诗中《出塞二首》其一写道：

秦时明月汉时关，万里长征人未还。
但使龙城飞将在，不教胡马度阴山。

诗中的卫国豪情，悲壮浑成，大气磅礴。秦汉的明月关山，上下千年，而离家万里的征人，却没有归期，对历史的沉思中充满了对勇守边关者的同情。王昌龄曾被贬岭南，心境有所变化，再加上南方自然风物的熏陶，晚年诗风偏于清逸明丽，但基调仍旧是清刚爽朗。如《芙蓉楼送辛渐二首》其一：

寒雨连江夜入吴，平明送客楚山孤。
洛阳亲友如相问，一片冰心在玉壶。

以“冰心在玉壶”自喻高洁，意蕴含蓄而风调清刚。

崔颢早年作诗名陷轻薄，晚年时，崔颢诗风一变，写出了风骨凛然的诗篇，其中以《黄鹤楼》为最有名：

昔人已乘黄鹤去，此地空余黄鹤楼。
黄鹤一去不复返，白云千载空悠悠。
晴川历历汉阳树，芳草萋萋鹦鹉洲。
日暮乡关何处是，烟波江上使人愁。

这首诗被誉为唐人七律的压卷之作，诗的前半段抒发人去楼空的感慨，后半段写深重的乡愁，而"鹦鹉洲"是个典故，为前后的转接。相传汉末狂生祢衡被杀死在鹦鹉洲，面对此洲，诗人不觉慨叹，一代名士的风流早已被芳草掩盖，如今以祢衡为同调的诗人，也因狂放而名陷轻薄，怎能不生空茫之感呢？崔颢最具凛然风骨的诗是他的边塞诗，如《赠王威古》《古游侠呈军中诸将》《雁门胡人歌》等。

用慷慨奇伟可以概括高适、岑参等盛唐边塞诗人的诗风。高适(700—765)早年困顿，在50余岁时官运亨通，是盛唐动辄自比王侯的诗人中唯一一位被封侯者。不过，高适做官以后，诗作不多，大部分作品是他在仕途失意时写的。高适早年的作品多写怀才不遇的悲慨，如《宋中别周梁李三子》《宋中十首》《古大梁行》等。高适性情狂放不羁，好交结游侠，并且功名心极强。他曾两次北上蓟门，尽管封侯的希望落空了，对边地的体验却成全了他的诗篇。他极负盛名的边塞名篇七言歌行《燕歌行》便在那时写成：

汉家烟尘在东北，汉将辞家破残贼。
男儿本自重横行，天子非常赐颜色。
摐金伐鼓下榆关，旌旗逶迤碣石间。
校尉羽书飞瀚海，单于猎火照狼山。
山川萧条极边土，胡骑凭陵杂风雨。
战士军前半死生，美人帐下犹歌舞。
大漠穷秋塞草衰，孤城落日斗兵稀。
身当恩遇恒轻敌，力尽关山未解围。
铁衣远戍辛勤久，玉箸应啼别离后。
少妇城南欲断肠，征人蓟北空回首。
边风飘飘那可度，绝域苍茫更何有。
杀气三时作阵云，寒声一夜传刁斗。
相看白刃血纷纷，死节从来岂顾勋。
君不见沙场征战苦，至今犹忆李将军。

这首诗思想复杂，既有对男儿立功边疆的英雄气概的礼赞，也有对战争所带来的离乱之苦的同情与批判；既有对战士浴血奋战的赞扬，也有对将领军中作乐的不满。追求不朽功名的高昂意气与冷峻直面现实的悲慨相结合，形成了一种慷慨悲壮的美。他的边塞诗中也有五言古诗，这部分诗歌将他的边塞见闻、功名志向和观察思考合在一起，苍凉悲慨中带有理智的冷静。名作有《送李侍御赴安西》《塞下曲》《武威作二首》等。

与高适并称于诗坛且经历类似的是岑参(715—770)。岑参曾两度出塞，在边塞诗人中，他所留存作品最多，共有70多首。岑参长于写感觉印象，以西域的奇异风光与风物人情入诗。如《走马川行奉送出师西征》写了雪夜风吼、飞沙走石的现象，诗人把它们写得壮观奇伟，衬托出戍边将领的英雄气概，诗中写道："轮台九月风夜吼，一川碎石大如斗，随风满地石乱走。"即使这样，"将军金甲夜不脱，半夜军行戈相拨，风头如刀面如割。"只有盛唐诗人才会有如此的胸襟和艺术感受。《白雪歌送武判官归京》中所出现的意象也很有特色：

北风卷地白草折，胡天八月即飞雪。
忽如一夜春风来，千树万树梨花开。
散入珠帘湿罗幕，狐裘不暖锦衾薄。
将军角弓不得控，都护铁衣冷难著。
瀚海阑干百丈冰，愁云惨淡万里凝。
中军置酒饮归客，胡琴琵琶与羌笛。
纷纷暮雪下辕门，风掣红旗冻不翻。
轮台东门送君去，去时雪满天山路。
山回路转不见君，雪上空留马行处。

把下雪比作"梨花开"，冬天的景色由春天的意象来比拟，奇情逸发，为千古称道(如图2-12)。岑参还写了《轮台歌奉送封大夫出师西征》《热海行送崔侍御还京》等。岑参的诗突破了以往征戍诗写边地苦寒和战士劳苦的传统格局。在艺术表现上，他借鉴了高适等人七言歌行的体势，纵横跌宕、舒卷自如，形式接近乐府，但不用乐府旧题而自立新题。用韵也十分灵活，《白雪歌》一韵到底，而《轮台歌》两句换韵，《走马川》是三句换韵，声韵或轻快平稳，或急促劲节，音节洪亮而意调高远。岑参擅长的体裁是七言歌行和七言绝句。《逢入京使》是一首有名的七绝。

唐朝的盛世孕育了恢弘的文化，创造了诗歌上的盛唐气象。李白是盛唐文化的代表，盛唐诗歌的气来、情来、神来，在李白的乐府歌行和绝句中，发挥得淋漓尽致。他的诗歌创作，充满了兴发无端的澎湃激情和神奇想像，天才诗人的情怀，盛唐文化的魅力，天然地体现在李白身上。

图 2-12　天山积雪图轴

李白(701—762)，字太白，号青莲居士。他的家世和出生地至今仍是个谜，他五岁时随父亲从出生地条支(一说碎叶)迁到四川。李白早年受过良好的教育，纵观李白的思想历程，神仙道教思想对他的影响很大。他的青少年时期，是在隐居与游仙、漫游中度过的(如图 2-13)。

图 2-13　藏云图轴

要解读李白，就一定要注意《峨眉山月歌》这首诗：

峨眉山月半轮秋，影入平羌江水流。
夜发清溪向三峡，思君不见下渝州。

正是在这首诗里，开始出现了李白诗中浓烈、奔泻而出的感情和奔放的气势。李白好道，这使他的诗有一种放任自然的魅力，他的近千首诗中有100多首与神仙道教信仰有关。李白好酒，这使他的诗里多了一种天马行空的逍遥，写酒的诗亦很多见。后人把他称作“诗仙”。

“大雅久不作，吾衰竟谁陈?”从李白《古风》其一的这一句诗里，我们一方面能感受到李白的自负；另一方面又能知道他要以诗经、乐府感于哀乐、缘事而发的优良传统和诗歌风骨，来振作当时的诗道。

李白的乐府大量地沿用乐府的古题，或用其本意，或另出新意，曲尽拟古之妙。《丁都护歌》《侠客行》《蜀道难》《将进酒》《行路难》等，乐府诗有的侧重写实，有的侧重主观抒情，体现出李白兴发无端、气势宏大的写作特色。《蜀道难》古辞有功业难成之意，李白借这一点抒发了自己功业未成的感慨：

上有六龙回日之高标，
下有冲波逆折之回川。
黄鹤之飞尚不得过，
猿猱欲度愁攀援。
青泥何盘盘，
百步九折萦岩峦。
扪参历井仰胁息，
以手抚膺坐长叹。
问君西游何时还?
畏途巉岩不可攀。
但见悲鸟号古木，
雄飞雌从绕林间。
又闻子规啼夜月，
愁空山。

蜀道之难，
难于上青天！
使人听此凋朱颜。

对蜀道高峰绝壁、万壑转石的险难之境的渲染，也是诗人对世道艰难的感叹。《将进酒》：

君不见黄河之水天上来，
奔流到海不复回。
君不见高堂明镜悲白发，
朝如青丝暮成雪。
人生得意须尽欢，
莫使金樽空对月。
天生我材必有用，
千金散尽还复来。
烹牛宰羊且为乐，
会须一饮三百杯。
岑夫子，
丹丘生，
将进酒，
杯莫停。
与君歌一曲，
请君为我倾耳听。
钟鼓馔玉不足贵，
但愿长醉不复醒。
古来圣贤皆寂寞，
惟有饮者留其名。
陈王昔时宴平乐，
斗酒十千恣欢谑。
主人何为言少钱，
径须沽取对君酌。

五花马，
千金裘，
呼儿将出换美酒，
与尔同销万古愁。

在乐府旧题中，《将进酒》有饮酒放歌的意思，李白借它来引发“天生我材必有用”的自信和豪壮气概，具有大河奔流的气势和力量。李白的代表作《蜀道难》《将进酒》等，大都以五言和七言为主。这种杂言体乐府，在体制和格调方面，与唐代盛行的歌行体几乎没有实质性的差别。

李白的歌行代表作《襄阳歌》《扶风豪士歌》《梦游天姥吟留别》《宣州谢朓楼饯别校书叔云》等，这些作品的抒情意味更加浓厚，想像飞腾，笔势大开大合。如《梦游天姥吟留别》：

我欲因之梦吴越，
一夜飞度镜湖月。
湖月照我影，
送我至剡溪
……
且放白鹿青崖间，
须行即骑访名山。
安能摧眉折腰事权贵，
使我不得开心颜。

情感的变化似暴风急雨，骤起骤落，一泻千里。《宣州谢朓楼饯别校书叔云》写道：

弃我去者，
昨日之日不可留；
乱我心者，
今日之日多烦忧。
长风万里送秋雁，

对此可以酣高楼。
蓬莱文章建安骨，
中间小谢又清发。
俱怀逸兴壮思飞，
欲上青天揽明月。
抽刀断水水更流，
举杯销愁愁更愁。
人生在世不称意，
明朝散发弄扁舟。

这首诗写于李白再入长安，被以“赐金放还”之名废逐之后(如图 2-14)。高傲自负，而不为世所容，难以抑制的悲愤如火山喷发。李白的歌行，充分体现了盛唐蓬勃向上的时代精神，具有阳刚之美，完全打破了诗歌创作的原有格式，笔法多变，任随情之所至而变幻莫测，把人带入摇曳多姿的神奇境界。唐文宗曾下诏：“以(李)白歌诗、裴旻剑舞、张旭草书为三绝。”(《新唐书·李白传》)这三者都是盛唐艺术追求浪漫个性的典型。

图 2-14　醉饮图卷(局部)

李白诗歌的美是多样的，与他的歌行的风格形成鲜明对比的，是他那些具有优美情韵的绝句。他的五绝和七绝都写得很好，明朝胡应麟道：“太白五七言绝，字字神境，篇篇神物。”(《诗薮》内编卷六)绝句体制短小，适于写一地景色、一时情调，可它离首即尾，因此容易流于浅露，绝句贵在含蓄。但是，如果刻意锤炼，又有斧凿痕迹，绝句贵在自然天成。李白的五绝，是绝句的最高境界。《独坐敬亭山》：“众鸟高飞尽，孤云独去闲。相看两不厌，只有敬亭山。”寂寞的人和寂寞的山忽然冥会，人和自然灵性相通，浑然一体。片刻的超然意趣，在20个字里显露无遗。《望庐山瀑布》《早发白帝城》《山中问答》《秋浦歌十七首》等都是李白绝句中的名篇。《金乡送韦八之西京》：“狂风吹我心，西挂咸阳树。”这样的诗句，在令人匪夷所思的想像中，表达了诗人无法排遣的愁思，能够代表李白的诗风。

自天宝中期开始的社会衰败和“安史之乱”后，盛唐诗中浓烈的理想色彩消退了，人间的艰辛代替了诗人济世安邦的理想，中年的沉郁思虑送走了少年的意气风发。中唐的诗人们，都在努力拓展新的艺术领域。面对盛唐诗所达到的艺术高峰，中唐的诗人们无力在境界的混融上比盛唐诗人再进一步，从而转向了有意识的字锤句炼。从盛唐到中唐，诗坛迎接了一次巨大的诗风转变。杜甫是衔接起这场巨变的伟大诗人。

杜甫(712—770)，字子美，是晋朝名将杜预的后人，祖父杜审言是初唐的著名诗人。奉儒守素的家庭文化传统对他忠君恋阙、仁民爱物的思想有巨大的影响。他的青年时代，是在盛唐度过的。和许多盛唐诗人一样，他有巨大的抱负。但长安十年，他的梦想彻底幻灭了。在长安，他参加过李林甫操纵的一次考试，失败了。他又上书干谒，祈求功名，但都落空了。杜甫在长安历尽人生的辛酸，饱看了生民疾苦。这对他的诗歌创作的影响非常大。他写下了《兵车行》《前出塞九首》《丽人行》等反映天宝后期动乱将来时的社会风貌。安史之乱中，杜甫曾落入叛军手里，被押解到陷落的长安，在这里，他写下了忠君恋阙的千古名作。如《春望》《哀江头》等。当他知道肃宗已即位灵武，便不辞辛劳，毅然前往，被授予左拾遗的官职。在这个时期，他又写下了《羌村三首》《北征》等名作。因为疏救房琯，他又被贬官，写下了“三吏”“三别”。乾元二年(759)秋，他终于弃官，携家入蜀，于岁末抵达成都，开始了晚年的漂泊。杜甫暮年穷困潦倒，疾病缠身，十分凄凉。

杜甫一生饱经乱离、战乱之苦，常被人提到的几次历史事件，在他的诗中都有反映，后世把他称作“诗史”。

杜甫律诗的成就最高。他扩大了律诗的表现范围。他不仅以律诗写应酬、咏怀、羁旅、宴游，还用它写时事。以古体写时事比较自由，他的多数时事诗都是古体。如《无家别》：

寂寞天宝后，园庐但蒿藜。
我里百余家，世乱各东西。
存者无消息，死者为尘泥。
贱子因阵败，归来寻旧蹊。
久行见空巷，日瘦气惨凄。
但对狐与狸，竖毛怒我啼。
四邻何所有？一二老寡妻。

写一个人从军归来无家，还要再次从军，令人痛不卒读。为了扩大律诗的表现力，杜甫以组诗来表现一些比较复杂、宽泛的内容。如五律《秦州杂诗二十首》，集中表现他在秦州时的心情。再如写客居夔州时的《洞房》《宿昔》等。

杜甫律诗组诗最成功的是七律，《秋兴八首》是他的登峰造极之作。这组诗写于客居夔州之时，当时安史之乱虽已结束，但外族入侵，藩镇割据，战争频仍。挚友已先后离世，自己仍在漂泊，而且疾病缠身，回首往事，心境凄凉。《秋兴八首》就是在这样的思想脉络上展开。

第一首：

玉露凋伤枫树林，巫山巫峡气萧森。
江间波浪兼天涌，塞上风云接地阴。
丛菊两开他日泪，孤舟一系故园心。
寒衣处处催刀尺，白帝城高急暮砧。

江峡秋色，丛菊开放，牵动了诗人滞留孤城的寂寞心绪，引发了诗人的故园之思，而白帝城的砧声忽然打断了他的情思。

第二首：

夔府孤城落日斜，每依北斗望京华。
听猿实下三声泪，奉使虚随八月槎。
画省香炉违伏枕，山楼粉堞隐悲笳。
请看石上藤萝月，已映洲前芦荻花。

孤城怅望中，落日啼猿又勾起了诗人往日曾叩近侍的回忆，正在感慨万端，呜咽的笳声把诗人惊醒，此时已是月上中天。

沦落之感又催生出第三首：

千家山郭静朝晖，日日江楼坐翠微。
信宿渔人还泛泛，清秋燕子故飞飞。
匡衡抗疏功名薄，刘向传经心事违。
同学少年多不贱，五陵衣马自轻肥。

时光流逝，自己的抱负落空，朝廷却用非其人。

第四首写道：

闻道长安似弈棋，百年世事不胜悲。
王侯第宅皆新主，文武衣冠异昔时。
直北关山金鼓震，征西车马羽书驰。
鱼龙寂寞秋江冷，故国平居有所思。

政局变更，国家安危不定，自己却穷老荒江，无法报国，空有一腔愁思。

后面的四首又反复地重复着回忆往昔、感慨盛衰、伤叹身世的主题。这八首诗要表现的是一种复杂而深沉的感情，诗中交错着感慨、回忆、思念与对时局的看法。要用一首诗来表现这么多的情感，很难表现得淋漓尽致，而用组诗却可以做到这一点。杜甫以律诗写组诗，极大地扩大了律诗的表现力，这是杜甫在律诗发展史上的贡献。

杜诗的主要风格是沉郁顿挫。沉郁，是感情的悲慨壮大深厚；顿挫，是感情表达的波浪起伏、反复低回。沉郁顿挫风格的感情基调是悲慨，动乱的时代，个人的坎坷遭遇，国家的安危存亡，民生的疾苦，都走进他深深的忧思。他的诗蕴涵着一种厚积的感情力量，而他的儒家素养所形成的中和处世的心态，把喷薄欲出的悲慨抑制住了，使它变得缓和、深沉，低回起伏。长篇短制都是如此。

悲慨是杜诗的基调，但老杜也有狂喜的时候，《闻官军收河南河北》：

剑外忽传收蓟北，初闻涕泪满衣裳。
却看妻子愁何在，漫卷诗书喜欲狂。
白日放歌须纵酒，青春作伴好还乡。
即从巴峡穿巫峡，便下襄阳向洛阳。

这是杜甫的唯一一首快诗，把诗人忽然听到官军得胜的消息后骤然而来的狂喜之情表现得淋漓尽致。“忽传”“初闻”“却看”“漫卷”等动词的运用，加强了突然性和随意性；“即从”“便下”等词一气连接出4个地名，造成风驰电掣的气势。而这首诗写得纵横恣肆，极尽变化之能事，合律而看不出声律的束缚，对仗工整而看不出对仗的痕迹。

杜甫的诗风是多姿多彩的，萧散自然是杜诗的另一大特色。萧散自然的特点是闲适的情趣、安静明秀的境界和细腻的景物描写。如《水槛遣心》二首其一：

去郭轩楹敞，去村眺望赊。
澄江平少岸，幽树晚多花。
细雨鱼儿出，微风燕子斜。
城中十万户，此地两三家。

图 2-15　少陵诗意图

在一片宁静的氛围里，鱼鸟自乐，人也生了一份闲适愉悦的情思(如图 2-15)。其他如《江亭》《漫成二首》。

从唐诗的发展看，杜甫是个承前启后的人物。杜诗兼备众体而又自铸伟辞，积累了丰富的艺术经验，有许多层面为后来者的进一步发展提供了可能。中唐以后，白居易、元稹继承了杜甫缘事而发，写生民疾苦的一面；韩愈、孟郊、李贺则受杜甫奇崛、散文化和炼字的影响；李商隐的七律也得益于杜甫七律的技法。宋以后，杜甫的地位更高。杜甫系念国家安危，同情民生疾苦的情操，为历代士人所仰慕，对士人人格的形成，有着不可估量的作用。

大历年间(766—779)，唐诗一度中衰后，在唐宪宗元和年间又达到一个高潮，这个时期的代表诗人有韩孟诗派、刘禹锡、柳宗元等。

韩孟诗派的代表诗人是韩愈、孟郊、李贺。韩孟诗派有自己明确的诗歌理论，他们的创作是他们的诗歌理论的实践。首先是“不平则鸣”说，韩愈在《送孟东野序》中论述了这个观点，“不平”主要指人内心的不平衡，强调内心不平感情的抒发，更重视穷愁潦倒者“鸣其不幸”。它既是对创作原因的揭示，也是对特定创作心态的肯定。其次是“笔补造化”，强调既要有创造性的诗思，又要用心智、胆力对物象进行裁夺。同时他们还崇尚雄奇怪异之美，追求用奇特的语言写怪异的物象。

韩愈(768—824)多长篇古诗，其中不少揭露现实矛盾，表现个人失意的佳作，这类作品都写得平实流畅，如《归彭城》《龊龊》《县斋有怀》等。

孟郊(751—814)，字东野，有《孟东野诗集》，存诗 500 余首。孟郊性格狷介孤傲，不谐流俗，仕途不畅，历尽生活的磨难。孟郊作诗以苦吟著称，非常注重造词炼句，追求构思的奇特超越。而最引人注目的是那些充满幽僻、清冷、苦涩意象的诗作，大都表现诗人寒苦的生活，诗境仄狭，风格峭硬。这类诗对后世影响不大，倒是那首古朴平易的《游子吟》，至今为人传诵：“慈母手中线，游子身上衣。临行密密缝，意恐迟迟归。谁言寸草心，报得三春晖!”

李贺(790—816)，字长吉，是没落的唐宗室的后裔。有《李长吉歌诗》。李贺是个天才的诗人，在短短的 27 岁的生涯中，他把自己的全部才华和精力都用在写诗上了。李贺对冷艳凄迷的意象有特殊的爱好，大量使用“泣”“啼”等字词，由此构成极具悲感色彩的意象群。如《梦天》：

老兔寒蟾泣天色，云楼半开壁斜白。
玉轮轧露湿团光，鸾珮相逢桂香陌。
黄尘清水三山下，更变千年如走马。
遥望齐州九点烟，一泓海水杯中泻。

前四句从人间来到天上，进入月宫，在空中遨游；后四句又从天上回到人间，注目人世的沧桑。对天国的向往与人生的短促、痛苦困绕着诗人的心灵，使他处于亢奋与消沉交替起伏的状态，想像也因此而倏忽变化。李贺的不少诗歌都带有这样的特点。

在中唐诗坛上，有两位诗人，因为相同的政治遭遇而走到一起，写出了具有相近思想内容的诗篇，他们就是柳宗元和刘禹锡。

刘禹锡(772—842)，字梦得，洛阳人，有《刘宾客集》，存诗800余首。性格刚毅，他的诗歌中贯注着一股豪猛之气。如《秋词》：

自古逢秋悲寂寥，我言秋日胜春朝。
晴空一鹤排云上，便引诗情到碧霄。

诗人一反悲秋的常调，赋予秋引导生命的力量，胸襟开阔，骨力健朗。其他有《浪淘沙词九首》《杨柳枝词九首》等。他最为人称道的诗是咏史怀古诗，如《西塞山怀古》《荆州道怀古》《金陵怀古》等。

柳宗元(773—819)，字子厚，河东(山西永济)人，有《柳河东集》，存诗160多首。和刘禹锡的诗风相比，柳宗元的诗显得内敛、沉重、骨峭而淡泊简古。这和他独特的心性气质和自觉的审美追求有关。柳宗元性格激切而执着，追求清冷峭拔的风格。《江雪》集中体现了这些特点：

千山鸟飞绝，万径人踪灭。
孤舟蓑笠翁，独钓寒江雪。

“绝”和“灭”写出了环境的寂寥，“寒”和“雪”更增添了肃杀之气。在这种氛围中，诗人忧愤、孤直、寂寞的情怀清楚地托显出来。柳诗也有淡泊的一面，如《渔翁》：

渔翁夜傍西崖宿，晓汲清湘燃楚竹。
烟销日出不见人，欸乃一声山水绿。
回看天际下中流，岩上无心云相逐。

情致悠远，境旷意远，淡泊入妙。

“安史之乱”是唐王朝由盛而衰的转折点。在文学领域，文风也发生了明显的变化，出现了韩愈、柳宗元等人倡导的古文运动和白居易、元稹等人倡导的新乐府运动，产生了大量反映社会现实、有为而作的诗文，形成了唐代文学开元、天宝以后又一个高潮。

元稹(779—831)，字微之，河南洛阳人。元稹的乐府诗中有代表性的有《织妇词》《田家词》，反映农民生活的苦难。他的代表作却是《连昌宫词》，这首叙事长诗通过连昌宫的兴废变迁，探索安史之乱前后唐代朝政治乱的原因，有明显的劝诫规讽之意。另外，元稹还写了很多艳情诗，如《离思五首》其四：

曾经沧海难为水，除却巫山不是云。
取次花丛懒回顾，半缘修道半缘君。

语言浅易，却又低回缱绻，一往情深。元稹在妻子死后写了不少悼亡诗，最有名的是《遣悲怀三首》，这三首诗已框定了后世悼亡诗的范围。

白居易(772—846)，字乐天，原籍山西太原，后迁到陕西渭南。白居易是个具有极高参政热情的人，抱着“有阙必规，有违必谏”的态度，指陈时政，并写了大量讽喻诗。这种态度也影响了他的诗歌理论，他认为诗歌的目的是补察时政，因此他的诗歌的功利性非常强，甚至违反了美的原则，也影响了诗歌对艺术性的追求。后来白居易因为上书言事，被加上越职上书的罪名，贬为江州司马。从此，白居易决定走“独善其身”的路。

白居易的讽喻诗有 170 余首，大都写于被贬之前，《秦中吟》《新乐府》

《观刈麦》《村居苦寒》等。《秦中吟》是组诗，共10首，“一吟悲一事”，集中暴露了官场的腐败、权贵的骄奢及其对农民的压迫。白居易的《新乐府》有50首，一篇专吟一事，篇下小序即该篇主旨。不少诗歌形式自由，多以三字句起，后接七字句，有民歌咏叹的味道。

白居易也写过一些感伤诗，其中《长恨歌》《琵琶行》堪称他的代表作，在中唐诗坛上流行的一些长篇叙事诗中，这也是最优秀的作品。《长恨歌》主要写唐明皇和杨贵妃的爱情故事，整篇充满了感伤的调子，和他的讽喻诗的风格形成鲜明的对比。诗的开头写玄宗迷恋杨贵妃而废政，引发安史之乱，这部分有讽喻的意味。但从杨贵妃身亡后，诗情便被悲剧气氛所笼罩，周详的叙事变为婉曲的抒情。玄宗回宫以后睹物思人，苍凉伤感的心境借四季景物的变换流露出来：

归来池苑皆依旧，太液芙蓉未央柳。
芙蓉如面柳如眉，对此如何不泪垂。
春风桃李花开日，秋雨梧桐叶落时。
西宫南苑多秋草，宫叶满阶红不扫。
梨园弟子白发新，椒房阿监青娥老。
夕殿萤飞思悄然，孤灯挑尽未成眠。
迟迟钟鼓初长夜，耿耿星河欲曙天。
鸳鸯瓦冷霜华重，翡翠衾寒谁与共？
悠悠生死别经年，魂魄不曾来入梦。

这段描写，回环往复，层层渲染，真切而不黏着，流利而又隽永。诗的最后一段写临邛道士为玄宗上天入地寻觅杨贵妃，杨贵妃已不再是“回眸一笑百媚生”“侍儿扶起娇无力”的人间美女，而是超凡绝俗的女神了。她请道士将当年的信物带给玄宗，并重申盟誓，这就是至今仍为情人们吟诵不已的“在天愿作比翼鸟，在地愿为连理枝”。但是，天上人间，永难相见，只有“长恨”陪伴这对生死恋人了——诗的最后两句点出了全诗的主题：“天长地久有时尽，此恨绵绵无绝期。”以杨贵妃的美和李、杨相爱开始，以两人长别离，永隔天上人间结束，刻骨的相思变成了不绝的长恨。李杨的爱情得到了升华，天下的痴男怨女都能从他们的爱情中找到自己的面影，受到心灵的震撼。这也正是诗歌的魅力所在。

白居易的《琵琶行》写的是“天涯沦落”的身世感伤(如图 2-16)。诗中通过写琵琶女的命运，来感叹自己被贬的遭际，抒发“同是天涯沦落人”的感叹。诗中主要通过人物的动作和神态来展示人的性格和心理。如琵琶女因为羞涩，并且有难言之痛而不愿见人，诗中的表达是：“千呼万唤始出来，犹抱琵琶半遮面。”整个演奏的过程诗人用了急雨、私语、珠落玉盘、花下莺鸣，“银瓶乍破水浆迸，铁骑突出刀枪鸣”等一系列比喻，把整个演奏过程完美地表现出来。曲终时：“曲终收拨当心划，四弦一声如裂帛。东船西舫悄无言，唯见江心秋月白。”(如图 2-17)在如“裂帛”一般的声响之后，是一片寂静，只有秋月照耀着这一切。美人迟暮和才子不遇的沦落之感，可以想见。而刹那间的音响空白，为每一个心灵留出了回味的空间。

图 2-16　江州司马青衫泪

图 2-17　白居易《琵琶行》图

白居易还创作了大量意在“独善”的闲适诗，表现出淡泊、平和和闲逸悠然的情调。如《问刘十九》：

绿蚁新醅酒，红泥小火炉。
晚来天欲雪，能饮一杯无？

色彩绚丽，气氛温馨，富有生活情趣。

中唐以后，唐王朝的危机进一步加深，士人心态发生了巨大变化，诗歌适应时代的变迁，有了新的内容和艺术表现形式。晚唐的代表诗人是杜牧、温庭筠和李商隐。

杜牧(803—852)与李商隐并称“小李杜”。晚唐咏史诗大量增加，两人的成就都不限于怀古咏史一种题材。杜牧才气纵横，继承了祖父的经世致用之学，很想建功立业，有一番作为。在诗歌创作上，他追求情致高远，笔力劲拔的诗风。杜牧现存诗500余首，有不少写现实政治和社会生活，如《感怀诗一首》《郡斋独酌》《早雁》等。杜牧的怀古咏史诗多数抒写历史上繁荣昌盛局面消逝的伤悼情绪，并常带有兴亡不可抗拒的哲理意味。如《题宣州开元寺水阁阁下宛溪夹溪居人》：

六朝文物草连空，天淡云闲今古同。
鸟去鸟来山色里，人歌人哭水声中。
深秋帘幕千家雨，落日楼台一笛风。
惆怅无因见范蠡，参差烟树五湖东。

六朝繁华消逝了，今天也和往昔一样，处于历史的长河之中。“人歌人哭”，一代代人消没在永恒的时间里，连范蠡的清尘也寂寞难寻了，留下的只有天淡云闲，草色连空。杜牧的怀古咏史诗也有不少是借题发挥，表现自己的政治感慨和识见，《赤壁》《泊秦淮》等，都脍炙人口。

李商隐(812—858)，字义山，号玉溪生，又号樊南生。原籍怀州河内(今河南沁阳)，从祖父起迁居河南郑州。李商隐十岁时父亲去世，他易于感伤的性格大概与孤苦不幸、瘦羸文弱有关。他想通过科考振兴家道，但后来不幸卷入牛党、李党之争，一直沉落下僚。

李商隐关心政治，系念国家命运，写了不少政治诗，在现存的约600首诗中，约占1/6。

李商隐最有名的是他的抒情诗中以无题为中心的爱情诗，这类诗不多，却最集中地代表了李商隐诗独特的艺术风貌。中国古代有不少爱情诗，但多用玩赏的态度来写女性，李商隐却以平等、纯情的眼光来看待女性，因此，他的爱情诗呈现出情深意挚，深厚缠绵的特点。如《无题》：

相见时难别亦难，东风无力百花残。
春蚕到死丝方尽，蜡炬成灰泪始干。
晓镜但愁云鬓改，夜吟应觉月光寒。
蓬山此去无多路，青鸟殷勤为探看。

诗篇首联便说尽了离情别恨，颔联写春蚕蜡炬，到死成灰，比喻中寓象征，至情至性，超越了爱情而具有永恒的人生意义。颈联写两情依依，末联写无望中的希望，更见情之深挚。再如《锦瑟》：

锦瑟无端五十弦，一弦一柱思华年。
庄生晓梦迷蝴蝶，望帝春心托杜鹃。
沧海月明珠有泪，蓝田日暖玉生烟。
此情可待成追忆，只是当时已惘然。

庄生梦蝶、杜鹃啼血、蓝田玉暖、沧海珠泪等典故，被诗人化用到诗中，所构成的境界交织着惆怅、感伤与寂寞。李商隐的其他力作有《无题四首》《楚宫》《乐游原》等。

韩愈、柳宗元等人掀起的古文运动，表明以复古为新变的文体、文风改革的高潮到来了。韩愈、柳宗元主张“文以明道”，“道”指儒家的道统。在“文以明道”的同时，他们也重视“文”的作用。在文章体式上，韩愈主张写“古文”，但在具体写法上，却坚决反对模仿因袭。

韩、柳二人先后创作了800多篇散文，几乎涵盖了政论、赠序、杂说、传记、祭文、墓志、寓言、游记等文体。韩愈的论说文包括两类，一是重在宣扬道统和儒家思想的《原道》《原性》《原人》等，这类作品在今天看来思想陈旧，艺术价值也不高；二是有“明道”倾向，但是重在反映现实，揭露矛盾的

"不平则鸣"之作。《师说》最有代表性。它针对当时士大夫阶层耻于从师、轻视学习的社会风气，开篇便提出"古之学者必有师"的中心论点，接着层层深入，借用古今、长幼、下层艺人与上层官僚等多方位的对比，从正反两方面论说"必有师"的道理，提出了崭新的师道思想："无贵无贱，无长无少，道之所存，师之所存也。""是故弟子不必不如师，师不必贤于弟子，闻道有先后，术业有专攻，如是而已。"

韩愈是一位善辩之士，而善辩又主要来源于他的胆壮气盛，二者的结合使他的散文呈现出惊世骇俗，极具震慑力的气势。《原毁》《讳辩》《争臣论》《论佛骨表》都表现出对社会现实的深刻批判，抒发了作者的愤慨不平。大气磅礴、才力雄健、感情激烈是它们的共同特点。如《讳辩》为李贺必须避讳父名，不得参加进士考试鸣不平。李贺父名"晋肃"，与"进士"谐音，韩愈义愤尖锐地指出："父名晋肃，子不得举进士；若父名仁，子不得为人乎？"凌厉斩截，笔无藏锋，蓄积已久的情感在犀利的批判中勃然喷发。

韩愈的杂文比他的论说文更加自由，或长或短，亦庄亦谐，文随事异，各当其用。其中嘲讽现实、议论犀利的精悍短文，如《杂说》《获麟解》《伯夷颂》等，形式活泼，不拘一格，有很高的文学价值。《杂说四》通篇以马喻人，表现作者对人才受压抑的悲愤，构思精巧，寄慨遥深。"伯乐"和"千里马"的比喻便来自这篇文章。

韩愈不少序文言简意赅，形式多样，表达对现实社会的各种感慨，如描写奔走权门者的复杂心态的《送李愿归盘谷序》："足将进而趑趄，口将言而嗫嚅"，写出了寒士在权贵面前的唯唯诺诺又手足无措的样子。《送董邵南序》郁郁然有侠烈之气，起首一句"燕赵古称多感慨悲歌之士"，劈空而来，全文仅 151 字，但其中笼罩着的悲怆情调和言而未尽的深长意绪，却给人以强烈的震撼。《祭十二郎文》则围绕家庭、身世和生活琐事，尽情抒写作者对亡侄的伤痛，缠绵悱恻，凄切无限。"承先人后者，在孙惟汝，在子惟吾，两世一身，形单影只"，境况之凄苦溢于言表。"一在天之涯，一在地之角，生而影不与吾形相依，死而魂不与吾梦相接……彼苍者天，曷其有极"，惆怅无限，无一语不从至性中流出，令人读后泪下。

柳宗元的杂文有两个显著的特征，一是正话反说，借问答体抒发自己被贬被弃的一怀幽愤，《答问》《起废答》《愚溪对》等均属此类作品；二是巧借形似之物，抨击政敌和现实。如《骂尸虫文》《宥蝮蛇文》《憎王孙文》《斩曲几文》

等，或以动物的阴险邪恶来比喻奸毒小人，或以物体的古怪形状来象征现实社会，对“僭下谩上，恒其心术，妒人之能，幸人之失”的丑恶行径和“末代淫巧”之世予以指斥批判，嬉笑怒骂，痛快淋漓。柳宗元的寓言大都短小而极富哲理意味。《三戒》《永某氏之鼠》《临江之麋》《黔之驴》都借动物的遭遇写人情世故。其中，《黔之驴》的故事流传最广，被山中虎吃掉的驴已成为某些外强中干者的绝妙象征。

柳宗元的山水游记是真正的艺术精品。他善于选取深奥幽美的小景物，用他的全部精力和才情，去一丝不苟地精心刻画，展示高于自然原型的艺术美，用他自己的话说就是“美不自美，因人而彰”，借以安顿他那颗悲哀苦闷的灵魂，让自己，也让读到他的文章的人，获得凄美的愉悦。他的游记主要是在贬谪地写成，呈现的大都是为世所弃却又奇异美丽的自然山水。奇异美景，却遭人冷落，正如“弃地”才子，才华卓世却知音难觅。著名的“永州八记”：《始得西山宴游记》《钴鉧潭记》《钴鉧潭西小丘记》《至小丘西小石潭记》《袁家渴记》《石渠记》《石涧记》《小石城山记》，便是典范。《小石城山记》对小石城山的被冷落深表遗憾和惋惜，《钴鉧潭西小丘记》直接抒写对“唐氏之弃地”的同情，有“借题感慨”的特点。在多数情况下，作者则将表现和再现两种手法结合起来，既有对自然景物的真实描摹，又将主题情感不露痕迹地融注其中，令人于会意中领略作者的情感指向。“永州八记”中最令人称道的是《至小丘西小石潭记》，里面写道：

从小丘西行百二十步，隔篁竹，闻水声，如鸣珮环，心乐之。伐竹取道，下见小潭，水尤清洌。全石以为底，近岸卷石底以出。为坻，为屿，为嵁，为岩，青树翠蔓，蒙络摇缀，参差披拂。潭中鱼可百许头，皆若空游无所依。日光下澈，影布石上，佁然不动，俶而远逝，往来翕忽，似与游者相乐。潭西南而望，斗折蛇行，明灭可见。其岸势犬牙差互，不可知其源。坐潭上，四面竹树环合，寂寥无人，凄神寒骨，悄怆幽邃。以其境过清，不可久居，乃记之而去。

作者匠心独具，写小潭，开篇却先写水声，让人循声觅去；写水清，着笔于水处却不多，用水底之清，水中鱼之乐，日光影之澈来表现。写凄楚悲苦之境，先写其幽静和人鱼之乐，再在篇末对清冷寂寥之境的描摹和气氛的渲染，境界全出，令人读后心动。

(五)长短句中的心曲——宋代文学

宋代文学，最让人难忘的是词。“今宵酒醒何处，杨柳岸，晓风残月”，是柳永的深情；“莫道不消魂，帘卷西风，人比黄花瘦”，是李清照的轻叹；“水面清圆，一一风荷举”，是周邦彦的清丽；“大江东去，浪淘尽，千古风流人物”，是苏轼的宏阔。

词，又叫长短句、诗余。隋唐时期，从西域(还有外国)传入的音乐逐渐和汉族的传统音乐融合，产生了燕乐。燕乐与传统的“雅乐”相对，又称为“俗乐”。词，就是和燕乐的乐曲相配的歌词。词有“令”“引”“近”“慢”等。“令”最短，“引”和“近”较长，“慢”最长。后又出现“小令”“中调”“长调”的名称。58字以内为小令，59字至90字为中调，91字以外为长调。除一部分字数较少的小令外，词都要分段落。一段叫“一片”。一部分词分两段，第一段被称为“上片”或“上阕”“前阕”，第二段被称为“下片”“过片”或“下阕”“后阕”。少数词分三段、四段。词的格律比诗的格律要求宽泛。宋以前词人填词，要求合乎音乐腔调和格律，有许多词人只是按照格律填词，词和音乐开始脱离。明代以后，宋词曲谱大抵失传，词遂成为一种单纯的诗歌形式。

说到宋词，就不能不想起那个盛世——唐代的没落。晚唐，兴起了一种曲子词。温庭筠、韦庄创作了大量的曲子词。后蜀赵崇祚编成《花间集》，是最早的文人词总集。花间词主要写风花雪月，女儿情态，词风文采繁华，轻柔艳丽，充满脂粉气。南唐词的兴起比西蜀词晚，但风气有明显的变化。

南唐的主要词人是冯延巳(903—960)，中主李璟(916—961)和后主李煜(937—978)。冯延巳，字正中，词作数量居五代词人之首。他的词虽然仍以离愁别恨、风花雪月为主，但已不再拘泥于细节描写，而是着力表现人物的心境意绪。如《谒金门》：“风乍起，吹皱一池春水。闲引鸳鸯香径里。手挼红杏蕊。斗鸭栏杆独倚，碧玉搔头斜坠。终日望君君不至，举头闻鹊喜。”词中集中表现女子怀人的惆怅心理，却不为闺情或具体人事所限。冯延巳不仅开启了南唐词风，而且影响了宋代晏殊、欧阳修等词人。

李璟仅存词4首，词中所蕴含的忧患意识比冯延巳的更加深厚。如《浣溪沙》：

菡萏香销翠叶残，西风愁起绿波间。还与韶光共憔悴，不堪看。细雨梦回鸡塞远，小楼吹彻玉笙寒。多少泪珠无限恨，倚栏干。

较之冯延巳所表现的恍然自失，更具庄重意味，与李后主后期的“罗衾不耐五更寒”所表现出的悲慨，更为接近。

李煜，字重光，25岁继位南唐国主，39岁国破被俘。他前期的词写宫廷之乐，后期的词写亡国之痛。内容不同，词风自然有异，但是，这位“生于深宫之中，长于妇人之手”，多才多艺的词人，在前后期的词中，都保持着“真”的特点，在词中一任真情流露，不加理性的节制。前期写自己对宫廷享乐的沉迷，如《玉楼春》：

晚妆初了明肌雪，春殿嫔娥鱼贯列。笙箫吹断水云间，重按《霓裳》歌遍彻。临风谁更飘香屑，醉拍阑干情味切。归时休放烛花红，待踏马蹄清夜月。

后期词写亡国之痛，血泪至情。《虞美人》写道：“春花秋月何时了，往事知多少。小楼昨夜又东风，故国不堪回首月明中。雕栏玉砌应犹在，只是朱颜改。问君能有几多愁，恰似一江春水向东流。”人生长恨，往事成空的遗憾和无限的人世之悲，在李后主笔下，至纯而深情地表现出来。李煜的亡国之痛在词中已上升为对宇宙人生的悲剧性体验。王国维说：“词至后主而眼界始大，感慨遂深，遂变伶工之词而为士大夫之词。”

这些，都是宋词可以继承的遗产。

宋代立国之初的半个世纪，词并没有随着新王朝的建立而兴盛，基本上处于停滞状态。柳永是词史上具有开创性的词人，11世纪上半叶，柳永等词人先后登上词坛以后，宋词才开始步入迅速发展的轨道。与柳永同时的词人有范仲淹、张先、晏殊和欧阳修等。

晏殊(991—1055)的词集是《珠玉词》，绝大部分是写男女之间的相思爱恋和离愁别恨，却已“过滤”了花间派的轻佻和艳冶。晏殊的写作受冯延巳的影响很大，冯词中偶尔会流露出“人生几何”的感慨，而在晏殊的词中，对人生感悟的反思是一种自觉的意识和常见的内容。晏词中，人生的苦闷和爱情的感伤往往交织在一起，构成了晏词“情中有思”的特质。名作《浣溪沙》最能代表这种特点：“一曲新词酒一杯。去年天气旧亭台。夕阳西下几时回？无可奈何花落去，似曾相识燕归来。小园香径独徘徊。”整首词在伤春怀人的表层意象中，蕴含着强烈的时间意识和生命意识。“夕阳”“落花”是两种流逝难返的意象，象征着年华的流逝和爱情的失落，而在“旧亭台”下，这种流逝之感越发显得强烈。“无可奈何花落去，似曾相识燕归来”是传诵至今的名句，对仗工整，语句优美，词人对人生的沉思和感伤，都浓缩在这两句词里。

欧阳修(1007—1072)是当时的文坛领袖，尽管他把词当作“聊佐清欢”的“小技”，但他对词作也有所革新：一是扩大了词的抒情功能，沿着李煜词开辟的方向，进一步抒发自我的人生感受；二是改变了词的审美趣味，朝着通俗化的方向开拓，与柳永词相呼应。

范仲淹(989—1052)曾度过了四年的军旅生活，他的词给词坛带来了新的东西。如《渔家傲》：

> 塞下秋来风景异，衡阳雁去无留意。四面边声连角起，千嶂里。长烟落日孤城闭。浊酒一杯家万里，燕然未勒归无计。羌管悠悠霜满地。人不寐，将军白发征夫泪。

塞外景象和边疆生活，将士们的思乡情和报国志，为词开辟了新的审美境界，也开启了宋词贴近社会生活和现实人生的创作方向。范仲淹词风沉郁苍凉，成为豪放词的滥觞。

柳永(987？—1053?)，初名三变，字景庄，后改为永，字耆卿，崇安(今福建武夷山市)人。关于柳永填词，有一个传说，柳永是仁宗时的进士，善于填词，当时词被看成小技，仁宗不以为然，说“且去填词”，柳永便自嘲地称自己是“奉旨填词柳三变”。

宋词到了柳永的手里，发生了重大变化。

柳永开始创作大量慢词，从根本上改变了唐五代以来词坛上小令一统天下的局面。随着体制的扩大，词的内涵增加了，也提高了词的表现力。在两宋词坛上，柳永是创作慢词最多的词人。在宋代所使用的880多个词调中，有100多个词调是柳永首创或首次使用的。

柳永完成了词的审美内涵和审美趣味的通俗化，开始用通俗的语言表达市民的生活情调。首先是世俗女性大胆而泼辣的爱情意识走到词中来。《定风波》:“早知恁么。悔当初、不把雕鞍锁”,写女主人公因爱人外出不归而苦闷。《满江红》:“万恨千愁,将年少、衷肠牵系”,写失恋的痛苦。《迷仙引》:“万里丹霄,何妨携手同归去。永弃却、烟花伴侣”,写妓女的不幸和美好理想。柳永词还表现了北宋的都市生活和市井风情。《望海潮》上阕:“东南形胜,三吴都会,钱塘自古繁华。烟柳画桥,风帘翠幕,参差十万人家。云树绕堤沙。怒涛卷霜雪,天堑无涯。市列珠玑,户盈罗绮竞豪奢。”从自然形胜和经济繁华方面写杭州的美景。下阕写民众的乐事,形成了一幅都市风情画。柳永也有一部分词写他的羁旅行程和他的人生感受,最有代表性的是《雨霖铃》:

> 寒蝉凄切。对长亭晚,骤雨初歇。都门帐饮无绪,留恋处,兰舟催发。执手相看泪眼,竟无语凝噎。念去去,千里烟波,暮霭沉沉楚天阔。
>
> 多情自古伤离别,更那堪、冷落清秋节。今宵酒醒何处,杨柳岸,晓风残月。此去经年,应是良辰、好景虚设。便纵有,千种风情,更与何人说?

用铺叙衍情的方法,把整个送别的场景、过程、氛围以及人物的动作和情态都具体细致地描绘出来。柳永还善于利用时空的转换来表现情感的变化,寒蝉、骤雨、兰舟、泪眼、千里烟波,切换迅速,串联起词人的愁绪。“今宵酒醒何处”,一句伤情的发问,引出了“杨柳岸、晓风残月”,把未来的时间和地点勾画出来。在远方,是杨柳,象征相思的事物。“晓风”和“残月”,又写出了羁旅的艰辛和凄清,在今晚的别恨上,镶嵌上了明晨的相思,主人公曲折的心境明了如画。

除了以上的解读之外,柳永词的特点还有以口语入词,“恁”“伊家”“阿谁”等语在他的词中出现的频率都很高。另外,为了和词的体式、内容的变化相称,柳永还创造性地运用了铺叙和白描的手法,这一点可以在《望海潮》《雨霖铃》中体会出来。

在当时,柳永是一个很失意的人物,但是词坛上一些很有名的人,都曾受惠于他。苏轼和周邦彦各开一派,是从柳永化出来的两支。

柳永之后,宋词慢慢走向它的高峰。把宋词引到高峰的是苏轼。

苏轼(1037—1101),字子瞻,号东坡居士,眉州眉山(今属四川)人。他的家庭富有文学传统，父亲苏洵、弟弟苏辙都是古文名家，父子三人时称“三苏”，都位列“唐宋八大家”之中。苏轼的文、诗、词，都是宋代的高峰。苏轼的三度被贬，埋没了他的政治才能，却成全了他的文名。

苏轼学识渊博，思想通达，在北宋儒、释、道三教合一的思想氛围中如鱼得水。他有积极的经世济民的思想，积极入仕。仕途不顺，他退守佛老，但仍旧有所作为，在贬地黄州、惠州和儋州，他政绩卓著。这种特点，都表现在他的词里。

图 2-18　关河塞雁图轴

词的风格可大体分婉约与豪放两派，豪放之风，大成于苏轼。苏轼存词 362 首，大多数词的风格与传统的柔美婉约之风相近，但已有相当数量的词体现出奔放豪迈的新风格。苏轼对词体进行了全面的改革，最终突破了词为“艳科”的传统格局，提高了词的地位，使词从音乐的附属品，转变为一种独立的抒情文体，从根本上改变了词史的发展方向。

如表现苏轼豪情壮志的词《江神子·密州出猎》：

> 老夫聊发少年狂。左牵黄，右擎苍；锦帽貂裘，千骑卷平冈；为报倾城随太守，亲射虎，看孙郎。酒酣胸胆尚开张。鬓微霜，又何妨。持节云中，何日遣冯唐。会挽雕弓如满月，西北望，射天狼。

现实中的“射虎”太守，理想中的“射狼”壮士，裹挟着风雷之气，继范仲淹《渔家傲》之后，进一步冲破了词以红粉佳人为主人公的词坛格局，词人的进取精神也改变了词作原有的柔软情调，开启了南宋辛派词人的词风(如图 2-18)。

苏词中也经常表现对人生的思考，“人生如梦”是他对人生的一种感悟，《永遇乐》“明月如霜”、《念奴娇·赤壁怀古》《西江月》《水调歌头》等，都记载了他对人生如梦的浩叹。但是，苏轼并没有因此否定人生，而是力求自我超脱，始终保持顽强乐观的信念和超然自适的人生态度。

苏轼写人生的体悟，向内心深处开拓；也写自然社会，向外部世界拓展。苏词不仅大力描述了各种生活场景，还进一步展现了自然的景色。《水调歌头》《定风波》等，都是把对自然景色的关照和对人生的反思结合起来的佳作。《念奴娇·赤壁怀古》里，雄奇壮阔的自然美中熔铸着深沉的历史感和人生感慨：

> 大江东去，浪淘尽、千古风流人物。故垒西边，人道是，三国周郎赤壁。乱石穿空，惊涛拍岸，卷起千堆雪。江山如画，一时多少豪杰。
>
> 遥想公瑾当年，小乔初嫁了，雄姿英发。羽扇纶巾，谈笑间、强虏灰飞烟灭。故国神游，多情应笑我，早生华发。人生如梦，一樽还酹江月。

上阕即地写景，为英雄人物的出场铺垫。开篇从滚滚东流的长江水写起，接着用“浪淘尽”一词把不尽的长江水与历史名人联系在一起，布置了一个极为广阔而又悠久的时空(如图 2-19)。下面用“故垒”一词，引出历史上有名的以弱胜强的战役——赤壁之战的战场，而“周郎赤壁”既与词题合拍，又为下阕写周瑜埋下伏笔。“乱石”和“江山”两句，把读者带入奔马轰雷、惊心动魄的奇险境界，使人回想起群雄纷争的三国；无数彪炳史册的英雄，顿时心胸开阔，精神振奋。上片锁定了一个特定的历史空间三国，下片把关注的焦点凝聚在苏轼最为佩服的英雄周瑜身上。“遥想”似乎是一句历史舞台上的报幕词，紧跟其后，周瑜出场了。接下来没有直接写周瑜的雄才大略，却用“小乔”这位绝代美人来烘托英雄，更见出周瑜丰姿潇洒、韶华似锦。这里不禁让人想起杜牧《赤壁》诗中“铜雀春深锁二乔”的诗句，可见这场战争对于吴国是多么重要。后面对周瑜穿着打扮的描画，突出周瑜风度潇洒。而“谈笑间、强虏灰飞烟灭”，抓住水战的特点，概括出战争的胜利场景。然而，历史远逝，现实却是作者被贬，境遇与自己的报国理想相抵牾。因此，作者不免自笑多情，产生如梦之感。然而，作者并没有到此结束，而是思想更进了一步，超脱出眼前的黯然神伤。“一樽还酹江月”，言近而意远，一位胸襟博大，识度明达的词人，浮现在我们面前。

图 2-19 长江万里图(局部)

黄庭坚(1045—1105)、晁补之、秦观、张耒，是苏轼的门徒，被称为“苏门四学士”。黄庭坚的词兼学苏、柳，写了很多艳词，有的非常露骨，价值不高。晁补之词的主题是吟咏隐逸，抒发被迫隐逸的心境。秦观词的境界最高，秦观(1049—1100)，字太虚，后改字少游，高邮(今江苏)人。他和晏几道一样，是“古之伤心人”，《江城子》中“便做春江都是泪，流不尽，许多愁”，《千秋岁》中“春去也，飞红万点愁如海”等“愁”句，是他心中浸透着的伤心之事的最好证明。王国维对秦观词的评价是“少游词境最凄婉，至‘可堪孤馆闭春寒，杜鹃声里斜阳暮’，则变为凄厉矣”，这两句是秦观《踏莎行》中的名句，浸满了词人的感情色彩，用王国维的话说，便是“有我之境”。秦观年轻时渴望功名，但仕途不顺。秦观的心理承受力很差，秦词的内容也没有脱出别恨离愁的藩篱。在北宋词坛上，他被认为是最能体现当行本色的“词手”。一曲《鹊桥仙》是他伤情心曲的真切抒发：

纤云弄巧，飞星传恨，银汉迢迢暗度。金风玉露一相逢，便胜却人间无数。柔情似水，佳期如梦，忍顾鹊桥归路。两情若是久长时，又岂在朝朝暮暮。

借牛郎织女“七夕”相会的神话，写人间男女刻骨的相思，最后两句婉约蕴藉，余味盎然。《满庭芳》写道：

山抹微云，天连衰草，画角声断谯门。暂停征棹，聊共引离尊。多少蓬莱旧事，空回首，烟霭纷纷。斜阳外，寒鸦数点，流水绕孤村。销魂，当此际，香囊暗解，罗带轻分。谩赢得、青楼薄幸名存。此去何时见也，襟袖上，空惹啼痕。伤情处，高城望断，灯火已黄昏。

这是秦观的名作。开头两句渲染出暮霭苍茫的境界，“山抹微云”的“抹”字，尤其传神。“抹”原指用一种颜色掩去另一种颜色，古代女流时时要“涂脂抹粉”，老杜有“晚妆随手抹”的诗句。一个字，为整首词平添了不少风流韵致，把山间云迹写得如诗如画。少游在这个字上享了盛名，他的女婿在宴席上遭了冷眼，便说：“某乃山抹微云女婿也！”“天连衰草”点染出凄凉的景色，“画角”点明此时正值黄昏，因为古代傍晚时，城楼吹角。接下来转入离别正题，写词中人回首前尘往事，被叹为千古绝唱的“斜阳外，寒鸦数点，流水绕孤村”，全似画境，又觉画境亦所难到。下阕中化用杜牧“十年一觉扬州梦，赢得青楼薄幸名”的诗句，表达出世人误解自己的怨恨。结尾处，“伤情处，高城望断，灯火已黄昏”，总收一笔，轻轻点出，如颊上三毫，倍添神采。到这里，从山有微云，到灯火黄昏，流连难舍之情油然道出。

周邦彦(1056—1121)，字美成，是钱塘才子。他对词的规范化起了很大作用，周词的法度、规范，主要从柳词中变化而来，体现在章法、句法、炼字和音律等方面。周词像柳词一样善于用铺叙，但能够变直叙为顺叙、倒叙、插叙相结合的方式，使时空场景交错叠映，章法严密而结构繁复多变。如《兰陵王·柳》：

柳阴直，烟里丝丝弄碧。隋堤上、曾见几番，拂水飘绵送行色。登临望故国。谁识京华倦客。长亭路，年去岁来，应折柔条过千尺。闲寻旧踪迹。又酒趁哀弦，灯照离席，梨花榆火催寒食。愁一箭风快，半篙波暖，回头迢递便数驿。望人在天北。凄恻，恨堆积。渐别浦萦回，津堠岑寂，斜阳冉冉春无极。念月榭携手，露桥闻笛。沉思前事，似梦里，泪暗滴。

古代有折柳枝送别的习俗，此词借柳伤别。前两句，从柳阴写到柳丝，柳阴直铺在地上，沿长堤伸展出来，“柳阴直”，有一种类似于绘画中透视的效果。新生的柳枝像丝一样，透过春天的暮霭看去，有一种朦胧的美。这样的柳色，已不止看了一次，多少次送别，都有它的踪迹：“隋堤上、曾见几番，拂水飘绵送行色”，“拂水飘绵”一句，锤炼极工，生动地摹画出柳树依依送别的情态。那时的词人，登上长堤眺望故乡，别人的送别勾起了他的无限乡思，但这位“京华倦客”的愁思有谁理解？由树及送别知己之后，词人又将思绪回到柳树上“长亭路。年去岁来，应折柔条过千尺”，表面上是惜柳，实际上却是感叹人间离别的频繁。从第一阕可以看出周词纵横开阖的叙事方式。第二阕写自己的别情。追忆往事，情人在寒食节前的一个晚上为他送行，别宴烛光闪烁，别乐低回，令人难忘。“又”字说明词人常常记起，“愁一箭风快，半篙波暖，回头迢递便数驿。望人在天北”，风顺疾行，行人本应高兴，但是对情人的留恋却使他“愁”，回头望去，那人已宛若远在天边。第三阕开头便以顿挫的笔调写排遣不了的遗憾。此时已近傍晚，渡口冷冷清清，斜阳正冉冉西下，春色一望无际，空阔的背景更加衬托出词人的孤寂。他不禁又想起往事，“沉思前事，似梦里，泪暗滴”，月榭、露桥上的往事，宛若梦境，一一浮现，不觉暗自悲伤。综观全诗，词人围绕送别，写景、写事、写情，远近相接，今昔变换，萦回曲折，似有说不尽的心事流荡在其中，耐人寻味。

调美、律严、字工，是周词在音律上的特点，他的词往往优美精工，有不少名句。如写羁旅行程的《满庭芳·夏日溧水无想山作》中“风老莺雏，雨肥梅子，午阴嘉树清圆”，借风和雨来写时间的变化，表达莺雏和梅子的成长，对仗整齐，词意新颖。《苏幕遮》中的“叶上初阳干宿雨，水面清圆，一一风荷举”，用“清圆”和“举”写荷叶在风中亭亭玉立的情态，别有情调。

在南渡词坛上，李清照的横空出世，获得了她自己的光彩。

李清照(1084—1155?)，自号易安居士，济南章丘人(如图 2-20)。她的一生，幸福与苦难，交织成一曲甜蜜与忧愁的旋律。她的情感世界是独特的，18 岁与赵明诚结婚，夫妇俩诗词唱和，共同整理金石文物，留下很多佳话。靖康之难，她失去了丈夫和幸福的往昔。在南渡中，她与一个金人结婚，曾被诬为叛徒。岁月的变迁，命运的多舛，在她的词中留下了深深的印记。

图 2-20　李清照像

《一剪梅》：

红藕香残玉簟秋。轻解罗裳，独上兰舟。云中谁寄锦书来，雁字回时，月满西楼。花自飘零水自流，一种相思，两处闲愁。此情无计可消除，才下眉头，又上心头。

词中的意象很有特点，藕、簟、兰舟、雁，都是些不染凡尘的事物，“红藕”“玉簟”点染秋的萧瑟，有不食人间烟火的气象。“兰舟”“雁”写相思，两相映衬，秋色和柔情都显得深沉、悠远，并且结着愁怨。而云中锦书则说明李清照在赵明诚出仕期间，经常书信往来，夫妻间的心心相印跃然纸上。

词的下阕是千古名句，“花自飘零水自流”是即景，与“红藕”一句和“轻解”一句相承接，有晏殊《浣溪沙》“无可奈何花落去”，刘禹锡《竹枝词》“水流无限似侬愁”的意境。“一种相思，两处闲愁”，尽管天长水远，两地相思之情却无二致。因此“此情无计可消除，才下眉头，却上心头”，是“思”的必然结果。

李清照前期的词，一半是对丈夫的钟情，一半是对自然的喜爱。《如梦令》：“昨夜雨疏风骤，浓睡不消残酒。试问卷帘人，却道海棠依旧。知否？知否？应是绿肥红瘦。”“绿肥红瘦”语词浅切，却抓住了事物的主要特点，写来传神如画。

前期的名篇还有《凤凰台上忆吹箫》《如梦令》“尝记溪亭日暮”、《醉花阴》等。其中《醉花阴》里“莫道不消魂，帘卷西风，人比黄花瘦”，还有一段佳话。李清照把《醉花阴》一词寄给赵明诚，明诚连作50阕，拿给好友陆德夫看，德夫玩之再三，说“只三句绝佳”，明诚诘问是哪三句，德夫说“‘莫道不消魂，帘卷西风，人比黄花瘦’正易安作也”。这说明《醉花阴》很有艺术特色。

后期的词里，李清照在无聊的生活中咀嚼自己的清愁，愁怨漫溢在字里行间，让人不忍。后期词的代表作是《声声慢》：

> 寻寻觅觅，冷冷清清，凄凄惨惨戚戚。乍暖还寒时候，最难将息。三杯两盏淡酒，怎敌他、晚来风急？雁过也，正伤心，却是旧时相识。满地黄花堆积，憔悴损，如今有谁堪摘？守着窗儿，独自怎生得黑！梧桐更兼细雨，到黄昏、点点滴滴。这次第，怎一个愁字了得！

本词开首三句叠字，用意颇奇。后两句均为“寻寻觅觅”的结果，不但毫无所获，反被冷清凄惨的氛围所笼罩。仅此三句，一种愁惨而凄厉的气氛已笼罩全篇，接下来对词人晚秋感伤的情感铺叙，都是围绕着这种情调来写的。在借酒难消的怀旧情绪下，南飞的雁阵应该带来故乡的消息了吧，但是，这旧时相识雁带来的却是无尽的乡愁。“雁”是易安词中的特殊意象。鸿雁春天北去，秋天南飞，正象征着李清照的身世。仰首雁阵，看到的是乡愁。低首黄花，黄花正盛开，自己却伤心憔悴，无心摘花玩赏。守候在窗前，大概是希望得到远方的消息，而感受到的却是黑暗和孤寂。雨是令人惆怅的事物，愁中听雨更使人愁，更何况雨打梧桐，敲人耳鼓，叩人心扉呢？到了这里，浓愁深恨已被点染得淋漓尽致，凄厉至极。最后一句“怎一个愁字了得”，一个“愁”字，化多为少，只说自己思绪纷乱，仅用一个“愁”字如何包括得尽。而“愁”以外有什么样的心情，并没有说明。这句话使整篇的抒情戛然而止，仿佛不了了之，有“欲说还休”的味道，但实际上已经倾泻无遗。

李清照的词境“别是一家”，她真挚大胆地表现自己对爱情的热烈追求，丰富生动地抒写了女性的情感世界，比“男子作闺音”更为真切自然，而且改变了男性一统词坛的局面，在中国文学史上占有很高的地位。

大约与李清照同时的朱敦儒(1081—1159)、张元干(1091—1161)等词人，在当时也很有名。他们的词多写亡国之痛和漂泊之感，如朱敦儒的《卜算子》《相见欢》《水龙吟》，张元干的《石州慢·己酉秋吴兴舟中作》《贺新郎·送胡邦衡待制》《水调歌头》等。

12世纪下半叶，出现了以辛弃疾、陆游、姜夔等词人为中坚的“中兴”词人群，他们把词的创作推到了新的高峰。

辛弃疾(1140—1207)，字幼安，号稼轩，历城(今济南)人。他的经历充满了英雄传奇色彩。他身为南宋名将，曾率领仅十数骑胜闯敌军的军营，他既有英雄的将略，又有英雄的才情，一生曾“三仕三已”，因此他的词中也充斥着英雄的才胆，并表现出对人生的思考。他发扬了苏轼豪放词的词风，和苏轼并称“苏辛”。

稼轩词开拓了词境，扩大了词的意象群。在稼轩词中，有着更深广的社会忧患和个体人生的苦闷。《水龙吟·登建康赏心亭》：

楚天千里清秋，水随天去秋无际。遥岑远目，献愁供恨，玉簪螺髻。落日楼头，断鸿声里，江南游子，把吴钩看了。栏干拍遍，无人会，登临意。休说鲈鱼堪脍。尽西风、季鹰归未。求田问舍，怕应羞见，刘郎才气。可惜流年，忧愁风雨，树犹如此。倩何人，换取红巾翠袖，揾英雄泪。

故国沦陷，流落江南的漂泊感；事业无成，英雄无用武之地的压抑感；壮怀激烈，理想无人理解的孤独感，在这个北望中原的赏心亭里，一齐涌上作者的心头，再刚强的汉子，也不禁潸然泪下。英雄心灵世界的丰富性和曲折性在词中有了淋漓尽致表现，充分展示了词体善于表现复杂心态的潜在功能。辛弃疾早年是带兵恢复中原的激情英雄，流落江南却被休闲家中，前后的人生反差使他对造成民族大悲剧的根源进行理性的反省，把这一刻骨铭心的体悟渗透进词中，就成就了辛词的悲凉慷慨，情感充沛，形成多层次的美感体验，这样的代表作是《摸鱼儿》：

更能消、几番风雨，匆匆春又归去。惜春长怕花开早，何况落红无数。春且住，见说道、天涯芳草无归路。怨春不语。算只有殷勤，画檐蛛网，尽日惹飞絮。长门事，准拟佳期又误，蛾眉曾有人妒，千金纵买相如赋，脉脉此情谁诉。君莫舞，君不见、玉环飞燕皆尘土。闲愁最苦。休去倚危栏，斜阳正在，烟柳断肠处。

表面上，这是一首惜春词，但是熟悉“美人香草”传统的人马上会明白，惜春只是个幌子，作者不过是要借此抒发自己深沉的感慨。春易去与玉环飞燕之喻，不仅是作者对时间“逝者如斯夫，不舍昼夜”的极度焦虑，而且直斥奸佞小丑的阻梗。他像他的前辈屈原一样，把亡国的哀痛诗意化，给缠绵的词体注入悲壮的意气，哀痛与缠绵，悲凉与顽艳，愤怨与哀婉，是如此水乳般交融在一起，这是辛弃疾给词史留下的丰碑。一个伟大词人的词境常常是开阔的、多侧面的，辛词在慷慨之作外，也有呈现农村田园生活的恬静和隐逸情趣的作品。最为有名的是《清平乐·茅檐低小》和《西江月·夜行黄沙道中》，尤其是后一首，用平常的语言，以剪影式的手法，就把清新的乡村风景呈现在读者的面前：

明月别枝惊鹊，清风半夜鸣蝉。稻花香里说丰年，听取蛙声一片。七八个星天外，两三点雨山前。旧时茅店社林边，路转溪桥忽见。

没有博大的胸怀，没有宽阔的艺术视野，是不可能注意到这些风景和乡村野老的，更不可能发现它们的诗意，即使给它们涂抹上诗意，也难以真正把乡村的意境表现得如此自然和清新。

陆游(1125—1210)，字务观，号放翁，越州山阴(今浙江绍兴)人。陆游是宋朝文坛上著名的爱国诗人，他一生“是有意要做诗人”，对作词很鄙视，这种态度影响了他的词的数量和艺术价值。不过，超群的才气，独特的人生体验，使他写出了稼轩词所没有的境界。陆游的词主要写壮志未酬的幽愤，其词境的特点是把理想化成梦境，与现实的悲凉构成强烈的对比，如《诉衷情》：

当年万里觅封侯，匹马戍梁州。关河梦断何处，尘暗旧貂裘。胡未灭，鬓先秋。泪空流。此生谁料，心在天山，身老沧州。

陆游的词里，流露出的是一种赤子般的深情，他的爱情词里，这种深情演化到令人凄绝而泣的程度。《钗头凤》写道：

红酥手，黄縢酒，满城春色宫墙柳。东风恶，欢情薄，一怀愁绪，几年离索。错，错，错！春如旧，人空瘦，泪痕红浥鲛绡透。桃花落，闲池阁，山盟虽在，锦书难托。莫，莫，莫！

这首词写于陆游与唐琬沈园邂逅之后，“错，错，错”与“莫，莫，莫”三句似冰冷的铁石，锤打在为爱燃烧的心上，两者交淬，形成无望而愈加深情的失落，震撼人心。

南宋的词坛上，真正的雅士是姜夔。姜夔(1155？—1209)，字尧章，号白石道人，鄱阳(今江西鄱阳)人，是和辛弃疾并驾于南宋词坛的词坛领袖。姜夔一生布衣，浪迹江湖，耿介清高，以文艺自娱，诗词散文，书法音乐，无不精善，是继苏轼之后又一位文坛全才。当世名流辛弃疾、朱熹等都很推重他。

姜夔对文坛的主要贡献是把婉约词进一步雅化，建立起新的审美规范。姜夔词风清空灵动，如野云孤飞，去留无迹，偏爱用冷香、冷红、冷云、冷月、暗柳、暗雨等色调阴冷的意象群，编织清幽悲凉的审美世界。他的艳情词超尘绝俗，越过缠绵的欢爱细节，直写别后相思苦恋，并用独特的冷色调来处理炽热的柔情，从而将恋情雅化。如《踏莎行·自沔东来丁未元日至金陵江上感梦而作》：

燕燕轻盈，莺莺娇软。分明又向华胥见。夜长争得薄情知，春初早被相思染。别后书辞，别时针线。离魂暗逐郎行远。淮南皓月冷千山，冥冥归去无人管。

这首词以冷境写热情，上阕写春天引起的相思。下阕把这种相思的深度进一步着浓，开首用非常生活化的书信和针线，写女郎对情人的深情，接下来，“离魂”和“暗逐”两词，写出相思之切，已经到了苦恋的地步。而最后两句写出了词史上少有的冷境，王国维在《人间词话》中说：“白石之词，余所最爱者仅二语，曰：‘淮南皓月冷千山，冥冥归去无人管。’”皓月把千山都冷却下来，在这种幽冷凄清的环境里，苦苦追随情人而去的“离魂”，没有找到它深情寄书，加意针线的游子，月冷长空，它只有孤独游走，没有人关心它的去留。写到这里，词已经结束，但是，“离魂”将归何处，它所追逐的那个游子今夜感觉到爱了吗？他在哪里，是对月相思，还是沉溺欢场？都在不言之中，都在词外。“淮南月冷”两句所勾勒出的冷清，依旧寒彻人心，让人回味无穷。

姜夔的艺术思维方式和表现手法也都别出心裁，他善于用艺术通感，又善于侧面着笔，因此他的词空灵、含蓄。《扬州慢》：

淮左名都，竹西佳处，解鞍少驻初程。过春风十里，尽荠麦青青。自胡马窥江去后，废池乔木，犹厌言兵。渐黄昏，清角吹寒，都在空城。杜郎俊赏，算而今、重到须惊。纵豆蔻词工，青楼梦好，难赋深情。二十四桥仍在，波心荡、冷月无声。念桥边红药，年年知为谁生。

“吹寒”和“冷月”都运用了通感，一个把听觉和人的肌肤之感连接起来，一个把视觉和人的肌肤之感连接起来，这样就把战乱之苦写成切肤之痛，更加渲染了这种痛苦(如图 2-21)。

图 2-21　寒鸦图卷(局部)

到南宋后期，词的领域已被开拓得非常充分，生不逢时的词人或者重复前人的话题，或者“为赋新词强说愁”，很少有人能自辟新天地，但吴文英(1207？—1269?)是个例外。他用崭新的艺术方式，极大地丰富了词的表现功能。在词作中，吴文英的思维是跳跃性的，无逻辑的，按照传统的艺术欣赏方式是无法理解的。比如他怀念亡姬的名作中的名句“黄蜂频扑秋千索，有当时纤手香凝”，写得亦真亦幻：黄蜂扑秋千，是实景；秋千上亡姬生前留下的余香，则只不过是作者因痴迷的忆念产生的幻觉，但著一“有”字，便化虚为有，变幻觉为真景，充分展示了作者超常的想像力和幻化的手段。可是，已经习惯了传统的人，即使是艺术感觉敏锐的词论家张炎，对吴文英这么绚丽多姿、结构富于新意的词，除了说一些诸如“如七宝楼台，眩人耳目，碎拆下来，不成片段”之类完全不着边际的话之外，就不知所措了。这也再次提醒我们，欣赏杰出的艺术作品，是一件挑战——对你艺术感觉细胞的挑战——意味极浓之事。

宋朝散文沿着唐朝古文的方向发展，最终的成就却超过了唐文。后人有“唐宋八大家”之说，其中有六家出于宋代。除此之外，北宋的王禹偁、范仲淹、晁补之，南宋的胡铨、陆游等，都堪称散文名家。宋代散文家的阵容比唐朝更加壮大。宋代作家吸取了唐代古文的经验教训，改变了一味排斥骈文，追求艰涩古奥风格的做法，为宋代古文的发展开辟了正确的道路。

宋代散文出现了多样化的趋势，四六、文赋、笔记文都产生于宋代。宋代散文的风格也显出多样化的特点，各位大家都具有鲜明的艺术个性。宋代散文总体的风格是平易畅达、简洁明快，在韩文的雄肆和柳文的激切外，另辟新境。

欧阳修是当时的文坛领袖，开创了一代文风。他是杰出的政治家和文学家，提携过当时的很多文人。欧阳修在诗文改革中起了很大作用。他纠正了西昆体华艳绮丽的文风，中和了韩文和柳文奇险深奥的倾向，形成了简洁流畅、纡徐委婉的风格。他的议论文有些直接关系到政治斗争，这些文章是非分明，胆识过人。如《朋党论》，针对保守势力污蔑范仲淹等人结成朋党的言论，提出“小人无朋，惟君子则有之”的论点，充满凛然正气。《五代史记》等历史散文对五代的历史教训进行总结，表达了国家兴亡在人命不在天命的历史观。欧阳修的散文具有很强的感情色彩，政论文慷慨陈词，感情激越；史论文则低回往复，感情淋漓；其他散文则更加注重抒情，情文并至。《醉翁亭记》是欧阳修的名作，开头一段：

> 环滁皆山也。其西南诸峰，林壑尤美。望之蔚然而深秀者，琅琊也。山行六七里，渐闻水声潺潺而泻出于两峰之间者，酿泉也。峰回路转，有亭翼然临于泉上者，醉翁亭也。作亭者谁？山之僧智仙也。名之者谁？太守自谓也。太守与客来饮于此，饮少辄醉，而年又最高，故自号曰醉翁也。醉翁之意不在酒，在乎山水之间也。山水之乐，得之心而寓之酒也。

语言平易晓畅，晶莹秀润，轻快无滞，而怀才不遇的情绪也从容不迫地流露出来，显得含蓄委婉，纡徐有致。

王安石(1021—1086)是北宋的又一位散文大家。他字介甫，晚号半山，临川(今江西临川)人。王安石以政治家自许，他的散文大多直接为政治服务，是抒发政见的工具。这些作品论点鲜明，逻辑严谨，有很强的说服力。如《上仁宗皇帝言事书》《答司马谏议书》等。他的短文更能体现其散文的特点，即直抒己见，不枝不蔓，简洁峻切，短小精悍。如司马光的《与王介甫书》以3000字的篇幅指责新法，王安石《答司马谏议书》以380字作答，集中笔墨对司马光关于“侵官”“生事”“征利”“拒谏”“招怨”五点逐条批驳，文笔犀利。比如对“征利”的反驳仅用一句“为天下理财，不为征利”，一针见血，语约义丰。《游褒禅山记》是他的游记名篇，议论透辟精警，但写景只寥寥数笔，形象性稍显不足。这也是王安石散文的缺点。

苏轼的文学主张跟前面的散文家有所不同，他主张文、道并重。他认为文章的艺术具有独立的价值，如“精金美玉，市有定价”。道在他看来也不单是儒家之道，而是泛指事物的规律，所以主张文章应像客观世界一样，文理自然，姿态横生。在这种文学思想的指导下，苏轼散文的艺术成就很高。他擅写议论文，有纵横家的习气，《贾谊论》《留侯论》等是当时士子参加科考的范文。他的杂说、序跋、书札等议论文善于翻新出奇，形式活泼，议论生动，比他的史论文更有文学价值。名篇有《日喻》《文与可画筼筜谷偃竹记》等。他的游记是议论、抒情、记叙三种功能结合得最水乳交融的散文，《石钟山记》围绕石钟山名称的由来，根据自己的实地考察，纠正前人的说法，并引申出对没有“耳闻目见”的事物不能“臆断其有无”的哲理。文中月夜泛舟察看山形的一段叙述情景交融，意境优美：

> 至暮夜月明，独与迈乘小舟至绝壁下，大石侧立千仞，如猛兽奇鬼，森然欲搏人。而山上栖鹘，闻人声亦惊起，磔磔云霄间。又有若老人咳且笑于山谷中者，或曰，此鹳鹤也。余方心动欲还，而大声发于水上，噌吰如钟鼓不绝，舟人大恐。

通过人的视觉和听觉，写出了石钟山景色的与众不同，寥寥数笔勾勒出幽美而阴森的景象，读之如临其境。苏轼的辞赋和四六文也取得了很高的艺术成就，其辞赋吸收古文的疏宕潇洒之气和诗歌的抒情意味，《赤壁赋》和《后赤壁赋》是其中的名篇。四六文也有行云流水的风格，《谢量移汝州表》写于遭贬之后，是难得的性情之作，“只影自怜，命寄江湖之上；惊魂未定，梦游缧绁之中”，这样的句子似乎带着贬谪时的血泪和惊恐、孤寂，让人读之惊心。

苏轼的父亲苏洵、弟弟苏辙都名列八大家之中，但成就远不及苏轼。

诗歌是宋人苦心经营的艺术方式。面对唐诗所形成的巨大山峰，宋代诗人可以从中发掘无穷的宝藏，作为学习的典范，但是，要找到自己的立足之地，去低吟浅唱，却并不容易。宋诗的创新具有很大的难度。以题材为例：唐诗表现社会生活已经到了巨细无遗的地步，宋人所能做的只有向深处开掘。宋诗在题材方面较成功的开拓，便是向日常生活倾斜。琐事细物都成了宋诗的诗料，苏轼咏过水车，黄庭坚咏过茶。宋诗的整体性的风格追求是平淡之美。

苏轼和黄庭坚被看作宋诗的典范。苏诗共流传下来2700多首。苏轼的诗和他的词、文一样，旷达、乐观。苏轼一生宦海沉浮，奔走四方，人生阅历非常丰富。他对社会现实有“一肚皮不合时宜的”态度，批判现实是他的诗歌的重要主题。如《吴中田妇叹》《荔枝叹》等。苏轼的有些诗中隐含理趣，他善于从人生遭际中总结经验，从客观事物中见出规律。《题西林壁》：

横看成岭侧成峰，远近高低各不同。
不识庐山真面目，只缘身在此山中。

远山因游人观看的角度不同呈现出不同的面貌，这本是平常的自然景观，但诗人对它进行了反思，把它上升为哲理，“只缘身在此山中”一句最能体现诗人的匠心，表明他对自然现象的反思。《和子由渑池怀旧》：

人生到处知何似？应似飞鸿踏雪泥。
泥上偶然留指爪，鸿飞那复计东西？
老僧已死成新塔，坏壁无由见旧题。
往日崎岖还记否？路长人困蹇驴嘶。

八句诗竟有三句是问句！雪泥鸿爪，印记深刻以至痛楚。鸿雁飞去，哪管留下的痕迹？鸿雁留给雪泥的痛楚，恰似命运留给人生的苦难。当冰雪消融，故人仙去，旧有的痕迹在人眼中显得莫名其妙，但是，往日的回忆很清晰，遥远的征途，疲惫的征人，无力的嘶鸣，明明就在眼前浮现，耳边环绕。深情的发问，痛苦的感触，以及由此而触发的人生感悟，随着意象的变化流露出来，诗人的灵心慧眼也可见一斑了。

黄庭坚(1045—1105)，字鲁直，号山谷道人，又号涪翁，洪州分宁(今江西)人。黄庭坚是江西诗派的代表人物，他主张以杜甫诗为学习的典范，对杜甫在炼字、造句、谋篇等方面的艺术特点有很多艺术分析，提出了作诗的方法是“夺胎换骨”和“点铁成金”。诗人在借鉴前人作品的时候，应“师其意不师其辞”，“古之能为文章者，真能陶冶万物，虽取古人之陈言入于翰墨，如灵丹一粒，点铁成金也”。在借鉴前人的基础上推陈出新，是北宋诗摆脱窘境的一种策略。

因为强调炼字，用典，黄庭坚的诗具有很浓的文人气息。他流传下来的诗有 1900 多首，所吟咏的对象无非是怀友送别、题咏书画等，但力求发掘题材的人文意味，用典故和辞藻来修饰所咏之物，这是黄诗的特点。

陆游是南宋伟大的爱国诗人，一生留存的诗有 9400 多首，主要写军旅情和爱国泪，也有部分爱情诗，如《沈园》二首等，写他和唐琬之间的爱情悲剧。《沈园》二首其二：

梦断香消四十年，沈园柳老不吹绵。
此身行作稽山土，犹吊遗踪一泫然。

75 岁时，他重游沈园，写下“绝等伤心之诗”。他的爱国诗多以“梦”“泪”等意象来表达报国无门的遗憾，60 年的创作历程中，没有一刻敢忘从军报国，《示儿》《书愤》《关山月》是表现陆游深哀巨痛的名篇。梁启超《读陆放翁》之二写道：“集中十九从军乐，亘古男儿一放翁！”概括了陆游诗歌的总体特点。陆游也有写闲情逸致的诗作，如《游山西村》《临安春雨初霁》等。《游山西村》：

莫笑农家腊酒浑，丰年留客足鸡豚。
山重水复疑无路，柳暗花明又一村。
箫鼓追随春社近，衣冠简朴古风存。
从今若许闲乘月，拄杖无时夜叩门。

把宁静的村景和淳朴的民风写得如画，并把诗人对这种田园生活的留恋和向往，轻巧优雅地表露出来。诗中“山重水复疑无路，柳暗花明又一村”典雅地写出了水乡景色的特点，是千古传诵的佳句。

(六)在血与火中看戏——元代文学

元代文学所涵盖的时间，大致可以包括从蒙古统一北中国(1234)到朱元璋推翻元代，元顺帝逃离大都(1368)。元代的历史虽然短暂，它在中国文学史所占有的地位却非常特殊，它是一个新的文学史纪元的开始，从此，叙事性文学开始居于文坛的主导地位，作家与下层人民的联系更加密切，文学创作赢得了更多的观众、读者，在社会上产生了更为广泛的影响。同时群众的接受情况，又制约着文学的创作，促进了作家审美观念的变化。文学史上一个新的阶段开始了。

唐代以来，叙事性的文体如传奇小说、变文俗讲，已呈现出活跃的趋势，宋代经济的繁荣，出现了专供市民娱乐的勾栏、瓦肆，给说书、杂要等演员提供了演出场所。诗词已不再符合市民的需要，讲述故事的话本、说唱等艺术形式，特别是戏曲艺术得到了长足发展。话本在宋代分为四家——小说、说经、讲史、合生。小说讲脂粉灵怪、传奇公案故事；说经讲演佛禅道理；讲史讲述前代历史、战争；合生指即兴滑稽技艺。到元代，“说话”继续发展，目前我们所能见到的话本，以讲史居多，如《全相平话五种》《新编五代史平话》《宣和遗事》等。

在元代，中国的戏剧艺术走向成熟。中国戏剧的起源、形成经历了漫长的过程。从先秦歌舞、汉魏百戏、隋唐戏弄，发展到宋代的院本，表演要素日益完善。金末元初，文坛在唐代变文、说唱诸宫调等叙事性体裁的浸润和启示下，找到了适合于表演故事的载体，并与舞蹈、说唱、伎艺、科诨等表演要素结合在一起，发展为戏剧。戏剧包括杂剧和南戏，根据现存剧本名目，杂剧有 530 多种，南戏有 210 多种，但大部分已经散失，从现存的剧本看，元代戏剧的题材，包括爱情婚姻、历史、公案、豪侠、神仙道化等许多方面。

杂剧和南戏两个剧种的剧本虽然都包括曲词、宾白、科(介)三部分，但体制又有不同。杂剧盛行于大江南北，一般由四折组成一个剧本，每折相当于今天的一幕；演剧角色可分末、旦、净三类。末分正末、小末；旦分贴旦、搽旦、小旦。在音乐上，一折只采用一个宫调，不重复。全剧只能由正末或正旦一人主唱，正末主唱的叫“末本”，正旦主唱的叫“旦本”。曲调由北方民歌、少数民族的乐曲、中原传统的曲调结合而成。以大都为中心的北方戏剧圈，包括长江以北的大部分地区，流行杂剧。许多杰出的剧作家，如关汉卿、王实甫、马致远、纪君祥等人都在这里活动。南戏流行于东南沿海，剧本由若干“出”组成，“出”数不作规定，曲词的宫调也没有规定。南戏的角色分生、旦、净、末、丑等类，均可歌唱。歌唱的形式多样，可独唱、对唱、合唱、轮唱。曲调由东南沿海的民间音乐和中原的传统音乐结合而成。南方戏剧圈以杭州为中心，包括温州、扬州、建康等地。

元代思想领域比较活跃，佛教、道教、伊斯兰教、基督教在中原地区得到发展。信仰的多元化使儒学的影响力逐渐下降，随之，儒生也开始被社会所忽视，元曲中对儒生的称谓是“酸”“细酸”等，足见他们在人们心目中的卑微。相当一部分人不再依附于权贵，他们或隐居山林（如图 2-22），或流连市井，人格上获得了前代所未有的独立，思想意识随即驿动。仕途失落的知识分子，或为生计，或为泄愤，大量涌向勾栏，文坛上新的波澜涌起来。元杂剧就是在这种情况下兴起的。

图 2-22　子方扁舟傲睨图轴

关汉卿（1225？—1300?），字汉卿，号已斋叟，是东方的“莎士比亚”。他的前半生是在血与火的交织中度过的，动荡的年代在他的剧作中留下了深深的印记，他的历史剧《单刀会》《西蜀梦》、喜剧《救风尘》、悲剧《窦娥冤》等，都从不同的侧面反映了时代的动荡。关汉卿生性开朗豁达，他自写身世、抒发胸中抱负的散曲〔南吕一枝花〕《不伏老》套曲〔黄钟尾〕曲，是他狂傲倔强、幽默多智性格的自白：

我是个蒸不烂、煮不熟、捶不扁、炒不爆、响当当一粒铜豌豆。恁子弟每谁教你钻入他锄不断、斫不下、解不开、顿不脱、慢腾腾千层锦套头……我也会围棋、会蹴踘，会打围，会插科，会歌舞，会吹弹，会咽作，会吟诗，会双陆，你便是落了我牙、歪了我口，瘸了我腿，折了我手，天赐与我这几般儿歹症候，尚兀自不肯休。则除是阎王亲自唤，神鬼自来勾，三魂归地府，七魄丧冥幽。天那，那其间才不向烟花路儿上走！

关汉卿的剧作深刻揭露了元代社会的黑暗，是元代残酷的民族压迫和阶级压迫的一面镜子。关汉卿的代表作《窦娥冤》写一个弱小无靠的寡妇窦娥，在贪官桃杌的迫害下，被诬为“药死公公”，斩首示众(如图 2-23)。窦娥的冤案有巨大的典型意义，作家以“人命关天关地”的高度社会责任感，提出了封建社会里“官吏每(们)无心正法，使百姓有口难言”这个带普遍意义的问题，强烈地控诉了封建制度与民为敌、残民以逞的罪恶。窦娥的冤屈直教六月飞雪，血溅白练，充满浪漫的想像，不断被后代人引用。剧中第三折〔滚绣球〕一曲，是整部剧作的关目所在：

图 2-23　感天动地窦娥冤

有日月朝暮悬，有鬼神掌着生死权。天地也只合把清浊分辨，可怎生错看了盗跖颜渊？为善的受贫穷更命短，造恶的享富贵又寿延，天地也做得个怕硬欺软，却原来也这般顺水推船。地也，你不分好歹何为地？天也，你错勘贤愚枉做天！哎，只落得两泪涟涟。

通过窦娥血泪的控诉，引起人们对封建社会的现实秩序与传统观念的怀疑，把窦娥悲剧的意义升华到一个新的高度。

在《望江亭》中，杨衙内凭借

皇帝赐予的势剑金牌为所欲为，到潭州杀人夺妻。批判的矛头有意无意地指向最高的封建统治者。在《救风尘》《金线池》《谢天香》中，关汉卿描写妓女的不幸遭遇，为这些被侮辱与被损害的下层妇女喊出了要求自由，要求平等的心声："我看了些觅前程俏女娘，见了些铁心肠男子辈，便一生里孤眠，我也直甚颓"(《救风尘》第一折)；"你道是金笼内鹦哥能念诗，这便是咱家的好比拟，原来越聪明越不得出笼时"(《谢天香》第一折)。他笔下的妇女一般出身微贱，社会地位低下，几乎毫无例外都是被侮辱被损害的人物，但是，她们是桀骜不驯的勇者，并非任人宰割的羔羊。像以自己的美丽、勇敢与机智设计营救同行姐妹的赵盼儿(《救风尘》)，有胆有识、巧扮渔妇智赚杨衙内势剑金牌的谭记儿(《望江亭》)，力图摆脱奴婢的悲惨地位、敢于在贵族婚宴上闹婚的燕燕(《诈妮子》)，都是明显的例子。关汉卿剧作中的妇女形象，在整个中国文学史上都是极为突出的。

与此同时，关剧还展现了一幅封建统治阶级的"百丑图"。这其中有权豪势要、皇亲国戚、贪官污吏、土豪劣绅、衙内公子、鸨母嫖客、流氓地痞……除以上提到的反面角色外，再如权倾朝野、"嫌官小不为，嫌马瘦不骑，动不动挑人眼、剔人骨、剥人皮"的鲁斋郎(《鲁斋郎》)；玩弄女性的官僚子弟周舍(《救风尘》)；逼女为娼的老虔婆李氏(《金线池》)……关汉卿揭露这些人本性的恶毒和本质的虚弱，在文学史上也是空前的，表现了一个人民戏剧家鲜明的爱憎与战斗的本色。

关汉卿还写了不少著名的历史剧。像《单刀会》《单鞭夺槊》《哭存孝》《西蜀梦》等，这类戏以赞颂英雄业绩为主，展开正义和非正义的冲突，赞美正义的事业，歌颂英雄的业绩，表现了一个正直戏剧家的爱憎感情，这和他在其他剧作里所体现的精神是一致的。

当关汉卿正在以酣畅豪雄的笔墨关注着社会苦难时，王实甫"花间美人"般的《西厢记》惊世骇俗地登场了。

王实甫(生卒年不详)，名德信，大都人。他创作的杂剧计有 14 种，流传下来的有《西厢记》《破窑记》《贩茶船》《芙蓉亭》，《西厢记》是他的代表作，写在封建社会中大胆追求爱情的一段惊世艳情，作为剧本，它表现出舞台艺术的完整性，达到了元代戏曲创作的最高水平(如图 2-24)。它所讲述的故事，在民间广为流传。

图 2-24 北西厢秘本插图“窥简”

《西厢记》情节曲折，波澜迭起，悬念丛生，引人入胜。

《西厢记》的戏剧冲突有两条线索：①老夫人与莺莺、张生、红娘的矛盾。这是维护封建礼教和封建婚姻制度的势力与反对封建礼教，反对门阀观念，追求爱情和婚姻自由的叛逆者之间的矛盾。②莺莺、红娘、张生之间的矛盾。这一矛盾主要是由于他们之间存在的不同个性和一些猜疑、误会造成的。两组矛盾交叉发展，互相影响，使《西厢记》常常出现强烈的戏剧效果。

《西厢记》采用虚实结合的笔法来描写人物，使人物性格呈现出丰富的色彩和立体浑成的效果。例如第 3 本，原是描写莺莺和张生二人的相思，却全是从红娘的角度进行侧面描写。这一本的第 1 折写红娘去书斋探病，却意在描绘张生的“凄凉情绪”；第 2 折写红娘回到绣房，从旁观察莺莺的“愁肠百结”；第 3 折写张生跳墙前来相会，是从红娘的眼里看二人的动静；第 4 折写红娘书斋探望病重的张生，又一次通过红娘的眼睛描绘张生“鬓似愁潘，腰如病沈”，刻骨铭心的相思情状。这种描写方法，避免了只是靠当事人抒情描述人物的心情和事态发展的单调写法，使描写更加充分。

《西厢记》的心理描写，不仅在曲词中，而且在人物的对话、动作中，也往往有着丰富的潜台词，间接地表现人物的内心活动。例如第3本第2折“闹简”一场，红娘受张生所托带回了写着情诗的简帖，红娘知道“小姐有许多假处”，所以把简帖放到妆盒上，站到一边去观察动静。莺莺开始“开拆封皮孜孜看，猛又想起红娘还在一旁，于是变了面皮斥责红娘，意在掩饰自己的真实感情。”红娘明明知道简帖的内容却不能说破，回答道：“小姐使将我去，他着我将来，我不识字，知他写着什么。”并说要去“出首”。果然，莺莺放心了，“揪住”红娘，不让她去“出首”，并打听张生的情况。之后，莺莺又要让红娘传书信，却又冠冕堂皇地说：“红娘，不看你面时，我将与老夫人看，看他有何面目见夫人。”红娘虽无回答，却有背躬：“你哄着谁哩，你把这个饿鬼弄的他七死八活，却要怎么?”这段对话有时意在言外，有时言在此而意在彼，揭示出丰富的心理内容。

《西厢记》的曲词华美，并有诗的意境。作者常常结合剧情，在景物描绘中，构成抒情意味极浓的意境。第1本第3折“玉宇无尘，银河泻影，月色横空，花阴满庭”，16个字勾画出张生等待莺莺烧夜香时静谧而落寞的环境。第4本第1折，张生等莺莺来幽会时，作者描写：“彩云何在，月明如水浸楼台。僧归禅室，鸦噪庭槐。风弄竹声只道金珮响，月移花影疑是玉人来。”用彩云、月光、僧人、乌鸦的动态，传达出张生焦躁不安的心情。第4本第3折长亭送别，“碧云天，黄花地，西风紧，北雁南飞。晓来谁染霜林醉，总是离人泪”。构成萧瑟而凄冷的秋景，与主人公的离愁别绪相互融合，创造了浓郁的抒情气氛，历来被称道为“神来之笔”。

白朴(1226—1306)，字太素，号兰谷。白朴生长于乱世，心灵饱受创伤。面对残酷的现实，他感到无法对付，决定远离政治，“放浪形骸，期于适意。”他的词曲浸染着沧桑之感和失落之哀。据说他曾作杂剧15种，现仅存《梧桐雨》和《墙头马上》。

白朴杂剧代表作《梧桐雨》，全名《唐明皇秋夜梧桐雨》(如图2-25)，取材于唐人陈鸿《长恨歌传》，标目取自白居易《长恨歌》“秋雨梧桐叶落时”诗句。剧写唐明皇李隆基与杨贵妃的爱情故事。其情节是：幽州节度使裨将安禄山失机当斩，解送京师。唐明皇反加宠爱，安遂与杨贵妃私通。因与杨国忠不睦，又出任范阳节度使。安禄山造反，明皇仓皇逃出长安。至马嵬驿，大军不前，兵谏请诛杨国忠兄妹。明皇无奈，命贵妃于佛堂中自缢。后李隆基返长安，在西宫悬贵妃像，朝夕相对。全剧以李、杨爱情为主线反映了安史之乱这一重大历史事件及唐王朝由盛至衰的过程。关于《梧桐雨》的主题思想，研究者有不同看法。有的认为它与白居易《长恨歌》一样，是歌颂唐明皇、杨贵妃生死不渝的爱情；有的认为作者借以评价唐明皇的政治得失；也有的认为是批判唐明皇与杨贵妃。其实，作者既批判了李隆基的荒淫误国，又同情他在爱情上的不幸，主题思想上有明显矛盾。全剧结构层次井然，曲词华美典雅，诗意浓厚。第四折是全剧最精彩的部分，李隆基退位后在西宫养老，终日思念玉环。他在梧桐树下盘桓，“常记得碧梧桐阴下立，红牙筯手中敲”，如今却是“空对井梧阴，不见倾城貌”，美好时光，成了追忆。在落叶满阶的气氛中，他在梦中与杨玉环相会，才说上几句话，梦被惊醒了。窗外雨打梧桐，“窗儿外梧桐上雨潇潇”，“一点点滴人心碎”，淋漓尽致地烘托出李隆基凄楚悲凉的心境。前人对此剧评价甚高，清人李调元说：“元人咏马嵬事无虑数十家，白仁甫《梧桐雨》剧为最”(《雨村曲话》)。此剧对清人洪昇的传奇戏曲《长生殿》影响很大。

图 2-25　唐明皇秋夜梧桐雨

白朴的词流传至今 100 余首，大致为怀古、闲适、咏物与应酬。他的怀古词，如〔沁园春〕《金陵凤凰台眺望》、〔水调歌头〕《初至金陵》等篇，寄托了故国之思，感慨很深：“长江不管兴亡，谩流尽英雄泪万行。问乌衣旧宅，谁家作主？白头老子，今日还乡……”白朴还有不少“闲适”词，表现了消极避世的生活态度。白朴的散曲在艺术上以清丽见长，是当时有成就的作家之一。

马致远(1250？—1321?)，号东篱，大都人。他经历了蒙古时代的后期和元统治的前期，青年时追求功名，中年曾一度任职，晚年淡泊名利，与清风明月为伴。马致远在当时有“曲状元”之称。他既是当时名士，又从事杂剧、散曲创作，亦雅亦俗，备受四方人士钦佩。所作杂剧 15 种，有《汉宫秋》《陈抟高卧》等。《汉宫秋》是其代表作。

《汉宫秋》以昭君出塞为题材，东汉以后，历代都有题咏昭君的作品(如图 2-26)。按照历史形势，汉强胡弱，马致远《汉宫秋》却写汉弱胡强。在抒写君臣、民族矛盾时，马致远着重写的是家国衰败之痛。小人兴风作浪是乱世突出的征象，毛延寿欺大压小，敲诈勒索，中饱私囊，昭君就是因为不肯行贿才遭他暗算，长居冷宫。汉朝的文武百官在马致远笔下是一群白拿朝廷俸禄而百无一用的废物，面对强胡凌辱，他们没有一人能够拯救国难。汉元帝在巡视后宫时，意外地听到昭君哀怨的琵琶声，心生爱怜。他称昭君与自己的姻缘是“五百载该拨下的配偶”，对昭君爱得如痴如醉，俨然是个怜香惜玉的多情才子。但是汉元帝如此珍惜的一段姻缘，转眼之间便成泡影。毛延寿献图、呼韩邪单于“索要昭君姑娘和番”，满朝文武束手无策，反劝汉元帝割恩断爱。在脍炙人口的《梅花酒》中，汉元帝唱道：

> 他、他、他伤心辞汉主，我、我、我携手上河梁。他部从入穷荒，我銮舆返咸阳。返咸阳，过宫墙；过宫墙，绕回廊；绕回廊，近椒房；近椒房，月昏黄；月昏黄，夜生凉；夜生凉，泣寒螿；泣寒螿，绿纱窗；绿纱窗，不思量。

节奏急迫、回环，幽深的宫苑，与汉元帝落寞的心情互相衬托，酣畅淋漓地抒写出一个空有尊贵名分，却无法支配自己命运的帝王内心的悲凉与哀伤。而昭君也和元帝一样，受命运的拨弄。她空有才情和美貌，却总是事与愿违。皇宫选秀，她背井离乡；毛延寿弄权，她被打入冷宫；偶遇恩宠，却被迫和番。身入异邦后，她眷恋汉朝，不甘受辱，投江自尽。《汉宫秋》对昭君虽着墨不多，但形象依然写得很突出，她作为乱臣贼子横行天下的时代的牺牲品，对命运的感叹，对人生的哀怨，深刻而铭心。《汉宫秋》环绕着汉元帝、王昭君的形象，向人们揭示的主要是对历史、人生的体悟。它通过戏剧冲突，抒发人无法主宰命运，只能受命运拨弄的悲哀。《汉宫秋》以“秋天”的意境作为全剧的背景，突出秋天的萧瑟悲凉，更使整个戏笼罩着灰暗荒漠的气氛，这又表达出作者对时代的体验和认识(如图 2-27)。

图 2-26　明妃出塞图

图 2-27　破幽梦孤雁汉宫秋

马致远有“万花丛里马神仙”之誉，他写了很多神仙道化题材的杂剧，以表现对人在悲剧时代如何挣脱苦难的思考。《陈抟高卧》是他的一部令人寻味的神仙道化戏。陈抟一上场就说：“吾徒不是贪财客，欲与人间结福缘。”说明他是关怀人间的仙家。他身处乱世，下山伺机指点他心目中的太平天子赵匡胤。等赵匡胤得到天下，他飘然隐退，坚心清修。陈抟用世与避祸的态度，是封建时代知识分子在入世与利弊得失问题上产生矛盾的一种反映。

在南戏中，最值得一提的是高明的《琵琶记》，它是元代戏曲创作的殿军，明清传奇的开山。

高明(1307？—1359)，字则诚，号菜根道人，浙江瑞安人。南戏《琵琶记》是高明得以名扬后世的代表作，它在宋元时民间流行的蔡伯喈故事，尤其是在“戏文之首”《赵贞女蔡二郎》的基础上进行再创作而成。在宋代民间讲唱、戏文中，蔡伯喈是一个弃亲背妇的反面人物，高明却把他改写成孝义两全的正面形象。

《琵琶记》写蔡伯喈被其父逼迫赴京应试。中状元后，牛丞相奉旨招他为婿。他辞婚、辞官均不获准，被逼入赘相府。时值家乡遭逢荒年，其妻赵五娘历尽艰辛，奉侍公婆。她求得赈米供养二老，自己却暗吞糟糠，年迈双亲盼子不归，气、饿而亡。五娘剪发买葬，安葬公婆后，又琵琶卖唱，寻夫至京，最后夫妻团圆。

赵五娘是剧中塑造得最成功的形象，她的不幸遭遇反映了中国封建社会里许多妇女身受的深重苦难，体现了中国妇女吃苦耐劳、坚韧不拔的传统美德和克己待人的牺牲精神。蔡伯喈是一个软弱动摇的知识分子，他被迫屈从权势，生活在富贵之中，内心却充满痛苦。他希望忠孝两全，却事与愿违。这个悲剧形象暴露了封建道德自身的矛盾及其不合理性。

《琵琶记》是把民间戏文与文人创作结合起来的成功之作，它把南戏创作提高到艺术上比较成熟、能为雅俗共赏的新阶段。它受到明太祖朱元璋的赞赏，获得不同阶层人们广泛的爱好。自它以后，文人雅士、名公大臣纷纷起而制作戏文，蔚然成风。

杂剧和散曲是元曲的主要形式，散曲在宋、金时的民谣俚歌的音乐基础上形成，可分为两类：小令与套曲。小令是单只曲子，但还包括“带过曲”与“重头小令”。“带过曲”是三个以下的单只曲子的联合，但必须同一宫调，并且音乐衔接，同押一韵。套曲的体制有三个主要特征：①由同宫调的两个以上的只曲组成，宫调不同而管色相同者，也可“借宫”。②应有尾声。③全套必须同押一韵。套曲由于篇幅较长，可以包容比较复杂的内容，因此既可用来抒情，也可以叙事。

关汉卿、马致远、白朴等人都写过很多散曲。马致远是元代创作散曲最为丰富的作家，今存小令 115 首，套数 22 篇。他的散曲写文人心态，套数〔双调·夜行船〕《秋思》、〔金字经〕、〔拨不断〕等都写出了传统文人积极进取与超脱放旷重叠交织的悲剧性心态。他的小令也写得别具情致，如〔天净沙〕《秋思》：“枯藤老树昏鸦，小桥流水人家，古道西风瘦马。夕阳西下，断肠人在天涯。”28 个字勾勒出一幅秋夜夕照图。开首三句连用九个名词勾绘出九组剪影，交相叠映，创造出苍凉萧瑟的意境，映衬出羁旅天涯，茫然无依的孤独与彷徨。

元代后期，散曲创作日渐成熟，哀婉蕴藉的感伤情调成为创作主流，主要作家有张可久、乔吉、张养浩等。

(七)完美的终结者——明清文学

当文学演进到明清的时候，她的各种艺术形式都得到了充分发展。

明清的诗歌和词继续沿着前人的方向前进，台阁体诗人、茶陵派、前后七子、钟山派、竟陵派诗人复古、冷峭的风格，充分体现出明人的努力。清初遗民诗人顾炎武、黄宗羲、王夫之等人的诗用血泪写成，抒发家国之悲和民生之苦，笔力遒劲，沉痛悲壮，开辟了清诗的新天地。而王士祯的神韵诗、袁枚的性灵诗、龚自珍的“风雷”般的诗音，都显示出清代诗人在开辟新境方面取得的成果。

明清的散文与晚明的小品文无论在内容上，还是在形式上，都是明清文坛的一束奇葩。晚明的散文创作受晚明思潮的直接影响，李贽、徐渭等思想家提出了“童心”说，主张文章应是真情的流露，反对虚假的说教入文。这种主张对于文坛来说，是崭新的。公安三袁的诗文直抒性灵，新人耳目，张岱的小品文极具特色。清代的桐城派集历代散文之大成，达到了新的高峰。

明清奉献给文坛的丰厚礼物是她的小说和传奇。

明代小说出现了空前繁荣的局面。从明代开始，小说这种文学形式才充分显示出它的社会作用和文学价值，打破了正统诗文的垄断地位，取得了与唐诗、宋词、元曲相提并论的地位。

明代小说繁荣“托福”于明中叶以后市民阶层的日益壮大。他们的生活和思想要求在文学中得到反映，因而在宋元时期说话艺术基础上发展起来的通俗小说，便受到他们的欢迎。明代印刷术的进步，刻书业的发展，也为小说创作的刊行流布创造了良好的条件，从而促进小说创作的繁荣。

明代小说是在宋元时期的说话艺术的基础上发展起来的。明代文人创作的白话短篇小说称为“拟话本”，就是直接模拟学习宋元话本的产物；长篇小说如《三国志演义》(后来较为流行的是毛宗岗评点、删改的本子，取名《三国演义》)《水浒传》《西游记》等，亦多由宋元说话中的讲史、说经演化发展而来。嘉靖以后，文人独立创作的反映现实的长篇小说如《金瓶梅》，亦取资于讲唱文学的写作经验。

明中叶以后一些具有进步思想的文人在理论上给予小说高度评价，为小说争得了文学地位。如李贽就将《西厢记》《水浒记》(有别于《水浒传》)与秦汉文、六朝诗相提并论，同称为“古今至文”；袁宏道称《水浒记》和《金瓶梅》为“逸曲”。

中国古典长篇小说的主要形式章回小说，其特点是分回标目，段落整齐，首尾完具。明代中叶，小说的回目正式创立，标明“李贽评吴观明刻本”的《三国演义》，改240则为120回，它的时代虽难断定，但明万历十七年天都外臣序刻本《水浒传》，已取消了卷数，直接标目为“回”，又加上了对偶的双句回目。明末清初，回目采用工整的偶句，逐渐成为固定的形式。自此以后直至近代，中国的长篇小说和中篇小说，普遍采用这种形式。这种形式并常为文人创作和加工的短篇话本所采用。

图 2-28 《三国演义》插图

中国古代有“四大古典小说”：《三国演义》《水浒传》《西游记》和《红楼梦》，它们标志着古代小说的成熟和繁荣。

一般认为，《三国演义》是元末明初罗贯中的杰作(如图 2-28)。它叙述了从东汉灵帝建宁二年(169)起到晋武帝太康元年(280)一百余年发生的事件，中间着重写了历时约半个世纪的魏、蜀、吴三国的兴衰过程。第1回到第33回，从东汉末年黄巾起义写到曹操平定北方；第34回到第50回，集中写赤壁之战以及战后天下三分；第51回到第115回，重点写刘备集团活动，以及刘备死后，诸葛亮治理蜀国、南征北伐；第116回到第120回，写三国统一于晋。全部故事的基本轮廓和基本线索，主要人物的主要活动，大体上同历史记载相去不远。但是，一部纯粹记录历史琐屑的书是引不起读者兴趣的，《三国演义》的作者根本没有想要重复历史，他非常自觉地虚构故事：诸葛亮神机妙算近于妖，关羽神勇近于神(如图2-29)，曹操奸猾近于魔，就不符合历史人物的面貌。实质上，在每一个故事中，作者都在构造一个典型的环境和情节。比如，围绕火烧赤壁这个大故事，先有诸葛亮的舌战群儒，再有蒋干中计，还穿插着黄盖的苦肉计，都显得过于神奇，尤其是最后诸葛亮借来东风，已近于巫术；但是，作者和读者都知道，这是小说里的故事，情节的曲折动人不过是要满足读者的阅读心理。我们可能无法理解，在古代，那些靠可怜的几部小说来消遣平庸时光的人们，对神奇的故事，对故事中的英雄，是多么的向往。因此，《三国演义》的另一个高招，就是塑造许多出众的英雄，说起刘备的部下，大家都津津乐道“五虎上将”，为什么？原因只有一个：他们个个都神勇超常，万人莫敌。由此我们就不难理解，在全书中无人能敌的吕布，尽管全无操守与人格，却依然魅力无穷。

图2-29　关羽擒将图

《水浒传》的作者，明人记载不一，现在学术界大都认为施耐庵作。施耐庵生平不详，一般认为是元末明初人。《水浒传》以宋朝大约在宣和元年

(1119)至宣和三年(1121)年间宋江等起义的史实为基础，汇总宋代话本和元代杂剧中的水浒故事，经过选择、加工、再创作，才写成这部优秀的古典名著《水浒传》。

《水浒传》的版本比较复杂，大致可分简本繁本两个系统。简本文字简略，细节描写少。繁本描绘细致生动，文学性较强。就内容来说，简本包括大聚义、受招安、征辽、平田虎、平王庆、平方腊直至宋江被害。繁本无平田虎和平王庆故事。明末金圣叹(金人瑞)删去了排座次以后的部分，添了个卢俊义的噩梦作为结尾，梦中一百单八人全部被杀。又把原来的第一回改为楔子，作成70回本。这个本子，入清以来最为流行。

《水浒传》从浪子市井无赖高俅因为踢得一脚好气毬，被后来做了皇帝的瑞王看中，一举高升，做了太尉，成为皇帝的宠臣。他和蔡京、杨戬等人勾结一气，欺压善良，使很多无辜的人无处逃生。书中的一百零八条好汉就是在“官逼民反”的背景下聚义水泊，试图改变自己的命运。他们有的出身市井，如李逵；有的是皇家后裔，如柴进；有的是国家栋梁，如林冲；有的是出家之人，如鲁智深(如图2-30)。但是，他们都无法安身其位，必须改变生活的轨道才能生活。林冲的夫人被高俅的儿子侮辱，一忍再忍，却接连被追杀。陆虞侯火烧草料场，林冲被逼上绝路，才有了雪夜上梁山的故事(如图2-31)。武松，身怀绝技，势可夺虎，却因为哥哥嫂嫂的官司，被陷于不义。英雄气短，打虎的英雄只有啸聚山泊。《水浒传》正是围绕着这些可爱的个性鲜明的英雄形象及他们的引人入胜的故事，展开了变化莫测的叙述。它继承、发展了中国古代小说与讲史话本的传统特色，故事极富传奇性，一波未平，一波又起，起伏跌宕。每一故事的高潮，都紧扣读者的心弦。如“拳打镇关西”“智取生辰

图2-30　花和尚倒拔垂杨柳

纲”“宋江杀惜”“武松打虎”“血溅鸳鸯楼”“江州劫法场”“三打祝家庄”等，数百年来一直脍炙人口。

但《水浒传》并不是单纯追求故事情节的离奇，作者紧紧围绕着“官逼民反”这一思想，把故事情节和人物性格融合在一起。鲁智深、武松、李逵三人都性情刚直，好打抱不平，不畏强暴，不避危难；但他们又各有其特点，用金圣叹的话说便是：“《水浒传》只写人粗卤处，便有许多写法。如鲁达粗卤是性急，史进粗卤是少年任气，李逵粗卤是蛮，武松粗卤是豪杰不受羁绊……”

图 2-31　林教头风雪山神庙

《水浒传》的语言是以口语为基础，明快、洗炼、准确、生动。《水浒传》叙事，善于白描，简洁明快，要言不烦，恰到好处。“武松打虎”是历来传诵的好文章，写得极为传神，写人虎相搏，写老虎一扑、一掀、一剪三般拿人的本事，和声震山冈的吼声，一只活生生的真老虎就跃然纸上。《水浒传》人物语言的性格化，也达到了很高的水平，正所谓“人有其性情……人有其声口。”如李逵第一次见宋江，就问戴宗：“哥哥，这黑汉子是谁?”戴宗责备他粗鲁，他不服，等戴宗向他介绍了情况，他还说：“莫不是山东及时雨黑宋江!”他心里怎么想，口里就怎么说。他不受礼节的约束，他刚上梁山便大发狂言：“便造反怕怎地，晁盖哥哥便作大宋皇帝，宋江哥哥便作小宋皇帝……杀去东京，夺了鸟位。”像大宋皇帝、小宋皇帝等话，只有李逵才说得出，是极富个性化的语言。其他如阮小七的心直性急，吴用的足智多谋，宋江的谦虚下人，通过他们的对话，无不令人如闻其声，如见其人。鲁迅曾经指出：“《水浒》和《红楼梦》的有些地方，是能使读者由说话看出人来的。”

关于《西游记》的作者争议很大，学术界一般认为是吴承恩所作。吴承恩(约1500—约1582)，字汝忠，号射阳居士，淮安山阳(今江苏淮安)人。幼年既有文名，但屡试不中，约40余岁时，始补岁贡生。晚年放浪诗酒，终老于家。有《射阳先生存稿》4卷。《西游记》100回，是吴承恩对传统题材加以改造，注入他对现实生活的感受认识，再创作而成的一部具有现实意义的神话小说。

作为《西游记》主体部分的唐僧取经故事，由唐太宗贞观元年(627)，青年和尚玄奘(602—664)只身一人赴天竺(今印度)取经的真人真事发展演化而来。吴承恩就是在前代传说和平话、戏曲的基础上，熔铸进现实生活的内容，创作出这部规模宏大的杰出神话小说《西游记》的。《西游记》全书的内容由三部分组成。第一部分，包括第1回至第7回。写孙悟空的出身和大闹天宫故事，生动地塑造了一个蔑视皇权、神通广大、敢于造反的孙悟空的英雄形象。孙悟空在花果山水帘洞自称“美猴王”，享受着自由的生活，这表明，自由是美的特征，是人们追求的目标。第二部分，包括第8回至第12回，写唐僧身世、魏征斩龙、唐太宗入冥故事，交代取经缘由。第三部分，包括第13回至第100回，写孙悟空皈依佛门，和猪八戒、沙和尚一起保护唐僧到西天取经，一路上跟妖魔和险恶的自然环境作斗争，经历九九八十一难，终于取到真经，自己也修成了“正果”。

《西游记》具有浓厚的神话色彩和儿童文学色彩，它所描绘的现象，神奇莫测，充满迷幻色彩。它塑造的形象，往往是自然界某种动物的形象或某几种动物的杂糅，他们一般都具有超人的力量，能上天入地，会变化形象。它所着力塑造的孙悟空，是一个积极乐观、勇敢无畏的“斗士”的形象。孙悟空在跟妖魔作斗争中显示了坚强的斗争决心和高超的斗争艺术，例如他善于透过迷人的假象认清妖怪的本来面目；他总是除恶务尽，从不心慈手软；斗争中注重了解敌情，知己知彼，克敌制胜，根据不同的斗争对象，变换不同的策略和战术，等等。斩妖除怪成为书中的突出内容，取经的目的在整个艺术描写中退居到次要地位，甚至仅仅具有象征的意义。作为孙悟空对立面的神佛世界和妖魔，都具有非正义的性质。小说揭露了天宫神权统治的腐朽，玉皇的昏庸无能、凶残暴戾，是人间封建统治阶级的投影。取经路上妖魔鬼怪的凶狠、阴险、淫恶，反映了现实社会中黑暗势力的共同特征。

主要人物除孙悟空外，比较突出的是猪八戒和唐僧。猪八戒是一个有缺点而又令人喜爱的人物形象。他憨厚纯朴，能吃苦耐劳，对敌斗争从不屈服，是孙悟空斩妖除怪不可缺少的助手。但他贪馋好色，自私偷懒；对取经事业缺乏坚定性，一遇困难就要散伙回家；嫉妒心强，好搬弄是非。他的小聪明具有一种憨厚本色的特点，作者对他弄巧成拙的嘲笑，表现了对现实生活中小生产者落后意识的善意批评。唐僧是一个带有浓厚封建士人气质的人物，作者对他是批评多于肯定。他恪守宗教信条和封建礼教，乃至迂腐顽固，而又胆小懦弱，而且常常误信谗言，颠倒是非，无理责骂和残忍地处罚为取经事业建立了巨大功勋的孙悟空。唐僧由一个被歌颂的人物，变成一个被讽刺嘲笑的对象，这一点是《西游记》和传统的取经故事一个很大的不同之处。作者在塑造这些形象时，把神性(幻想性)、人性(社会性)、物性(自然性)三者有机结合起来，这是《西游记》人物塑造的一个突出特点。

鲁迅的《中国小说史略》指出：《西游记》“讽刺揶揄则取当时世态，加以铺张描写”，“述变幻恍忽之事，亦每杂解颐之言，使神魔皆有人情，精魅亦通世故”。

明清的戏曲自有它的辉煌。明代戏曲的主体是传奇，明传奇的发展和繁荣，开创了戏曲艺术的新局面。明清两代的巅峰之作是汤显祖的《牡丹亭》、洪昇的《长生殿》和孔尚任的《桃花扇》。

汤显祖(1550—1616)，字义仍，号海若，又号若士，别署清远道人。临川(今属江西)人。汤显祖出身书香门第，早有才名，12岁时写下的诗作即已显出才华。汤显祖的主要创作成就在戏曲方面，代表作是《牡丹亭》(又名《还魂记》)，它和《邯郸记》《南柯记》《紫钗记》合称“玉茗堂四梦”，又叫“临川四梦”。

《牡丹亭》共55出，写杜丽娘和柳梦梅的爱情故事(如图2-32)。贫寒书生柳梦梅梦见在一座花园的梅树下立着一位佳人，说同他有姻缘之分，从此经常思念她。南安太守杜宝之女名丽娘，才貌端妍，从师陈最良读书。她由《诗经·关雎》章而伤春寻春，从花园回来后在昏昏睡梦中见一书生持半枝垂柳前来求爱，两人在牡丹亭畔幽会。杜丽娘从此愁闷消瘦，一病不起。她在弥留之际要求母亲把她葬在花园的梅树下，嘱咐丫环春香将其自画像藏在太湖石底。3年后，柳梦梅赴京应试，在太湖石下拾得杜丽娘画像，发现就是梦中见到的佳人。杜丽娘魂游后园，和柳梦梅再度幽会。柳梦梅掘墓开棺，杜丽娘起死回生，两人结为夫妻。

图 2-32　汤显祖《牡丹亭》插图

《牡丹亭》可以说是一部“情”剧，汤显祖在本剧《题词》中写道：“如丽娘者，乃可谓之有情人耳。情不知所起，一往而深，生者可以死，死可以生。生而不可与死，死而不可复生者，皆非情之至也。”汤显祖所说的“情”，指人们的真正感情；“理”，是指以程朱理学为基础的封建道德观念。对情的张扬、对理的批判，主要体现在杜丽娘身上。杜丽娘说她“一生儿爱好是天然”(《惊梦》)，又说“这般花花草草由人恋，生生死死随人愿，便酸酸楚楚无人怨”(《寻梦》)。联系起来看，所谓“由人恋”，意为对美好的事物想爱就爱；“随人愿”，意为为了追求美好的事物要生死相随；“无人怨”，意为即使死了也无怨言。《牡丹亭》写杜丽娘的思想与行动同步，正是作品的成功之处，也是杜丽娘形象塑造中最有光彩之处。与杜丽娘的形象相比，柳梦梅较为逊色，缺乏光彩。但他痴情和耿介，还是可贵可爱的，堪与杜丽娘的性格交相辉映。

《牡丹亭》文辞以典丽著称。《惊梦》的几支曲子一向为人称道，如〔皂罗袍〕曲："原来姹紫嫣红开遍，似这般都付与断井颓垣。良辰美景奈何天，赏心乐事谁家院！朝飞暮卷，云霞翠轩。雨丝风片，烟波画船……锦屏人忒看的这韶光贱！"写杜丽娘对春光的欣赏和叹息，透露了她爱情上的苦闷。不过《牡丹亭》曲文也表现出它的弱点，使用冷僻的典故过多，甚至有晦涩生硬之病。

图 2-33　洪昇《长生殿》插图

洪昇(1645—1704)，字昉思，号稗畦。清代钱塘(今浙江杭州市)人。他著有杂剧《四婵娟》，写晋代谢道韫、卫夫人，宋代李清照、元代管仲姬四位才女的故事。根据旧作《舞霓裳》传奇戏曲改写的《长生殿》，是他的代表作(如图 2-33)。《长生殿》的创作过程长达十多年之久，前后易稿三次。

洪昇深为白乐天《长恨歌》及元人《秋雨梧桐》剧中的故事所感动，有意在他的剧本中采用这个传统题材。《长生殿》全剧共50出，规模宏大，内容丰富。成功地写出了李隆基“占了情场，弛了朝纲”，把国家陷于苦难的深渊。为了博得妃子的欢心，不顾万里之遥，命令臣下进贡新鲜荔枝。贡使的马匹沿途毁坏了庄稼，伤害了人命，全不在意。作者把《进果》一出安排在《偷曲》和《舞盘》之间，以宫廷的享乐和人民的痛苦形成对比，大有深意。作者写出了帝王的爱情并不专一，因此李、杨之间尽管缠绵缱绻，也不可避免地出现波折和污点。七夕密誓之后，两人的爱情有所发展和巩固，然而渔阳鼙鼓已动地而来，他们终于自食苦果。为了平息御林军的愤怒，皇帝不得不在马嵬坡下牺牲妃子，以挽救他自己的政治生命。从此他感到内疚不已，晚年沉浸于痛苦之中。

《长生殿》前半部基本上是现实主义的描写，后半部则充满了浪漫主义的色彩。作者虽然谴责了李隆基因宠爱杨玉环而致国事败坏，无法收拾，然而对他们两人的爱情悲剧却很同情。他写李隆基退位后对过去之事有所悔悟，在深宫中为思念杨玉环而无限痛苦。他让杨玉环的幽魂也知道忏悔，一直怀念上皇。由于这种“真情”，两人终于在月宫重新团圆。

与奸相杨国忠及逆藩安禄山相对照，作者精心塑造了郭子仪和雷海青这两个出身低微的英雄人物，他们忠心报国，大义凛然。郭子仪武举出身，到京谒选，未得一官半职，然而他深怀忧国忧世之心，以天下为己任，终于在安史之乱中力挽狂澜，灭贼复国。《疑谶》一场写郭子仪酒楼买醉，作者借此倾注了自己沦落不遇、愤世嫉俗的情感。雷海青是一个乐工，当面痛斥安禄山，以琵琶愤击安禄山，终于慷慨捐躯。可能正是因为这些唱词涉及了满族统治者，再加上《弹词》一出表现了浓厚的兴亡之感，触犯了当时的忌讳，为康熙帝和明珠等满族官僚所不喜。

《长生殿》是一部“台上之曲”和“案头之曲”相结合的优秀作品，与当时孔尚任写的另一部历史剧《桃花扇》堪称双璧。洪昇与孔尚任被誉为“南洪北孔”。他们对中国古典戏曲的发展都作出了杰出的贡献，在中国文学史上占有很高的地位。

孔尚任(1648—1718)，字聘之，号东塘，曲阜人，孔子64代孙。清初诗人、戏曲作家。他继承了儒家的思想传统与学术，自幼即留意礼、乐、兵、农等学问，还考证过乐律，为以后的戏曲创作打下了音乐知识基础。

孔尚任有《孔尚任诗文集》传世，传奇作品有《小忽雷》《桃花扇》等。《桃花扇》历时10年，不仅是孔尚任的代表作，还标志着汤显祖以后，中国戏曲文学发展的新高峰。

《桃花扇》写明末复社文人侯方域避乱南京，结识了秦淮名妓李香君。两人一见钟情，定情次日，香君得知婚事费用皆出于魏忠贤余孽阮大铖，其意在结纳方域，以求开脱恶名。香君义形于色，立即下妆却奁以还。大铖衔恨，乘左良玉移兵南京之时，谣言方域为良玉内应。为避害，方域往淮南投奔史可法，为之参赞军务。甲申三月，李自成入京，崇祯自缢，佞臣马士英、阮大铖等即于南京迎立福王，建立南明朝廷。昏王朝政，征歌逐舞。马士英、阮大铖又屡屡加害香君，香君不屈，守楼明志，血染桃花，廷筵骂座，入宫软禁。方域回到南京，与复社文人一起被阮大铖捕获。不久清兵南下，弘光、马阮出逃。方域出狱，随张瑶星往栖霞山。香君趁乱出宫，也随人入山。侯李二人在祭坛相遇，张道士以国恨、家恨之言点醒他们，二人双双入道。全剧在一派悲歌声中结束。

《桃花扇》取得了多方面艺术成就。在戏剧结构上，孔尚任以概括生活的巨大的艺术才能和独创性，通过侯、李的爱情线索，尤其是通过象征他们的爱情命运的一把扇子，把一部包括了南明兴亡史庞大内容的戏剧情节，有机地贯串在一起。作者以“借离合之情，写兴亡之感”的独特构思，把爱情描写和政治斗争紧密地结合起来，使戏剧结构具有细密、宏伟、富于独创性的特点，把传统的爱情剧和时事剧都提到新的高度。

孔尚任是一位善于塑造人物形象的戏剧家。剧中如崇尚气节、具有敏锐的政治眼光的李香君，关心国事、热心侠义的柳敬亭，力挽狂澜、慷慨捐躯的史可法，风流倜傥、软弱妥协的侯方域，两面讨好、圆滑世故的杨龙友，他们都有不同的内心世界和音容笑貌。李香君是中国文学史上妇女形象中突出的一位巾帼英雄。西施、貂蝉、杨贵妃、香君，等等，都是容貌倾城的美女，她们都被卷入了战争，但是，香君的与众不同之处在于，她不是男人的政治砝码，自始至终，她都能主宰自己的命运。从《拒媒》到《骂筵》到遁入空门，香君时刻掌握着主动，保护着自己的清名，晚明人所推崇的才情和胆识，在李香君身上鲜明地体现出来。

《桃花扇》的语言既有戏剧的表演性又富于文采，达到了戏剧性与文学性的统一。作者写出了许多有强烈抒情和个性化的曲辞，又严肃详备地写好了宾白，这在古代传奇中也是罕有的。这一切使《桃花扇》成为明清传奇戏曲的压卷之作。

短篇小说在明清迎来了它的成熟和繁荣。明中叶以后，随着宋元话本的整理刊，文人摹拟话本而创作白话短篇小说之风日盛。收集作品较多而对后世影响较大的是天启年间冯梦龙编辑的《喻世明言》(初题《古今小说》)、《警世通言》和《醒世恒言》，合称“三言”。每集收话本 40 篇，包括宋元话本、明代拟话本两部分。明末凌濛初仿“三言”创作的《初刻拍案惊奇》《二刻拍案惊奇》，合称“二拍”，则基本上是凌氏创作的拟话本。

除“三言”“二拍”外，明人创作的拟话本小说集，还有《石点头》《醉醒石》《西湖二集》等十多种，成就都不高。但其中也有一些篇章，文笔生动，形象鲜明，于人情世态的描绘中，呈现出封建社会生活大量不合情理的事物。

明清的文言小说也很活跃。明初瞿佑的《剪灯新话》轰动了文坛，此书共 4 卷 20 篇，大多写元末天下大乱时的一些故事，具有幽明怪奇的色彩。不少作品以荒诞的形式，记录了乱世士人的心态，如《华亭逢故人记》，写全、贾二子起兵援助张士诚，兵败而死。两人的魂魄遇于郊外，坐论怀才之士在乱世之中“贫贱长思富贵”与“富贵复危机”的两难心理。

明代各类笔记体小说数量繁多，品种齐全，《幽怪诗谈》《清泥莲花记》《语林》等书都辑录了明代的各种短篇文言小说。清代蒲松龄的《聊斋志异》，艺术水平达到了古代文言小说的顶峰。模仿《聊斋志异》的作品很多，著名的有袁枚的《子不语》、纪昀的《阅微草堂笔记》等。

在我们的印象中，鬼和妖都是可怕的，要么面目狰狞，要么面善心毒。

但有人却以花妖狐媚为知己，“知我者，其在青林黑塞间乎!”三百年前的蒲松龄(1640—1715)如此感慨道。在他构造的《聊斋志异》世界中，花妖鬼魅拥有人间缺失已久的真情和人性，尤其是女鬼女妖，凭借美丽的容颜和纯洁的心地演绎了一个又一个动人的红颜知己式的故事，她们成了现实世界和另一个世界中最可爱的人。

《婴宁》是一个相当清纯的故事。由狐狸所生、鬼母养大的婴宁，容颜绝代。王生与她有一面之缘，遂害上相思病，后来竟在山中找到婴宁，结成良缘。就情节来说，这则人妖之间的恋爱故事非常简单，它所有的魅力都来源于婴宁的笑声。王生第一次遇见她，她就手拈一枝梅花，脸上是可掬的笑容；王生肆无忌惮地盯着她时，她依然是笑着对婢女说："个儿郎目灼灼似贼！"在现实生活中，尤其是在礼教森严的古代，"非礼勿视，非礼勿听"，发自内心、无所顾忌的笑，只有来自不同世界的婴宁才会有。当王生希望他们有夫妻之爱，还要睡在一起时，她"傻傻"地说："我不惯与生人睡。"还直白地告诉养母："大哥(王生)欲我共寝。"作者对她有一个极好的评价：痴。但她的"痴"是无法被社会所容忍的，惯于沉闷的人们天生地对她的"笑声"怀有敌意。她狡黠地让好色的邻居自找死地后，受到了社会各方面的压力，"由是竟不复笑"，不过她仍然没有哀怨之色，甚至还生下了一个"大有母风"的孩子。

蒲松龄痛恨身边无处不在的做作、压抑和沉闷，婴宁的笑与憨让虚伪和假正经愈发地显得可憎，同时也让他感到无比的畅快，他亲昵地称之为"我婴宁"。

葛巾是牡丹花妖，感于洛阳人常大用的痴爱，以身相许，还拿出私房钱与其私奔，后因常生怀疑她的身世，就毅然离开了。这个故事(即《葛巾》)也很简单，引人深思的是，作者在这里表达出来的知己思想。葛巾之所以主动与常大用结合，是她认为他对自己是一片真情，常生一见葛巾，顿生情意，紧追不舍，一个可能是葛巾奶妈的老婆子就吓唬他说要扭送他到官府，告他"性骚扰"。他居然就害怕出病来了，再加上相思，三天时间就憔悴不堪了。葛巾就派那个老婆子送了一碗汤来，告诉他：这是姑娘亲手做的鸩汤，你赶快喝下去吧。他又信以为真，道："仆与娘子，夙无怨嫌，何至赐死？既为娘子手调，与其相思而病，不如仰药而死！"说完一咕嘟就把汤喝了——当然，他不是死了而是痊愈了。可是，他的懦弱也注定他无法接受妻子是花妖的事实。他偷偷地打听葛巾的身世，怀疑她是花妖。葛巾觉察后立刻就变了脸色，她所想像的美好的男女之情顷刻间化为乌有："三年前感君见思，遂呈身相报；今见猜疑，何可复聚！"她立刻就消失于尘世了。故事结束了，作者有了一段议论："怀之专一，鬼神可通，偏反者亦不可谓无情也。少府寂寞，以花当夫人；况真能解语，何必力穷其原哉？惜常生之未达也！"能成知己，则不必论其为人为鬼还是为妖，都自有一段因缘。一旦见疑，情意冰消。

《聊斋志异》有300多个故事，有对人世不平的感慨，有对官府腐败的控诉，有对科举制度弊病积重难返的痛责，还有对家庭生活琐屑的关注。有些故事还写得非常精彩，比如《叶生》《于去恶》《席方平》《促织》等，都是文言小说中的经典。蒲松龄一生坚持参加科举考试，但是没有成功。《聊斋志异》中有很多故事写科举制度对知识分子的身心摧残。《聊斋志异》内容博大丰富，不愧是中国文言小说最后的高峰。

从1840年鸦片战争的爆发，到1919年“五四”新文化运动的兴起，是近代文学的天下，中国古代文学上演了它的最后乐章。中国古代传统体裁的文学，如诗文赋词曲等，发展到清中叶，除小说外，虽作家作品众多，也在风格流派上彼此竞争，但大都缺乏新的思想内容，因袭旧的艺术形式，日趋衰落，陷于困境。

龚自珍、魏源和林则徐等人的诗为诗坛带来新风，他们以感怀时事，抨击投降，讴歌抗战为主要内容，如龚自珍的《咏史》《己亥杂诗》等。到了近代后期，随着黄遵宪、梁启超等人登上文坛，“诗界革命”“文界革命”取得了很大的成果，诗文创作耳目一新，为“五四”新文学革命准备了一些条件。

近代文学是旧文学向新文学的过渡，在这段时期，文学语言由文言向白话转化，文学观念和文学表现形式接受西方的某些影响。这两个方面的开拓，奠定了“五四”新文化运动的基础。

（八）由边缘向中心跋涉——现当代文学

现代文学与中国古代文学之间，似乎发生了一场断裂。文学体裁、艺术手法、文学内容……一切都是新的。

根据当代学者王瑶等人的观点，现代文学是在中国社会内部发生历史性变化的条件下，广泛接受外国文学影响而形成的新的文学。它不仅用现代语言表现现代科学民主思想，而且在艺术形式与表现手法上都对传统文学进行了革新，建立了话剧、新诗、现代小说、杂文、散文诗、报告文学等新的文学体裁，在叙述角度、抒情方式、描写手段及结构组成上，都有新的创造，具有现代化的特点，从而与世界文学潮流相一致，成为真正现代意义上的文学。而所有这一切，都得益于文学语言从文言转变为白话，以及文学观念和文学手法吸收西方的某些影响。这种过渡，是在近代文学中完成的。梁启超、黄遵宪等文学改良者的文学理论和创作实践，对新文学的形成，起了振聋发聩的作用。

中国现代文学的主流是人民的文学。

"五四"文学革命由倡导白话文开始，体现了文学必须能为最广大的群众所接受的历史要求。文学革命的先驱者提出了"国民文学""平民文学"的口号，以表现普通人民生活、改造民族性格和社会人生为文学的根本任务，旗帜鲜明地把"推倒陈腐的铺张的古典文学，建设新鲜的立诚的写实文学"作为文学革命的三大主义之一(陈独秀《文学革命论》)；以后鲁迅又进一步提出了"取下假面，真诚地、深入地、大胆地看取人生"(《论睁了眼看》)，"敢于如实描写，并无讳饰"(《中国小说的历史变迁》)的严格的现实主义要求。"五四"时代是一个历史的开放时期，先驱者以恢宏的气魄，进行了多种创作方法与艺术流派的开拓。鲁迅和他所支持的文学研究会等社团的作家，在开创中国现代文学现实主义传统的同时，又汲取了浪漫主义、象征主义等艺术流派的某些艺术手法，为现实主义文学的发展开辟了广阔的道路。鲁迅的短篇小说《呐喊》《彷徨》达到了时代、民族思想艺术的高峰，《阿Q正传》等经典作品，不但堪称中国现代文学的奠基之作，而且引起国际文坛的注目，成为中国现代文学进入世界文学之林的代表作。与鲁迅同时出现的叶圣陶、冰心、朱自清等一批各具特色的作家，也对现实主义文学的发展作出了自己的贡献。以郭沫若、郁达夫为代表的创造社，以闻一多、徐志摩为代表的新月社，以田汉为代表的南国社等社团的作家，主要从浪漫主义文学汲取艺术营养，同时也受到西方现代主义不同程度的影响，《女神》《沉沦》《死水》等作品开创了现代文学浪漫主义的传统。

"五四"以后，无产阶级作为独立的力量登上政治舞台，并在社会生活中日益显示出自己的力量；与历史的这一发展相适应，20世纪20年代中后期起在文学上提出了以"农工大众"为主要服务对象与表现对象的要求。中国左翼作家联盟明确规定以大众化作为无产阶级文学运动的中心。中国共产党所领导的群众斗争和觉醒中的工人、农民形象得到了正面表现，现代知识分子的历史命运也在文学中成为被探讨的主题。与此同时，文学形式进一步通俗化、大众化。这一时期的艺术创作多姿多彩，产生了茅盾《子夜》这一里程碑式的作品，出现了巴金、老舍、曹禺、丁玲、张天翼、沙汀、艾芜、萧红、萧军、殷夫、蒲风、艾青、臧克家、夏衍等一大批有着鲜明艺术个性的革命现实主义作家。沈从文、戴望舒、施蛰存、何其芳等作家各自为吸取浪漫主义、象征主义、现代主义等艺术养料，发展多种艺术流派，进行了多方面的艺术探讨。

在抗日战争时期，民族危难使作家与人民有了共同命运，推动着许多曾经有过脱离人民的倾向，“为艺术而艺术”的作家走出个人小天地。“文章下乡，文章入伍”成为审美趣味和政治倾向不同的作家共同的要求。文学形式也有了新变化：抗战初期出现了小型、通俗作品的繁荣。中后期长篇小说、多幕剧、长篇叙事诗有了长足发展。艾青、田间及“七月诗派”的诗歌创作，茅盾、巴金、沙汀、老舍、路翎的小说以及曹禺、夏衍、陈白尘、宋之的、吴祖光的戏剧创作，代表着这一时期革命现实主义艺术所达到的新水平。以郭沫若的《屈原》为代表的历史剧创作则是继《女神》以后革命浪漫主义艺术的另一高峰。同一时期，革命根据地的作家长期深入工农兵群众生活，参加实际斗争，初步解决了革命现实主义文学所面临的表现工农兵的历史要求与作家不熟悉工农兵生活的矛盾，获得了创作上的新成就。赵树理《小二黑结婚》《李有才板话》，丁玲《太阳照在桑干河上》，周立波《暴风骤雨》，李季《王贵与李香香》等作品，在表现工农兵，并努力达到鲜明的思想倾向性与艺术真实性的统一上，为社会主义时期革命现实主义文学的发展提供了有益经验。贺敬之、丁毅的《白毛女》等作品则显示了革命现实主义与革命浪漫主义结合的趋向。

1942 年，毛泽东《在延安文艺座谈会上的讲话》鲜明地提出了“文艺为以工农兵为主体的人民大众服务”的根本方向。

中华人民共和国成立后，文艺为工农兵服务这一方针得到了进一步贯彻，而随着人民文化科学水平的提高，人民群众不仅充分享有欣赏文学艺术作品的权利，而且从直接参加体力劳动的工农群众中不断产生出有文学才能的专业和业余作者。社会主义祖国的统一和团结，促进了各兄弟民族文学的发展。在民主革命时期和社会主义革命时期，先后有为数众多的少数民族作家参加了新文学的创造，如老舍(满族)、沈从文(苗族)、玛拉沁夫(蒙古族)等。热情歌颂中国共产党领导工农兵群众在民主主义革命和社会主义革命与建设中所建立的功绩，塑造无产阶级和劳动人民的英雄形象，在 20 世纪 50、60 年代的新中国形成强大的文学潮流，给文学的题材、主题、艺术表现方法与形式、风格带来深刻的影响。在这个时期逐渐形成了代表社会主义新中国文学的主导性风格与特征，即注重题材与主题的重大性与时代性，自觉追求具有“巨大的思想深度”与“广阔的历史内容”的史诗性，对民族性格进行具有历史的纵深度的开掘，创造雄浑壮阔的艺术境界，以及从历史进程中所汲取的昂奋的战斗精神。思想上艺术上的这些特点，在《红旗谱》《创业史》《红岩》《茶馆》等优秀作品中，都表现得相当鲜明和突出。尽管这一时期的文学在多样性发展上有所不足，并存在着粉饰现实的偏差，但具有中国民族特色及时代特色的主导性风格的初步形成，无疑表现了中国社会主义文学日见成熟的趋向。

经过“文化大革命”的历史曲折，1979 年召开的中国文学艺术工作者第四次代表大会，在解放思想、总结历史经验的基础上，重新明确了“文艺为人民服务，为社会主义服务”的方向。时代风云中普通人的历史命运和人生道路、“四化”建设中的时代英雄成为文学新的题材。知识分子题材、工业题材、军事题材、历史题材的作品都有不同程度的发展。文学作品在各阶层人民群众中引起的强烈反响，显示了文学与时代、人民更加紧密与广泛的结合。乔光朴（蒋子龙《乔厂长上任记》）、陈奂生（高晓声《陈奂生上城》《陈奂生转业》）、陆文婷（谌容《人到中年》）等艺术形象的成功塑造，就显示出了作家们的这种追求，表现了革命现实主义文学的深化。王蒙等一批作家还以“拿来主义”的态度，从浪漫主义、象征主义、现代主义等多种流派中吸取艺术养料，作品的表现手法、艺术形式有了新的开拓。王蒙的意识流小说，舒婷和顾城等人的朦胧诗，贾平凹、韩少功等人的寻根文学，都是新时期文学发展的代表作家和里程碑。

三、缪斯的眸子——外国文学

(一)童年的神话与梦想——古希腊与罗马文学

如果要追溯西方文学的渊源，我们就只有回溯到古希腊和罗马。

如文学史家所言，古希腊文学从公元前 11 世纪至公元前 2 世纪，跨越近千年。古希腊的哲学是西方哲学史上的第一座高峰，它教人智慧。苏格拉底(如图 3-1)、柏拉图、亚里士多德是这座高峰上的巨人。文学也迎来了伟大的收获期，它教人如何去体验美。在这个时期，抒情诗、寓言、戏剧、散文等都有不菲的收获，如《伊索寓言》，至今享誉世界。但最有成就的还是神话，而神话的代表作是盲诗人荷马(如图 3-2)所做的“荷马史诗”。

图 3-1　苏格拉底教人如何认识自己

图 3-2　荷马像

“荷马史诗”包括两部史诗：《伊利昂纪》(一译《伊利亚特》)和《奥德修纪》(一译《奥德赛》)。两部史诗各分 24 卷，都是由一万余行的六音步长短格的英雄诗体构成，每行约有 12 个轻重音(当然，翻译成中文后，这一音律特征已丧失)，虽不用尾韵，但节奏感依然很强。史诗源自一段真实的历史。公元前 12 世纪末，希腊半岛南部地区的阿凯亚人和小亚细亚西北部的特洛伊人之间进行了一场长达 10 年的战争，结果是特洛伊城被希腊人摧毁。战争中的英雄事迹却被编成短歌在小亚细亚一带流传，并逐渐同神话故事交织在一起，由民间歌人口头传唱。大约在公元前八九世纪时，盲诗人荷马把它们变成了情节完整、风格统一的两部史诗，但直至公元前 3 世纪至公元前 2 世纪才有最后的定本——这就是“荷马史诗”的由来。

两部史诗成了后世文学自觉或不自觉重复着的对象和挖掘不尽的叙事资源，20 世纪意识流经典小说《尤利西斯》就是一个最为生动的例子，它让我们再次在精神上深刻地重温了奥德修斯的历险之旅。恩格斯早就说过：神话是欧洲艺术的宝库。

除了神话的史诗，戏剧是古希腊文学的另一个辉煌。希腊戏剧最为人称颂的是悲剧。悲剧前身是酒神颂歌，这类颂歌的主角往往是酒神的侍从——半人半神的萨提儿，因此又叫山羊之歌。公元前 6 世纪中叶，原来盛行于农村的庆祝丰收、祭祀酒神和农神的节日歌舞表演和祭仪表演进入城市，这些节日也成了全国性的节日，简单的歌舞表演逐渐演变为戏剧(有悲剧和喜剧之分)。在民主制最兴盛的伯里克利(公元前 495—前 429)执政时期，戏剧空前繁荣，成为雅典公民政治生活和文化生活中一项不可或缺的内容。

希腊悲剧大多取材于神话，常常表现命运与人、神之间悲壮的冲突。在艺术上它继承了史诗和抒情诗的传统，戏剧成分和抒情成分是悲剧最为重要的两个组成部分，在表演上体现为演员朗诵对白，合唱队歌唱抒情诗。演出有固定的程式，一般分开场、进场、三至五个戏剧场面、退场四个部分。受演出条件的限制，剧情比较单纯，事件进行的时间不太长，演出地点也没有太大的转移。最初还流行“三部曲”的形式，三个剧本在题材与思想上互相关联又相对独立。

公元前 5 世纪，也就是伯里克利时代，希腊悲剧走到了顶点，涌现出了著名的三大悲剧诗人：埃斯库罗斯(公元前 525？—前 456，如图 3-3)、索福克勒斯(公元前 496—前 406)和欧里庇得斯(公元前 485—前 406)，他们的作品成了希腊悲剧的代名词。

埃斯库罗斯是希腊悲剧的创始人。他在悲剧艺术上最大的贡献是在悲剧中增加了第二名演员，使对话成为戏剧的主要成分，合唱队的作用弱化，戏剧结构程式基本形成。他创造了舞台背景，运用华丽的服装和高底靴，并使演员面具初步定型化。悲剧由此成为一种独立的艺术，他也被誉为“悲剧之父”。

图 3-3　埃斯库罗斯像

图 3-4　报仇神

据说，埃斯库罗斯共写了70部(一说90部)悲剧和笑剧，但留传下来的只有7部完整的悲剧，反映了雅典奴隶主民主制建立时期的社会生活和政治斗争，他的代表作有《波斯人》《七将攻忒拜》《俄瑞斯特亚》三部曲：《阿伽门农》《奠酒人》和《报仇神》(如图3-4)。

埃斯库罗斯最杰出的作品是《普罗米修斯》三部曲的第一部《被缚的普罗米修斯》。剧中，普罗米修斯因盗火给在黑暗中摸索的人类并传授各种技艺，惹恼了新近得势的众神之王宙斯，被绑到高加索山的悬崖上，每天都遭受酷刑的折磨。但他毫不示弱，面对各种劝说、威胁依然不愿吐露宙斯将被推翻的秘密。普罗米修斯代表了这样一种形象：人类的进步需要付出代价，甚至遭受无边的痛苦，他是一个能承担所有这一切的英雄。无怪乎马克思要称他为“哲学的日历中最高尚的圣者和殉道者”。

图 3-5　俄狄浦斯王

索福克勒斯进一步发展了悲剧艺术。他在悲剧中加入了第三个演员，加强了戏剧的动作和对话，使对话成为刻画人物性格的重要手段。他还使歌队成为戏剧整体中的有机组成部分，打破了“三部曲”的形式，使之成为三个独立的悲剧。这些变革显示：悲剧的戏剧冲突正变得越来越复杂。他是一个多产的剧作家，据说共创有 120 余部剧作，但也只有 7 部悲剧流传下来，其中最为人所津津乐道的是《安提戈涅》和《俄狄浦斯王》(如图 3-5)。《俄狄浦斯王》生动地表现了人与命运冲突的主题，既有人性力量的壮烈，也有宿命之网的恐怖，两者相遇相撞就有了震撼人心的悲壮；再加上细针密线的布局，丰满的人物性格，在艺术上几乎无可挑剔，被亚里士多德称为“十全十美的悲剧”。后来的莱辛、歌德等人也倍加推崇，文学史家甚至把作者称为“戏剧艺术的荷马”。

图 3-6　欧里庇得斯坐像

希腊悲剧的最后一座高峰是欧里庇得斯(如图 3-6)。他早年热衷研究哲学，接近智者学派，并深受其影响，被誉为“舞台上的哲学家”。和前辈们一样，他利用神话传说进行创作，但他明显地更关心现实，更关注人的激情和意志，因此他采用的是神话题材，上演的却是生活的画面，他是“英雄悲剧”的终结者。传说他共写了 92 部作品，流传至今的只有 18 部。他对女性特别关注，非常善于刻画女性心理，如《希波吕托斯》中的变态的恋爱心理；《伊翁》中的嫉妒心理；《酒神伴侣》中的疯狂心理；《美狄亚》中弃妇的仇恨与慈母之爱的冲突引起的复杂心理，都不乏称道之处，因此，他又有“心理戏剧鼻祖”之称。

随着希腊民主政治的繁荣不再，悲剧也逐渐被喜剧所代替。希腊喜剧从民间的祭仪和滑稽戏演变而来，取材于现实生活。从情节、人物到台词、动作，都非常夸张、滑稽，甚至有些荒诞、粗俗。公元前5世纪的雅典，产生过三大喜剧诗人，但留传下完整作品的只有阿里斯托芬(约公元前446—前385)。他是小土地所有者，有着自耕农的立场和思想，如在《阿卡奈人》中反对战争，在《骑士》中嘲讽当时的当权人物克勒翁，在《云》中嘲笑智者学派，在《鸟》中幻想建立一个人人平等的理想社会“云中鹁鸪国”——这是欧洲文学中乌托邦思想的最早表现。总之，阿里斯托芬的作品是希腊喜剧的代表，对后世的喜剧和小说都有一定的影响，他本人也被称为“喜剧之父”。

公元前2世纪中叶，罗马人成了希腊的统治者。但是，罗马文学的经历恰恰相反，在先进文化面前，它根本没有抵抗的能力，反而乐于接受希腊文学的影响。此时它的主要成就是戏剧。公元前3世纪末至公元前2世纪中叶，罗马出现了戏剧的繁荣，代表作家是普劳图斯(约公元前254—前184)和泰伦提乌斯(约公元前190—前159)。普劳图斯的剧作主要描写爱情和家庭生活，情节滑稽可笑，嘲讽富裕阶层的人物，同情争取婚姻自由的男女青年和奴隶，代表作有《吹牛的军人》《孪生兄弟》和《一罐金子》等。他的喜剧对莎士比亚、莫里哀都有一定影响。罗马共和国末期还在诗歌、散文方面有不少收获，产生了散文家、演说家西赛罗(公元前106—前43)，诗人、哲学家卢克莱修(约公元前99—前55)和抒情诗人卡图卢斯(约公元前87—前54)等人。

罗马文学的“黄金时代”出现在公元前31年——雄图大略的屋大维统一全国。罗马诗歌达至顶峰，文艺理论也取得了新的成就，维吉尔(公元前70—前19)、贺拉斯(公元前65—前8)和奥维德(公元前43—公元18)，这些常常被后人称引的名字出现了。

维吉尔是罗马文学的骄傲。他继承发展了古希腊诗歌的传统，对后世欧洲各国文学产生了重大的影响，是一位继往开来的杰出作家。维吉尔留给我们的主要有三部作品：《牧歌》《农事诗》和《埃涅阿斯纪》。《牧歌》是维吉尔的成名作，模仿的是田园诗的首创者、“希腊化”时期忒奥克里托斯的作品，通过一个牧人的独唱或是一对牧羊男女的对唱等形式，歌唱牧人的生活与爱情。《农事诗》共 4 卷，2000 多行，诗人共花了 7 年时间进行创作，写的是古罗马农民的工作与生活，把农业知识、自然景色、历史事件甚至神话传说融为一体，叙事生动有趣，它模仿的是赫西奥德的教诲诗《工作与时日》。《埃涅阿斯纪》是维吉尔的代表作，是诗人 11 年心血的结晶，史诗共 12 卷，叙述希腊联军攻陷特洛伊城后，特洛伊英雄埃涅阿斯率众来到意大利，成为罗马开国之君的种种经历，歌颂罗马祖先建国的丰功伟绩。史诗的前半部写埃涅阿斯的海上历险，模仿《奥德修纪》；后半部写特洛伊人与拉丁姆人之间的战争，模仿《伊利昂纪》，但也不乏独创之处。《埃涅阿斯纪》是文人史诗的范本，是具有高度艺术修养的个人创作，被后来的史诗作者们当作典范。在《神曲》中，但丁把维吉尔作为自己游历地狱与炼狱的向导，崇敬之情溢于言表。

贺拉斯则留下了文艺理论著作《诗艺》，直接对后来的古典主义文艺理论产生了重大影响。奥维德的代表作是《变形记》，叙述古代希腊罗马的神话故事、英雄传说和一些历史人物的事迹，为后世作家、艺术家提供了丰富的创作材料，为后世所广泛引用的《阿波罗与达芙妮》故事即源于此(如图 3-7)。

图 3-7　阿波罗与达芙妮

公元3世纪后，罗马帝国陷入危机。罗马文学的“黄金时代”一去不复返，早期基督教文学开始成为文坛的“新秀”，给欧洲文学创造了新起点，并被文学史家称为西方文学的第二渊源(如图3-8)。时间是在公元1世纪、公元2世纪。

基督教文学的产生，是希腊和希伯来两个上古文学相融合的结晶。古希伯来文学属于西亚文化圈，古希腊文学属于欧洲文化圈。公元前4世纪末，马其顿王亚历山大东征，长驱直入西亚，两者开始走向交流和融合。历时300年的“希腊化”运动由此开始，欧洲的基督教文化和文学逐渐形成，以此为主题的绘画也越来越多(如图3-8、图3-9)。

图3-8 伊甸园(西斯廷教堂天顶画局部)

早期基督教文学的作品很多，起初在民间流传，也有的保存在教会里，到公元3世纪，筛选出27卷，编为《新约》，成为经典之作，其中包括“福音书”4卷，史传即“使徒行传”1卷，书信21卷，“启示录”1卷。它集希伯来先知文学的象征性、斗争性和希腊文学的现实性、戏剧性于一身：有“启示录”的雄大悲壮，也有“福音书”那样的新奇文体和基督教的史诗，还有使徒书信中对二希修辞学之特长的融汇。它的作者来自不同的民族，有犹太人彼得、约翰等，也有希腊学者路加，罗马公民保罗——这不也是二希文明水乳交融的一个表现吗？

《新约》巨大的文学价值，早已为世人所公认，如有些文学史家就说：“(《新约》)在西方世界的杰作中无疑应该占一个重要的位置。”有些人还进而认为：“基督教文学的形成，对于公元第一世纪地中海文化来说是个重要的发展，这不仅是意识形态的，也是文学史的进程。”

图 3-9　竖立十字架

(二)“上帝的召唤”——中世纪文学

欧洲中世纪大致可分为三个时期：公元 5 至 11 世纪，封建社会形成时期；公元 12 至 15 世纪，封建社会全盛时期；公元 15 至 17 世纪中叶，封建社会衰弱和资本主义产生时期，也是文艺复兴时期。但我们在此谈到的中世纪文学主要集中在前两个时期。由于教会在意识形态上的一统天下，人在强大的基督教面前显得苍白无力，中世纪被人们称为“黑暗时代”，中世纪文学便是在这片黑暗之中努力给世界涂抹一些色彩的也许仍然是“养分不足”的花朵。

虽然基督教给整个中世纪造成了某种程度上的精神荒芜，但是要走进中世纪文学，我们又不得不首先与教会文学接触。首先，《圣经》中的《旧约》和《新约》在一定意义上可被看作文学作品，对欧洲文学产生了深远的影响。其次，教会在文化教育方面有着至高无上的权威，它把一切学术都纳入神学的范畴，哲学成了“神学的婢女”，科学成了“宗教的仆人”，文学就更加无法逃脱为基督教服务的“使命”——中世纪教会文学的主要内容就是普及宗教教义，体裁包括圣经故事、圣徒传、祷告文、颂歌、圣者言行录、梦幻故事、奇迹故事和宗教剧等。这些作品的主人公往往是基督教的殉道者、拒绝尘世生活遁世苦修的苦行者、不畏艰险长途跋涉朝圣的香客。在此，我们将会碰到对上帝无上权威的虔诚敬奉，对伟大基督的顶礼膜拜，献给圣徒的美妙赞歌。

在民间流传的一些作品，比如各种歌谣、故事、传说甚至长篇史诗，并不合教士的口味，其中流传下来较为有名的是史诗。

虽然欧洲中世纪早期的英雄史诗被记录成书的时间较晚，但其故事产生和流传的时间较早，很多作品反映的是民族大迁徙时期甚至更早时期的历史事件和部落生活，神话传说的成分很多。这在凯尔特人的英雄故事和北欧日耳曼人的神话、英雄史诗中有着充分体现。

流传下来的凯尔特人的作品，最为有名的是爱尔兰人的乌拉德系故事和关于英雄菲恩的故事。前者的诞生地是爱尔兰北方乌拉德地方(后称厄尔斯特)，以《夺牛长征记》为代表，故事的主要英雄是库胡林，有着非凡的能力；后者的诞生地是爱尔兰南部地区，英雄菲恩及其随从武士，个个武艺高强，专门打击为害民众的妖魔。稍后，爱尔兰又产生了关于亚瑟王的故事，影响巨大。

比英雄史诗更早的是神话传说，它们散见于冰岛诗体的“埃达”和散文体的“萨迦”中。“埃达”分两部，一部叫旧“埃达”，是一个大约写于13世纪的手抄本；一部叫新“埃达”，或称“散文埃达”，是旧“埃达”的解释性著作。诗体“埃达”共收诗歌 30 余篇，有关北欧一些神如神王奥丁、战神提尔、爱神弗蕾娅等传说(其中最有名的是《沃卢斯帕》，又称《女法师的预言》，记录了世界产生、毁灭和再生的传说)，也有英雄史诗，还有一些讲述“海盗时期”以前北欧的国王和战士们的故事。“萨迦”形成于 10 世纪至 14 世纪，在 12 世纪至 14 世纪被记录下来，反映的是氏族社会的生活，包括史传(如《埃基尔萨迦》)、英雄传说(如《佛尔松萨迦》)、旅行记(如《红埃里克萨迦》)和家族史话(如《尼亚尔萨迦》)，等等。

后期英雄史诗是封建国家逐渐形成和封建制度发展以后的产物，大约在十二三世纪才形诸文字，其中英雄人物多为保卫国家而战，忠君报国，某些史诗中还出现了理想君主的形象。这时最有名的作品有法国的《罗兰之歌》、西班牙的《熙德之歌》、德国的《尼伯龙根之歌》和俄罗斯的《伊戈尔远征记》等。

12 世纪初，西欧一些国家的封建化过程已基本结束，农民和封建主之间的矛盾开始突显，这在文学作品中也有所反映，如 14 世纪英国人兰格伦所写的长诗《农夫皮尔斯》。还有 14 世纪后广为流传的“谣曲”中的一些故事诗，比较有名的一组是英国关于好汉罗宾汉及其伙伴劫富济贫、行侠仗义的“谣曲”。

封建制度的确立，也使封建主阶级渴望有自己的文化代言人，于是在文学上便有了风行一时的骑士文学。骑士制度是封建制度的产物。骑士有骑士的道德准则，“忠君、护教(基督教)、行侠”是他们的信条，“文雅知礼”是他们必修的“内政”，他们把荣誉看得高于一切。他们不仅要忠实服务于主人，还要效忠和保护女主人——女主人在他们心目中就是“圣母”。为博得心爱的贵妇人的欢心，他们不惜一切代价，甚至牺牲自己的生命，因为这是他们最大的荣誉。这些就形成了所谓的骑士精神。

欧洲中世纪最富有生命力和创造性的是城市文学，或曰市民文学。10 至 11 世纪，欧洲封建社会进入全盛期，出现了一大批以手工业和商业为中心的城市，世俗文化逐渐形成，与教会文学大异其趣的城市文学应运而生。它在内容上追求强烈的现实性，在风格上力求生动活泼，常用讽刺手法，在文学样式上创造了韵文故事、讽刺故事诗等新型体裁。作者主要是城市街头的说唱者，作品内容取材于现实生活，表现了市民阶级的机智和狡猾。专横的贵族、贪婪的教士和凶暴的骑士成了被嘲笑的对象。

“笑谭”是当时比较流行的一种韵文故事，篇幅不长，描写日常生活中滑稽与荒诞的事情。故事的反面角色往往是教士，如法国的《驴的遗嘱》讽刺了主教的贪财，《修士丹尼斯》则控诉了草索僧欺骗平民的恶行。德国也有类似的“笑谭”。流浪诗人史特里克尔(1215—1250)曾把许多笑谭收集成集，其中就有以神甫阿米斯为主人公的集子，但阿米斯的狡黠更多的是市民智慧的折射。

关于列那狐的故事诗是中世纪市民文学中最耀眼的花朵之一。公元 9 至 10 世纪，一些动物故事在法国广为流传；公元 12 世纪后形成了一批以列那狐为中心形象的故事诗。其中最早的一组叫《列那狐传奇》，叙述列那狐同各种猛兽之间的斗争及对一些小动物的欺凌，共有 27 组故事，每一组称“一支”，包含几个小故事。全诗有 3 万余行，是市民文学中的“巨无霸”。《列那狐传奇》之后，还出现了《列那狐加冕》《新列那狐》《冒充的列那狐》等续作。

市民文学另一个重要收获是长篇故事诗《玫瑰传奇》。它分上下两部，由两位作家写成，上部是纯爱情题材的作品，下部则表现了市民阶级的观念，颇多训诫谕意，也不乏对贵族、教会的抨击，是欧洲最早反映出人文主义思想萌芽的作品之一。

对中世纪文学的介绍就要结束，不过在这之前，我们无法忽略一个名字——意大利的但丁（1265—1321，如图 3-10）。但丁是中世纪最伟大的作家，他的作品有《新生》(欧洲文学史上第一部向读者呈现作者最隐秘的思想感情的自传性作品)《飨宴》《论俗语》《帝制论》等，但最有名的还是《神曲》(直译是《神圣的喜剧》，分《地狱》《炼

图 3-10　但丁

狱》和《天堂》3 部)，以梦幻文学的形式写诗人分别在代表理性的维吉尔和代表信仰的贝阿特丽采(又译比德丽丝)的引导下，幻游地狱、炼狱和天堂的故事(如图 3-11)。

图 3-11　但丁和比德丽丝

地狱形如漏斗，越往下越小，分 3 部分，每部分又各分好几层，里面都是一些有罪的人，“你要在那里看到悲惨的幽魂，他们已失去了理智的幸福”。罪人的灵魂依照生前罪孽的轻重，分别被放在不同的层中受刑，罪行愈大者愈居于下层。最下层是冰湖，凡生前犯有残杀亲人或各种背叛罪行的灵魂都被冻在这里，魔鬼撒旦居住在最底端，永世不能超脱。维吉尔引导但丁通过一条裂罅，重返地面，来到炼狱山前。有幸住到炼狱的，是那些生前的罪恶能够通过受罚而得到宽恕的灵魂。山体部分分 7 级，分别洗净傲慢、嫉妒、忿怒、怠惰、贪财、贪食、贪色 7 种人类大罪。灵魂洗去一种罪过的同时，也就上升了一级，如此可逐步升向山顶，山顶是一座地上乐园。维吉尔把但丁带到这里就退去了，而由贝阿特丽采前来引导但丁，经过构成天堂的九重天之后，终于到达了上帝面前。此时但丁大彻大悟，思想与上帝的意念融洽无间。史诗就在圆满中戛然而止。维吉尔是但丁最崇拜的诗人，贝阿特丽采是但丁的偶像，在她 9 岁时，但丁就爱上了她。但是她后来嫁给了别人，不久之后英年早逝。但丁在《神曲》中安排两个人分别为他作出不同的引导。维吉尔只能引导他游历地狱和炼狱，贝阿特丽采却能引导他进入天堂。这里面的隐喻是，理性无法指导人们进入天堂，只有信仰才能使人逃离苦难，进入极乐之境。

《神曲》中地狱门口的黑色铭文也值得人们注意：

从我，是进入悲惨之城的道路；
从我，是进入永恒的痛苦的道路；
从我，是走进永劫的人群的道路。
正义感动了我的“至高的造物主”；
“神圣的权力”，“至尊的智慧”，
以及“本初的爱”把我造成。
在我之前，没有创造的东西，
只有永恒的事物；而我永存：
你们走进这里的，把一切希望捐弃吧。

走进地狱需要极大的勇气，这里面隐含着宗教的虔诚，同时也告诉人们，要想找到幸福的生活，必须付出很大的努力。

但丁的出现无疑是时代转折点的标志，恩格斯说“他是中世纪的最后一位诗人，同时又是新时代的最初一位诗人”。意大利有了《神曲》，一跃而成欧洲文学的火车头；时代有了《神曲》，世界开始转变。至此，我们可以终结中世纪文学了。

(三)人性之春——文艺复兴文学

从4世纪起，在大约1000多年中，统治欧洲的是基督教文化。它把以古希腊、罗马为代表的古典文化称作“异教”文化，对之进行了无情的批判，两者之间的矛盾非常尖锐。古典文化的精髓大体上是人道主义(“人是一切事物的权衡”)和现世主义(“最高的善”是现世的幸福生活)，因而重视科学和哲学的探讨以及对美好事物的创造和享受，要求人在身心两方面全面发展。基督教文化的核心内容是神权中心和来世天国，为了死后能升入天国，人在现世就必须禁欲苦行，对科学和哲学的追求也会妨碍修行。14世纪，资本主义开始在欧洲萌芽，无论在政治、经济上还是在意识形态领域，都与封建领主、基督教会产生了巨大的冲突。

文艺复兴就是在这种情况下，首先在十三四世纪的意大利酝酿起来的，而后逐渐席卷全欧，十五六世纪达到全盛。哲学开始恢复它的世俗性和科学性，人的地位开始提高，个性自由、理性至上和人性的全面发展开始成为人们的生活理想，人们怀着蓬勃的朝气向各方面去探索、扩张——人道主义复活了，人文主义的思想成了时代的旗帜。人文主义思想成了文艺复兴时期文学的核心，因而当时的文学具有鲜明的反封建反迷信的色彩，自觉地运用现实主义的方法，并促进了欧洲主要国家的民族文学的诞生。这是欧洲文学史上继希腊之后的又一次高峰。

意大利是文艺复兴的策源地，为我们贡献了三位人文主义文学的先驱——但丁、彼特拉克(1304—1374)和薄迦丘(1313？—1375)。彼特拉克是近代爱情诗的始祖，他最优秀的作品是用意大利文写的抒情诗集《歌集》，主要歌咏他对女友劳拉的爱情。对爱情和幸福的追求促使作者突破了禁欲主义的束缚。实际上，诗人平时也以人文主义信念的火炬照亮自己的精神世界，他说出了时代的心声："我不想变成上帝，或者居住在永恒中，或者把天地抱在怀抱里，属于人的那种光荣对我就够了。这是我所祈求的一切，我自己是人，我只要求凡人的幸福。"薄迦丘是第一个通晓希腊文的人文主义者，与彼特拉克一起提倡古典文化。他是一位多产的作家，在长篇传奇、史诗、叙事诗、十四行诗等诸多体裁上都有所贡献，但给他带来巨大声誉的是短篇小说集《十日谈》(1348—1353)。全书的架构是这样：为了躲避黑死病，10位青年男女在乡间住了10天，每人每天讲一个故事，共讲了100个故事。在这100个故事里，作者颂扬了男女情爱之乐，肯定了现世生活，这对禁欲主义道德观来说无疑是一记重磅炸弹。小说文笔精炼，善于刻画人物心理，风格自然，奠定了意大利散文的基础，对西欧现实主义文学的发展也有着很大的影响。

创造了文艺复兴时代文学辉煌的是法国、西班牙和英国，三者都为世界文学史培养出了"一代天骄"。

拉伯雷(1494—1553)是法国人文主义的"巨人"，他通晓医学、天文、地理、数学、哲学、神学、音乐、植物、建筑、法律、教育等多种学科和希腊文、拉丁文、希伯来文等多种文字。不过，让他留名青史的是他的杰作《巨人传》。1532 年，在一本名为《伟大而高大的巨人卡冈都亚的伟大而珍贵的大事记》的民间故事的启发下，拉伯雷开始创作鸿篇巨制《巨人传》。小说共 5 卷，第一卷写卡冈都亚的出生、受教育、抵御外敌侵略和建立修道院的故事；第二卷是卡冈都亚之子庞大固埃的出生、求学巴黎和结识巴奴日的经过；第三卷描写因巴奴日是否该结婚的问题引出的各种奇谈妙论；第四、五卷写庞大固埃和巴奴日、约翰修士为了探求婚姻问题的答案外出寻找“神瓶”的经历。

《巨人传》是一部百科全书式的作品，天文、地理、气象、航海、生物、人体生理、医药、法律、哲学、语言等自然科学和社会科学方面的知识无所不包，这体现了拉伯雷写作的理念——“使人的灵魂充满真理、知识和学问”。《巨人传》开头和结尾极富寓意。卡冈都亚一出生就张大嘴巴说：“渴啊！渴啊!”而庞大固埃找到传说中给人以智慧的神瓶后，得到的答案是“喝啊！喝啊!”这体现了人文主义对世界的态度是无尽的探索。庞大固埃这个“十全十美、毫无缺陷的人——不管在品行，道德才智方面，还是在丰富的实践知识方面”，是文学艺术作品中的新人，是那个时代新兴的富于进取精神的资产阶级的形象。

稍后于拉伯雷的蒙田(1533—1592)，是法国 16 世纪下半叶著名的思想家、散文家。他的三卷《随笔集》，包罗万象，旁征博引，闪烁着怀疑和探寻真理精神的火花，对后来的莎士比亚、培根以及十七八世纪的法国文学都产生过深远的影响。

在欧洲的西南角，西班牙的人文主义运动姗姗来迟，直至十六七世纪，西班牙文学才迎来了“黄金时代”。

代表西班牙文艺复兴时期文学成就的是塞万提斯(1547—1616)和他的小说《堂吉诃德》。塞万提斯的经历比较曲折，他参加过战争，曾是海盗的俘虏、苦役犯和微不足道、穷困潦倒的小职员。这样的经历促使他对人生进行了极其独特的体悟，《堂吉诃德》显然留下了他体悟的痕迹。小说描写的是蛰居于拉曼却村的一个穷乡绅——堂吉诃德读骑士小说走火入魔，决定模仿古代骑士到外面去“冒大险，成大业，立奇功”的故事。穿上残破的盔甲，骑上劣马，手执破旧的长矛，把邻村的牧猪女杜尔西内娅看作自己的意中人和为之服务的女主人，说服农民桑丘·潘沙作他的随从，走出拉曼却，堂吉诃德开始了臆想中的历险。一路上，他曾误把风车当作巨人，和风车作战；把羊群误认作军队，演出了一系列荒唐事(如图 3-12、图 3-13)。在海岛上，两人又受到捉弄，桑丘·潘沙演出了一幕当总督的喜剧。桑丘秉公执法，但是，他不可能当真正的总督，他的总督经理只不过是操纵在海岛主人手里的闹剧。通过对堂吉诃德形象的刻画，作者对骑士制度进行了无情的讽刺，并巧妙地将 16 世纪末 17 世纪初西班牙的社会现实展现出来，对那个“可恶的时代”进行鞭挞。但这一故事本身已超越了具体现实，变成了某种象征，可以被多角度多层面阐释。它也许是对人生的某种隐喻：如果你不幸与时代的主流无法融合，却又执着一念——那是你认为非常有意义有价值的信念——并为之付诸实践时，你在别人眼里可能是一个疯子，甚至遭到整个社会、时代的无情嘲弄。

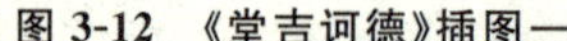

图 3-12 《堂吉诃德》插图一

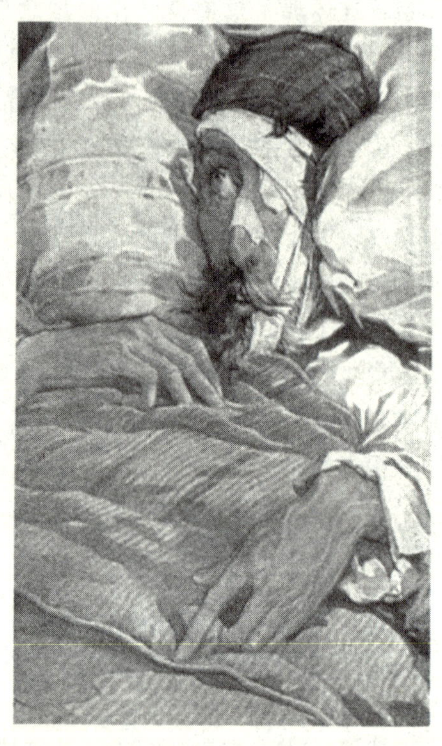

图 3-13 《堂吉诃德》插图二

大家都认为文艺复兴时期英国文学是顶峰，而英国文学能达到这一顶峰是因为它拥有其他国家只能仰视的戏剧文学和一个注定流芳百世的戏剧作家——莎士比亚(1564—1616)。

莎士比亚出生于英国中部艾汶河畔的斯特拉福镇。在他年幼时，伦敦一些著名的剧团每年都要到这里作巡回演出，这使他很早就与戏剧结下了因缘。后来他到伦敦谋生，据说起初只是在剧院里打杂，慢慢成为一名雇用演员、编剧工作者乃至剧团的股东。从1590年至1612年，他一共完成了两部叙事长诗、154首十四行诗和37部戏剧。他的主要成就毫无疑问是戏剧。对于莎士比亚的戏剧创作，有的研究者划分出早、中、后三个时期。早期(1590—1600)的莎士比亚思想比较明朗，对人文主义理想的实现坚信不疑，在作品中时常洋溢着愉快乐观的浪漫色彩。这时他以历史剧、喜剧居多，创作出《亨利四世》《亨利五世》等9部历史剧和《仲夏夜之梦》《威尼斯商人》《第十二夜》等10部喜剧，也顺带完成了《罗密欧与朱丽叶》等3部悲剧。

中期(1601—1607)的莎士比亚逐渐消退了浪漫热情，而代之以悲愤沉郁，因为他已深深地察觉理想与现实之间的巨大差距和社会的复杂、阴暗。这时他完成了《哈姆莱特》《奥瑟罗》《李尔王》《麦克白》《雅典的泰门》等7部悲剧杰作，也创作出《一报还一报》等4部喜剧。其中，《哈姆莱特》是莎翁戏剧创作的最高成就，它的情节是：丹麦王子哈姆莱特的叔父克劳狄斯谋杀了哥哥——即丹麦老王，窃取了王位，并娶嫂嫂为妻。父王的魂灵把这些阴谋告诉了哈姆莱特，要他报仇。但他迟迟没有下手，反而误杀御前大臣波洛涅斯(哈姆莱特的恋人奥菲利娅的父亲)，招致放逐。后来他逃回来，却落入克劳狄斯的圈套：克劳狄斯挑唆急于为父报仇的雷欧提斯(波洛涅斯之子)与哈姆莱特决斗，并在雷欧提斯的剑上涂了毒药，两人在混战中都受了伤，并染上了致命之毒，愤怒的哈姆莱特最终以毒剑刺死了克劳狄斯。——罪魁祸首倒下了，奥菲利娅忍受不了刺激而发疯，并落水而死，王后喝毒酒而死，这出戏就在正邪两方同归于尽中落幕(如图3-14)。

丹麦王子哈姆莱特为父复仇，但人物关系复杂微妙，布局上多条线索交织融汇，叙事角度变化多端，思想内涵韵味深长。作品不仅传达出一个人文主义者的理想，而且赋予哈姆莱特丰富而复杂的人性。哈姆莱特是人文主义者的典型形象。他接受的是人文主义的教育，对“人”发出了至高的赞歌：“人类是一件多么了不得的杰作！多么高贵的理性！多么伟大的力量！多么优美的仪表！多么文雅的举动！在行为上多么像一个天使！在智慧上多么像一个天神！宇宙的精华！万物的灵长！”但是，他又犹豫不决，在报仇行动上一拖再拖。作为人伦的典范，在得知父王被阴谋害死后，凶手就在眼前，他有很多下手的机会，可他竟然一再推迟复仇的时限，这不能不让人心生疑窦。当报仇机会来临时，他还在思考：“生存还是毁灭，这是一个值得考虑

图 3-14 奥菲利娅

的问题；默然忍受命运的暴虐的毒箭，或是挺身反抗人世的无涯的苦难，通过斗争把它们扫清，这两种行为，哪一种更高贵?”单纯从他的性格来解释是不完全的，现代的精神分析学学者就认为，哈姆莱特的犹豫不决是由“弑父情结”所致，这些学者从古希腊俄狄浦斯神话中受到启发，得出人都有“杀父娶母”的本能的结论。后期(1608—1612)，莎士比亚开始从对人性的思索的战场上退却，逐渐钟情于道德的感化和超自然力量的功用，这在《暴风雨》等4部传奇剧中都有所体现。另外，他对历史剧的热情未减，《亨利八世》就是在此时完成的。从这三个时期，从喜剧、历史剧、悲剧和传奇剧等不同层面、不同角度，我们发掘出一个比较全面的莎士比亚，也由此完成了对文艺复兴时代文学的一次历险，去经历一个新时代来临时的“思想风暴”，去欣赏它在文学方面留下的永久纪念和魅力。

(四)戴着理性的镣铐跳舞——古典主义文学

17 世纪的欧洲文坛上，巴洛克风格和古典主义相继领风骚。

巴洛克风格与天主教会有关。“巴洛克”原为葡萄牙语，是珍奇和奇妙之意，引用到文学上，是指夸张、繁艳的藻饰，惯用的主题是对宗教的狂热；喜用极为混乱、支离破碎的形式，表现悲剧性的沮丧。

然而，17 世纪欧洲最主要的文艺思潮是古典主义。它产生于 17 世纪初期的法国，而后影响到欧洲其他各国，并持续至 19 世纪初。古典主义是君主专制的产物。法国是当时欧洲最强大的中央集权君主专制国家，为了巩固王权，专制的爪子伸向各个话语领域，在文学上要求语言规范化和样式程式化或格律化，以造就思想上驯服的“良民”，全心全意服务于王权。路易十三专门设立了“法兰西学士院”，其主要任务是制定并控制语言的法规和各种文体的格律，如“三一律”(即一出戏只演一件事，剧情必须发生在同一地方、一昼夜之内)等，对文学家的创作“严加管教”。

古典主义的第二个特征是注重理性。古典主义立法者布瓦洛(1636—1711)就告诫作家：“首先必须爱理性，你的文章永远只凭理性才获得价值和光芒。”表现于作品，主人公无论于公于私，都要以国家、民族为重，而路易十四说了：“朕即国家!”因此古典主义的理性最后就是服从于高高在上的君王。

古典主义的第三个特征是模仿古代，重视格律。古典主义者全面从古希腊、罗马作品中搜寻、发掘创作的规则和格律，比如“三一律”，就是他们从希腊戏剧中“总结”出的戏剧创作规则。

当然，如果哪个作家真的把古典主义的这些原则原封不动地贯穿于作品，那么他肯定不会有多大的成就，至少不会在文学史上留下什么名声。优秀的作家往往会巧妙地躲开这些束缚，从而为我们奉献上优质的精神食粮。

法国的古典主义拥有几位世界级的杰出作家，比如悲剧作家高乃依(1606—1684)、拉辛(1639—1699)，喜剧作家莫里哀(1622—1673)，寓言诗人拉封丹(1621—1695)。高乃依的名作是《熙德》，1636 年，当它上演时，轰动了整个巴黎，由于剧中的诗句极为优美，“美得像熙德”竟成了法国流行的成语。在剧中，主人公罗狄克的荣誉观念和对国家的忠诚，战胜了自己对施曼娜的爱情。剧作生动展示了义务与情感发生矛盾时给个体的人带来的痛苦，可最终总是义务战胜情感。但是，挑剔的学士院里的学者们，以它情节复杂，不合“三一律”，国王屈尊劝导施曼娜有失君王威严为由，对高乃依严加指责。

莫里哀是天才的喜剧作家，创作了一系列饮誉世界的名作。他接受了古典主义规则，表现在他对专制王权的拥护和对“三一律”的恪守。但是，戴着脚镣的他跳出了迷人的舞蹈。在标志着法国古典主义喜剧诞生的《丈夫学堂》和《夫人学堂》中，他抓住了封建观念压抑人性这个话题，以资产阶级的立场对之进行刻薄的嘲弄，倡导个性和爱情的自由。被惹恼的教会和封建卫士们群起攻击，作为回应，莫里哀说喜剧的责任在于表现“本世纪人们的缺点”，具有移风易俗的作用，在创作中坚持民主倾向，先后创作了《伪君子》(一译《达尔杜弗》)、《唐·璜》《恨世者》《悭吝人》《乔治·唐丹》等名剧。其中《伪君子》和《悭吝人》(一译《吝啬鬼》)尤为突出，前者在严格遵守“三一律”等古典主义规则的同时，插入了悲剧因素，增加了内涵，对答丢夫等角色性格的描绘入木三分，答丢夫也从而成为伪君子的代名词；后者则创造出吝啬鬼、守财奴的代名词——阿巴贡，不过，通过阿巴贡的性格畸变，我们可能第一次在文学作品中发现了金钱的威力，它能对一个人的灵魂进行彻底的塑造，这促使我们在笑声中进一步思索。

拉辛是法国古典主义悲剧的后起之秀，他性格忧郁，内心深处有着强烈的悲剧倾向，因而他的风格与高乃依截然不同。他喜欢写有缺点的人物，这些缺点使人物最终走向毁灭，这使我们回忆起古希腊悲剧。确实，拉辛很喜欢希腊悲剧，他比较有名的两部作品《昂朵马格》和《费得尔》都取材于希腊故事。《昂朵马格》一面写赫克托的遗孀昂朵马格忠于国家、忠于丈夫；一面又写贵族阶层的荒淫无耻、自相残杀。杰作《费得尔》结构严整，心理分析深刻、精彩，也同样揭示了宫廷贵族的淫乱，“泄露”了女性的隐秘情感。以卫道士自居的教会气急败坏，竟然在它演出时定下剧场全部座位而又不去看戏。

拉封丹是17世纪法国杰出的寓言诗人，他善于组织情节，运用生动的民众语言，刻画鲜明的艺术形象，对当时的社会进行了深刻而有趣的描绘，对后世的寓言作家影响甚巨。

在古典主义泛滥的时代，英国的杰出诗人、思想家和政论家弥尔顿(1608—1674)是个突出的“另类”，恩格斯称他是“第一个为弑君辩护的人”，是18世纪启蒙思想家们的先辈。他是英国革命虔诚而热情的拥护者，他不顾身家性命为革命摇旗呐喊，为此他写下了著名的政论文《为英国人民声辩》《再为英国人民声辩》《建立自由共和国的捷径》等，而体现了资产阶级思想自由的《论出版自由》，旁征博引，慷慨陈词，影响深远，他由此成为17世纪欧洲最为著名的散文家。但是，弥尔顿在文学上的最高成就是创作了长篇史诗《失乐园》——共12卷，1万多行。史诗的故事取自《圣经》，交织着两条线索：亚当、夏娃犯禁令偷尝禁果而失去地上乐园；撒旦反抗天神失败而失去天上乐园，反叛的天使们也随之被驱逐(如图 3-15)。史诗处处充满了隐喻：既有对 1648 年革命的折射，又有对自身处境的隐括；尤其是撒旦，一改《圣经》中邪恶的形象，成为具有反叛精神的革命性人物，这不是对资产阶级革命的一种讴歌吗？这不是革命精神的一次宣泄吗？弥尔顿的出现，一扫古典主义的循规蹈矩，给欧洲文坛带来一股雄浑而桀骜不驯的风格，并给我们带来一点暗示：启蒙主义运动的雷声就要来了。《失乐园》《复乐园》和《力士参孙》(如图 3-16)共同组成了弥尔顿的史诗三部曲。

图 3-15 驱逐反叛的天使

图 3-16 力士参孙

(五)让理性做主——启蒙主义文学

启蒙，即以近代文化“启迪”人们的理性和智慧，“照亮”愚昧、落后、黑暗的封建社会，消除人们头脑中的迷信和偏见。一场新文化运动也就不可避免地带有浓重的反封建、反教会的政治色彩。

启蒙运动不是一场突然降临的暴风雨。17 世纪中期英国革命的胜利，牛顿(1642—1727)的力学和天文学说，洛克(1632—1704)的经验论和社会契约论，以及托兰德(1670—1727)的自然神论，都为启蒙运动作了必要和充分的铺垫。随后，其先驱贝尔(1647—1705)和梅叶(1664—1729)等人脱颖而出。进入18世纪，一批思想巨人涌现了：孟德斯鸠(1689—1755)、伏尔泰(1694—1778)、狄德罗(1713—1784)、卢梭(1712—1778)……值得注意的是，这些人全是法国人。他们的著作传遍了欧洲各地，启蒙思潮也随之席卷欧洲。

与人文主义者相比，启蒙思想家举起的旗帜上写着“自由、平等、博爱”，孟德斯鸠说“一切人生来就是平等的”，狄德罗告诉人们“自由是天赐的东西”，这就是著名的“自然法则”和“天赋人权”理论。他们对宗教迷信和专制政治进行了猛烈的抨击，狄德罗说这两者是“拴在人类脖子上的两大绳索”。他们手中的上方宝剑是“理性”——一切现存事物的最高裁判，在“理性”面前，宗教迷信与专制显然没有存在的理由。消灭了封建专制以后，人类将建立起一个理想的社会——“理性王国”，那将是一个自由平等、普遍幸福的王国。

启蒙运动对欧洲文学产生了深远的影响，这不仅表现在那些直接呈现了启蒙思想的作品上，还体现在一批“新”文学的成就上，比如狄德罗和莱辛提倡的“市民剧”、英国现实主义小说、法国哲理小说等，它们的出现和魅力都离不开启蒙思潮的滋养。它们往往强调文学的社会功能，有着鲜明的倾向性和教诲色彩；也闪烁着民主的光芒，如对平民日常生活的刻画，采用民众喜闻乐见的艺术形式和表现技巧；继承文艺复兴以来现实主义传统的同时，又表现出个性，如更强调真实性以及带有浓厚的哲理韵味。如此，有些作品就不免变成时代精神的单纯的传声筒。

哲理分析被法国的思想家们所青睐。作为早期的启蒙主义文学作家，孟德斯鸠和伏尔泰都有以哲理见长的作品传世。书信体讽刺小说《波斯人信札》是孟德斯鸠的杰作，它没有完整的情节，也不在乎对人物性格的深入刻画，而是通过零星的形象、片段的画面、短篇故事和寓言来表达作者的思想。

有人说“18世纪是伏尔泰的世纪”，这不仅由于伏尔泰在行动上与封建专制势不两立，在《哲学书简》(又名《英国书简》)等著作中以锐利的思想武器投向封建专制暴政，成为时代风云人物，而且，他还以卓越的文学成就在文学史上留下了美丽的一笔。他是以写诗和戏剧出名的，但他在文学上最重要的贡献是开创了一种新体裁——哲理小说。他一共创作了26部哲理小说，其中《查第格或命运》《老实人或乐观主义》和《天真汉》是他的代表作。伏尔泰的小说是他哲学体系的一部分，每部小说都像寓言一样，有着深刻的哲理含蕴。例如，《天真汉》是对卢梭“回归自然”的回应，针锋相对地提出“自然人”应该文明化的主张，从而反映出“自然”和文明社会之间复杂的冲突。伏尔泰的小说具有强烈的战斗性，讽刺和夸张是他最爱用的艺术手法。在语言上他表现出哲人特有的机智，俏皮的警句、机敏的辞令、深刻的讽喻和轻松的嬉笑在其作品中俯拾皆是。这种“笑”，比明晃晃的刀更具有“侵略性”和“腐蚀性”。

法国启蒙思想家中具有民主倾向的卢梭，是革命精神主父，在著名画作《法国革命寓意图》中，卢梭被放置在真理之眼和三色旗之上（如图 3-17）。卢梭也写过哲理小说——《爱弥尔》。它没有结构严密的情节和性格丰满的人物，而只重教育问题的论辩，是半论文体的哲理小说。卢梭是一个特立独行的巨人，他的思想和生活方式不仅受到专制政府和教会的攻击，还受到同一营垒战友的憎恨，比如与卢梭交恶的伏尔泰（一个对任何敌人都毫不留情的人物）就曾建议对卢梭处以极刑。在如此险恶的环境下，卢梭无法不把周围的一切（除了自然）想像成他的敌人，他的这份悲愤和绝望，在其名作《忏悔录》和其续篇《一个孤独的散步者的梦想》中有淋漓尽致的呈现。而在稍早一点的《新爱洛伊丝》中，卢梭歌颂了真诚的爱情，在浪漫的氛围中溢出一丝丝感伤。在所有的这些作品中，作者一以贯之的是“自然”的思想，他在《爱弥尔》中写下了一句名言：“出自造物主之手的东西，都是好的，而一到了人的手里就变坏了。”卢梭还是一个想像丰富的思想家，他常常凝视自己的内心，把心中的情感真实地流露出来。在作品中表现出强烈的抒情基调，在某种意义上，他结束了 18 世

图 3-17　法国革命寓意图

纪的启蒙主义，开启了19世纪的浪漫主义。

狄德罗也是法国启蒙文学中不可忽略的名字。作为杰出的唯物主义者和无神论者，他与达朗贝一起主持了《百科全书》的编纂工作，形成了著名的“百科全书派”。作为一名文学家，他是“严肃喜剧”或“市民剧”的开创者，是欧洲近代戏剧的先驱，写出了《私生子》和《一家之主》两部市民剧。不过他在文学上的主要成就体现在三部小说中，它们是《修女》《宿命论者雅克和他的主人》和《拉摩的侄儿》。遵循狄德罗“严肃喜剧”理论进行创作的是博马舍(1732—1799)，他的三部喜剧《塞维勒的理发师》《费加罗的婚姻》和《有罪的母亲》，可能是法国体现启蒙主义思想最充分的戏剧作品了，它们嘲笑了几百年来“一切应该被尊敬的事物”。

1719年，笛福(1660—1731)发表《鲁滨逊漂流记》，这是英国现实主义小说诞生的标志。斯威夫特(1667—1745)是稍晚于笛福的英国著名讽刺小说家，有代表作《格列佛游记》。英国18世纪最伟大的现实主义小说家是菲尔丁(1707—1754)。流浪汉小说的结构被菲尔丁点铁成金：通过主人公的历险，将五光十色的社会生活图景一网打尽，大大扩充了小说表现社会现实的能量。为了吸引读者，他尽量使小说情节曲折生动，人物心理描写真实细腻。他把自己的小说称为“散文滑稽史诗”，在喜剧性故事中融进散文笔法，使滑稽和严肃、平凡与奇妙相伴相生，形成了特有的文字张力。《汤姆·琼斯》就是菲尔丁实践自己小说理念的杰作，菲尔丁显然不是一个以思想深刻见长的作家，其作品中关于社会生活的描写常常难与人物构成紧密的内在联系，因而没有塑造出反映社会矛盾的典型形象。

与激进的18世纪的法国相比，处于四分五裂的德国的资产阶级显得软弱，其知识分子不是在期待着一场政治革命而是在文化艺术领域里驰骋，启蒙思想家的理想是先建立统一的民族文化来促进民族的统一，因此就有了文艺、哲学上的空前繁荣。这正如恩格斯所言：“这个时代在政治和社会方面是可耻的，但是在德国文学方面却是伟大的。”

莱辛(1729—1781)是德国启蒙运动的主要代表人物，德国民族文学的奠基人。他是著名的美学理论家，美学代表作是《拉奥孔，或论画与诗的界限》。他对宫廷艺术趣味和创作方法十分反感，强调表现作品中人的行为。在《汉堡剧评》中，莱辛一方面论述如何建立德国民族戏剧的问题，一方面特别重视戏剧的教育作用，把剧院称作“道德学校”，提倡写“市民悲剧”。他创作的《萨拉·萨姆逊》就是德国“市民悲剧”的滥觞，其代表作《爱米丽雅·迦洛蒂》更是一部典型的市民悲剧，尖锐地批评了专制君主的荒淫暴虐，作品结构严密，人物形象丰满，是德国文学史上一颗闪亮的明珠。

更具有叛逆性的是“狂飙突进”运动（德国启蒙运动的继续和发展）的作家们，这是一连串熠熠闪光的名字：赫尔德（1744—1803）、歌德（1749—1832，如图3-18）、瓦格纳（1747—1779）、克林格尔（1752—1831）、席勒（1759—1805）等。强调文学民族性的同时，他们强烈地向往个性解放和崇拜天才，接受卢梭“返回自然”的口号，对大自然及淳朴的人民充满了爱意。但是，他们的反叛是有限的，谁也无法期望他们在政治上会有什么激烈的作为。相反，由于受法国大革命血与火的刺激，他们对启蒙思想家提倡的自由、平等、博爱的实现表现了深深的疑虑，而在古希腊艺术中看到了淳朴、宁静、和谐的理想，并由此转变为“古典”派，讲求艺术形式的和谐完整，歌德和席勒就是其中的典型代表。

图3-18　歌德像

起初，歌德是一个写抒情诗的高手，《欢会与离别》《五月之歌》和《野玫瑰》等一批摆脱了古典主义束缚、情感真挚、旋律优美的诗歌使他轻易地跻身文坛。不过，他早年的主要成就在戏剧、小说方面，历史剧《铁手骑士葛兹·封·伯利欣根》和小说《少年维特之烦恼》都给他带来了巨大的荣誉。前者歌颂了争取自由的英雄，在艺术形式上，作者也通过对"三一律"等古典主义规则的颠覆而争取叙述的自由，它的演出轰动了全国；后者是一部感人至深的爱情小说，叙述一个叛逆者与周遭环境冲突的必然毁灭，加上作者的天才艺术禀赋，它一出现就受到了青年们的狂热欢迎，并很快在国际上引起巨大反响。但个人的反叛热情是容易耗尽的，历史剧《埃格蒙特》(1789)、《伊菲格尼亚在陶里斯》已表明歌德正在"驯化"，开始转向"古典"主义。1794 年，歌德与席勒订交，从此建立起 10 年的伟大友谊，这 10 年也是"古典"主义作品的丰收期，《威廉·迈斯特的学习时代》(长篇小说)《赫尔曼与窦绿苔》(叙事诗)就是在此时创作的。然而，作为一个伟大的作家，内心的躁动与热情似乎永不会衰竭，因此我们可以理解，歌德直至逝世前(那时他已 80 多岁)完成的《浮士德》，还是那样地激情四溢，"古典"派的宁静似乎在此没有留下丝毫踪迹。我们时刻触摸到的是这样一个形象：他"要每天每日去开拓生活和自由然后才能够作自由与生活的享受"。这是一个永不满足的形象，浮士德已成为进取者的代名词。

席勒是德国启蒙文学的另一员大将。青少年时代，他曾在被称为"奴隶养成所"的军事学院度过了 8 年囚徒式的生活，因此对自由的渴望成了他毕生的理想，对专制的反叛是他内心不息的冲动。这样我们就不难理解，为什么他喜欢关注那些离经叛道者，譬如《强盗》中的卡尔；歌颂民族解放的斗士，如历史剧《奥尔良的姑娘》和《威廉·退尔》。而对社会黑暗的痛心体验，使他更相信真实的悲剧而不是理想的乐观，《阴谋与爱情》的悲惨结尾，与莎士比亚的许多悲剧都有相似之处，但在席勒的笔下，悲剧像是破碎的镜子，碎了就永不能复原，也永远失去了光明的色彩，留下的是深渊或者黑洞。曾经喊着"打倒暴虐者"的席勒，曾经借着人物之口高呼"不自由，毋宁死"的席勒，曾经主张通过审美来治愈人性分裂症的席勒，在心灵深处，是否对这些都保持着悲凉的态度呢？启蒙思想似乎解救不了这个启蒙主义者。

(六)举起自我的旗帜——浪漫主义文学

18 世纪末 19 世纪初，古典主义在欧洲徘徊着退却，把文学舞台拱手让给浪漫主义。

浪漫主义的流行有着必然的因素。从社会背景看，法国大革命的现实宣告了启蒙运动理想的破灭，一种失望的情绪在各阶层蔓延，浪漫主义正是这种情绪的反映。从思想方面考察，以康德、费希特、谢林、黑格尔为代表的古典哲学家，对天才、灵感和人的精神力量给予很高的评价，把"自我"提升到至高的地位；以圣西门、傅立叶、欧文为代表的空想社会主义者提出了实现全人类解放的"乌托邦"理想，这些奠定了浪漫主义文艺思潮的基础。从文学内部来看，18 世纪英国感伤主义文学可以说是浪漫主义的先导；而卢梭对个性解放和感情自由的宣扬，对想像的崇尚，以及返回自然的主张，更是浪漫主义者取之不尽的资源。

浪漫主义是从古典主义的反叛中发展起来的，因此它强调的是创作自由，强调情感和想像在创作中的作用。

与古典主义作家追求静穆、素朴、和谐、完整的审美理想相反，浪漫主义作家更喜欢到生活的瞬息万变、精神世界的动荡不安以及富于特征性和神秘意蕴的各种奇特现象中去发现美、揭示美。因而他们多用夸张和对比的手法，追求强烈的美丑对比和出奇制胜的艺术效果。诺瓦利斯是这样概括"浪漫主义诗学"的："善于用愉快的形象来使我们感到惊奇，善于这样来表现某种事物，使它们在我们面前显得既奇特，又熟悉，令人喜爱。"他们还喜欢用华丽的辞藻，爱运用生动的比喻，似乎不如此就不足以表达心中澎湃的情感和事物的非凡特征，即使有时到了堆砌辞藻的地步，他们对辞藻依然钟爱有加。

现在让我们到欧洲各国寻找"浪漫"之美。

一般而言，我们对浪漫主义的印象得益于"湖畔派"三诗人——华兹华斯(1770—1850)、柯尔律治(1772—1834)和骚塞(1774—1843)。他们是英国文学中最早的浪漫主义文学作家，因曾隐居于英国西北部的湖区而得名。面对城市文明的丑陋，他们缅怀中古时代的"纯朴"；在诗作中，他们讴歌农村生活和自然风景，迷恋奇异神秘的故事和异国风光，不屑于把目光投到矛盾尖锐的社会现实中。

华兹华斯是湖畔派成就最高的诗人，他为自己和柯尔律治合著的《抒情歌谣集》写的序言，是英国浪漫主义的宣言。他认为，诗是"强烈感情的自然流露"，诗人在"选择普通生活里的事件和情境"时，要"给他们以想像力的色泽，使得平常的东西能以不寻常的方式出现于心灵之前”。他爱写“微贱的田园生活”，但主张用纯朴的民间语言来写出真实的感受，而不是用美丽的“诗意词藻”。他也热爱大自然，认为人在大自然中可以洗掉一切精神上的烦忧和污垢，大自然能提高人的精神境界和道德价值，他的许多诗作就把大自然作为一种精神力量来歌颂，因此他又有“自然诗人”之誉。他的名作有《丁登寺》《序曲》、组诗《永生的了悟颂》《露茜》、抒情诗《孤寂的刈麦女》《杜鹃颂》等。华兹华斯关于诗歌的改革主张和成功实践结束了英国古典主义诗学的统治，掀开了浪漫主义在英国蓬勃发展的序幕。

英国第二代浪漫主义诗人拜伦(1788—1824)、雪莱(1792—1822)和济慈(1795—1821)，创造了浪漫主义文学的辉煌。

拜伦出生于一个古老没落的贵族家庭，早年父母离异，他跟随母亲在苏格兰度过了贫穷而孤寂的童年，生理上有残疾。他对周围庸俗的敏感，对尘世喧嚣背后的无聊与孤独的深刻体验，对现实的强烈不满，无疑与早年经历有着千丝万缕的联系。他那愤世嫉俗的性格，注定了他在政治上的失败：1809 年，他在贵族院获得了世袭议员的席位，但受到歧视，他愤而到葡萄牙、希腊、土耳其等地旅游；1816 年，他与妻子分居，遭到政敌的疯狂攻击，再也无法待在伦敦的他只好再次也是永远地离开了英国，辗转于瑞士、意大利等地，最后投身于希腊民族解放运动，并最终献出了生命。

他的许多诗作是这些经历的生动反映。相继发表于 1812 年、1817 年的《恰尔德·哈洛尔德游记》，既有对异域风情、历史遗迹的描绘、凭吊，也有对争取独立与自由的人民的赞美，有“抒情史诗”之称。《东方叙事诗》是以东方为背景的浪漫主义组诗，于 1813 年至 1816 年完成，其中海盗康拉德是“拜伦式英雄”的典型，他们都有着悲剧性孤傲性格，抗议一切社会制度，可是他们的不凡才能和能量又无用武之地，他们因此而感受着无所作为的痛苦。未完成的长篇叙事诗《唐璜》是拜伦最优秀的诗作，展现了 19 世纪初欧洲社会政治的广阔图景，包容万千世相，是一部折射当时社会的大型讽刺史诗。它的主线是唐璜的身世和经历，有缠绵的爱情，有海盗的生活，有奴隶市场上的残酷，有战场上的血与火，也有宫廷的淫奢华丽……当然，更重要的是贯注着诗人对自由的渴望，对专政的刻骨痛恨，比如著名的《哀希腊》，歌颂了希腊光荣的过去，热情激励希腊民众奋起抗争，诗人甚至号召顽石也起来袭击世上的暴君。

雪莱是另一个浪漫主义斗士。他虽然出生于英国的贵族家庭，但深受资产阶级民主主义和空想社会主义思想的影响，19 周岁时就写出了哲学论文《无神论的必然性》，鼓吹无神论思想；这在上帝广泛存在于人们头脑中的时代，无疑需要极大的勇气。他还热情支持爱尔兰人民反抗英国统治的斗争，提倡自由、平等、博爱和人权，抨击暴政。在长诗《麦布女王》中他提出："人类的花朵在它的萌芽时期，便受到帝王、教士、政治家的摧残"。与拜伦一样，雪莱也遭到当局的忌恨，不得不旅居国外，对暴力和专政的残酷有着刻骨的记忆。长诗《伊斯兰起义》叙述了一场虚构的"黄金城的革命"，矛头直指暴君统治。但是，诗人并没有因此而丧失对"爱"的向往，在这首诗的"序言"里，他说："惟有爱，被当作统治精神世界的惟一法律，在诗中处处受到赞美。"有了"爱"的支撑，诗人对光明、自由、幸福和美的热烈追求，就给人一种积极向上的鼓舞力量和艺术享受，如广为流传的名篇《西风颂》，"要是冬天/已经来了，西风呵，春日怎能遥远?"——它曾经鼓舞了多少人为理想而献身。短诗《致云雀》里那只"欢乐的精灵"不正是诗人自身的写照么？诗剧《解放了的普罗米修斯》是雪莱的代表作，诗人让从悬崖上被释放的普罗米修斯派出精灵向人间宣布解放的消息，整个宇宙都沐浴着"爱"的光辉，人类万物沉浸在幸福之中。它激励着怀着美好理想的人前行，让颓废的人看到光明，如诗人所说的那样："使一般爱诗的读者们细致的头脑里，记住一些高尚美丽的理想。"这不正是雪莱在用激情的"爱"构造美丽的"乌托邦"么?

也许是对现实社会的失望，也许是要消弭心中的孤独，济慈不是向黑暗举起刺刀，而是要在诗中消除主义、道德和自身的痕迹，以"美的梦幻""自由之想像"来创造世界，因为"美就是永久的欢喜"。他的诗诗中有画，有着强烈的色彩感和立体感，有一种永恒的美，犹如梦幻般恬静的目光；想像丰富，洋溢着自由思想和崇高理想。他给自己写的墓志铭就是："这里安息着一个把名字写在水上的人。"他的作品有《伊莎贝拉》《夜莺颂》《秋颂》《希腊古瓮颂》《忧郁颂》《无情的妖女》，等等。

"俄罗斯诗歌的太阳"——普希金生活在一个普遍缺乏公正之光照耀的时代，在精神气质上他与拜伦、雪莱不无相通之处，他那些浪漫主义抒情诗大部分都以爱情、友谊、理想、自然游乐等为内容。与十二月党人的接近，使他的思想接受了启蒙主义的洗礼，自由的种子从此深埋在他的心里。在《致普柳斯科娃》里他宣称："我只愿歌颂自由，/只向自由奉献诗篇，/我诞生到世上，而不是为了/用羞怯的竖琴讨取帝王的欢心。"讴歌自由的主题贯穿在《自由颂》《童话》《致恰达耶夫》《乡村》等诗中，并充满着浪漫主义的色彩。他的最后一部浪漫主义叙事诗《茨冈》以理想的笔调描写了茨冈人的自由生活，鲜明地对照出城市文明的虚伪，回应着卢梭"回到自然"的口号。但是诗中主人公贵族青年阿乐哥与茨冈姑娘真妃儿由浪漫爱情走向悲剧结局的过程，表明浪漫主义情怀无法最终解决问题，对现实极为敏感的普希金自然要转向现实主义。他比较有名的浪漫主义诗篇还有《囚徒》《致大海》《高加索俘虏》《强盗兄弟》等。作为俄罗斯文学语言的创建者，他的诗篇到处闪烁着美丽，高尔基说："我开始读着普希金的诗，如同走进了一片树林的草地，到处盛开着鲜花，到处充溢着阳光。"可惜，1837 年，才 38 岁的普希金，就在沙皇密谋布置的决斗中身亡，这是专制对自由的又一次卑鄙谋杀，但普希金从未死亡，他永远活在人们心中。

浪漫主义很容易被理解成辞藻胜于内容，情感丰富而缺乏深刻，激情有余而深度不足。不过，接触过法国浪漫主义文学运动领袖雨果(1802—1885)的作品的人，将会改变这一看法。雨果早年是保皇主义者，但在 1827 年发表了《〈克伦威尔〉序言》后，一变而为浪漫主义文学的斗士。在《序言》里，他提出了美丑对照原则，让崇高优美和滑稽丑怪自然结合，并提倡对美丑现象进行理想化和夸张的描写。在猛烈抨击古典主义之后，他指出："浪漫主义的真正定义不过是文学上的自由主义而已。"敏锐地把握住了浪漫主义的实质。雨果首先在行为上实践自己的自由主义思想：欢迎 1830 年的七月革命；同情 1848 年的二月革命和六月工人起义；1851 年，参加共和党人组织的反对路易·波拿巴政变的起义；巴黎公社起义被镇压后，他公开呼吁赦免巴黎公社社员……这些行为背后的实质，是雨果怀着深厚、博大的人道主义精神。他把人道主义精神和浪漫主义创作原则融会到了他的杰作中，使作品具有了形式上的绚丽和思想上的巨大魅力，这在诗歌《静观集》，戏剧《艾尔那尼》，小说《巴黎圣母院》《悲惨世界》《笑面人》《海上劳工》《九三年》等作品中，有着生动的体现(如图 3-19)。他那句名言——"在绝对正确的革命之上，还有一个绝对正确的人道主义"——至今仍让我们感叹不已。

图 3-19 《悲惨世界》插图

浪漫之美当然不只体现在上述几个大家身上，德国的海涅(1797—1856)、英国的历史小说家司各特(1771—1832)，乃至18世纪中期写下《草叶集》的美国诗人惠特曼(1819—1892)，“所鼓吹的是复仇，所希求的是解放”的波兰诗人密茨凯维奇(1798—1855)和歌唱着自由的匈牙利诗人裴多菲(1823—1849)，都是浪漫主义文学的杰出代表。

(七)大千世界的世相——现实主义文学

一代有一代之文学。19世纪30年代之后，欧洲文学舞台的主角是现实主义。

作为世界性的文学潮流，现实主义表现出了一些突出的特征。现实主义作家拒绝像浪漫主义作家那样在作品中突出“自我”，而主张作家要像镜子那样如实地反映现实，通过对生活的具体的、历史的真实描绘而自然地表达作家的社会理想和道德激情，有时甚至要求文学具有“科学真理的精确性”。这影响到作品人物的呈现方式。于是就有典型环境和典型人物之说，即在深入细致地观察、体验现实生活的基础上，对客观事物加以典型化，强调从人物和环境的联系中塑造典型性格。巴尔扎克的《人间喜剧》充分体现了这一典型化原则，不但真实地描绘了法国社会各阶层的生活和风貌，而且通过塑造资本主义社会形形色色的典型形象，“给我们提供了一部法国‘社会’特别是巴黎‘上流社会’的卓越的现实主义历史”(如图 3-20)。其他现实主义大师，如狄更斯(1812—1870)、果戈理(1809—1852，代表作有戏剧《钦差大臣》、短篇小说集《彼得堡故事集》和长篇小说《死魂灵》等)、屠格涅夫(1818—1883，作品有《猎人笔记》《罗亭》《贵族之家》等小说)、托尔斯泰(1828—1910)等，也都着力塑造了一系列封建贵族、资产阶级和来自下层的“小人物”的鲜明的典型形象，从而深刻地反映出当时社会生活的某些本质方面。但是，现实主义的“典型”说也容易变成环境决定论，狭隘地理解人与环境的关系，简化丰富的现实，这就不利于挖掘人物丰满的心灵世界，不利于塑造性格复杂的人物形象。

图 3-20 《人间喜剧》插图

当然，现实主义对社会生活的关注，扩大了小说这一文学体裁的容量，创造了广泛概括生活的社会小说，使它成为综合反映整个时代各阶层的生活风尚和错综复杂的历史事件的广阔社会历史画面，作家在创作中表现出深刻和自觉的历史主义。巴尔扎克宣布："法国社会将是一个历史家，我只能当它的书记。"并立志"完成一部19世纪法国的作品"，"写出许多历史家所遗忘了的历史，即人情风俗的历史"。托尔斯泰的《战争与和平》等长篇小说，也以史诗般的规模，反映了当时整个动荡不安的时代和社会各阶级各阶层人物的思想情绪的起伏转折，展示了"无与伦比的俄国生活的图画"。小说的魅力并不仅仅来源于对历史的忠实描写。我们也许对斯丹达尔的时代毫无兴趣了，可是还会读《红与黑》；我们对关于法国大革命的历史著作可能置之不顾，但很可能对《双诚记》爱不释手……为什么？就是因为小说自有自己的一套规则来虚构一个美妙的世界，这个世界是其他形式的作品无法完成的。

现实主义作家为了塑造出真实的人物形象，努力探索新的写作方式，比如在人物刻画上，通过环境和生活细节的具体描写来烘托、突出人物的性格特征是早就有了的，他们就在人物心理描写方面拓荒，力求深入细致地揭示出人物内心的矛盾变化。《红与黑》是法国现实主义第一部杰出的社会心理小说，作者就善于通过揭示人物的内心冲突和思想感情瞬息间的变化，把一个锯木工场小业主的儿子——于连向上爬的"情欲"充分展示出来。于连也就成了某种人物的象征——出身卑微，但执着地想靠个人奋斗成为世界的主宰者。这是拿破仑时代无数年轻人的梦想，同时也是处于充满活力、机会和冒险精神的社会中的年轻人的梦想。托尔斯泰首创的"心灵辩证法"，更是把现实主义的心理描写推向了高峰。像《安娜·卡列尼娜》中安娜自杀前那段描写，甚至有了后世意识流作品的某些特征。

在实际的文学创作中，现实主义文学的发展可分为前后两个时期。前期从19世纪30年代到60年代，是产生、发展期。这一时期，法国和英国出现了巴尔扎克、狄更斯，俄国出现了以果戈理为代表的一批"自然派"作家，在理论上也形成了以别林斯基、车尔尼雪夫斯基为代表的现实主义美学和文艺批评。后期从19世纪60、70年代到20世纪初，是繁荣、衰落期。这一时期，西欧现实主义者虽然创作了一些优秀作品，但他们的批判力度已稍显不足，对现实的理想热情逐渐被悲观、绝望所代替，自然主义、客观主义倾向日益明显。而在俄国，由于反专制农奴制度的运动蓬勃开展，现实主义文学依然如火如荼，涌现了屠格涅夫、奥斯特洛夫斯基、托尔斯泰、陀思妥耶夫斯基和契诃夫(1860—1904，作品有《小公务员之死》《套中人》《第六病室》等短篇小说和《万尼亚舅舅》《樱桃园》等戏剧)等一批文学巨匠。而就各国来说，由于政治经济发展的不平衡和历史文化传统的不同，现实主义文学发展参差不齐，各具特色。

在西欧，现实主义于19世纪30年代首先形成于法国，它的奠基人是斯丹达尔和巴尔扎克。斯丹达尔的文艺论著《拉辛和莎士比亚》反复申明艺术必须“表现人民的习惯和信仰的现实状况”，而“一切伟大作家都是他们时代的浪漫主义者，表现他们时代的真实东西，因此感动他们同时代的人”。他的作品《红与黑》《巴马修道院》、中短篇小说集《意大利遗事》，都表现了时代的真实东西，但没有感动多少同时代的人，因为人们常常错过他们身边美好的东西。巴尔扎克的《人间喜剧》，是19世纪法国社会的缩影，其艺术成就和思想内涵是西欧现实主义文学走向高峰的标志。此后，福楼拜、莫泊桑、罗曼·罗兰等一批享有世界声誉的作家登上历史舞台，现实主义文学在法国可谓高潮迭起。福楼拜在《包法利夫人》等长篇小说中生动地展现了第二帝国时代法国的社会面貌。但是，他对现实主义的理想逐渐破灭，很快就走向客观主义和艺术至上主义，主张以客观的态度对待写作，实际是让作家有一种自觉的写作意识，强调叙事策略，这对后来的现代派作家有一定影响。莫泊桑(1850—1893)、罗曼·罗兰(1866—1944，代表作长篇小说《约翰·克利斯朵夫》)代表的是法国后期现实主义，有力地揭露了法国社会进入帝国主义阶段后的腐朽生活，反映了他们复杂矛盾的精神探索。可是，越对人性作深入的检讨，就越使人绝望，莫泊桑的一系列小说，如《羊脂球》《一生》《俊友》乃至我们相当熟悉的《我的叔叔于勒》，都表现出相当深刻的悲观。

与法国并驾齐驱的是英国现实主义文学。以狄更斯、萨克雷(1811—1863，代表作是长篇小说《名利场》)为代表的英国前期现实主义主要反映工业资产阶级发展后的英国社会生活，描写日趋尖锐的劳资矛盾，揭露了人与人之间的冷酷关系和有产者的伪善。他们的作品往往带有浓厚的感伤色彩，主张用点滴改良来缓和阶级矛盾，对小人物的温情和道德感化力量津津乐道。显然，他们还不适应那个由资本主宰的世界，对“过时”的道德怀念不已。19世纪70、80年代，哈代(1840—1928，代表作有《还乡》《德伯家的苔丝》等著名小说)、萧伯纳(1856—1950，代表作有《鳏夫的房屋》《华伦夫人的职业》和《巴巴拉少校》等剧作)、高尔斯华绥(1867—1933)等一批后期现实主义作家相继出现，他们运用社会心理小说和社会讽刺戏剧等形式，对政治、道德、宗教和文化等方面的“虚伪”作了淋漓尽致的揭露和批判。但现实并没有因他们而改变什么，悲观情绪和宿命论观点也就成了他们作品中必然的东西。

德国是后起的资本主义国家，在实现统一之前，只拥有海涅这个由浪漫主义转变过来的现实主义文学闯将，《德国——一个冬天的神话》是德国现实主义一支完美的歌。普法战争以后，现实主义才在德国繁荣起来，出现了亨利希·曼(1871—1950，代表作是长篇小说《臣仆》等《帝国三部曲》)和他的弟弟托马斯·曼(1875—1955，代表作是长篇小说《布登勃洛克一家》)等作家。他们的作品辛辣地讽刺了社会各阶层的贪婪无耻，而且还看到了“世界末日”，流露出浓厚的悲观主义情绪。这一时期，在北欧以易卜生(1828—1906)为代表的现实主义文学却大放异彩。易卜生的戏剧反映了“一个即使是中小资产阶级的但是比起德国的来却有天渊之别的世界；在这个世界里，人们还有自己的性格以及首创的和独立的精神”。易卜生创作的一系列“社会问题剧”，如《社会支柱》《玩偶之家》《人民公敌》等，尖锐地揭露了所谓民主自由的荒诞和人们的利己主义、市侩主义，达到了思想深度和戏剧性的有机统一，对当时欧洲戏剧的改革作出了重大贡献，对中国“五四”以来新戏剧的发展也有很大影响。

在俄国，现实主义文学形成于19世纪30年代。此时，作为俄罗斯文学之父的普希金完成了由浪漫主义向现实主义的过渡。他的诗体小说《叶甫盖尼·奥涅金》和《别尔金小说集》以俄国现实社会为题材，塑造了俄国文学史上第一个“多余人”形象和“小人物”形象。19世纪40年代以果戈理为代表的“自然派”的崛起，加强了俄国现实主义文学的批判力度，使农民、城市贫民、小公务员等受苦受难的“小人物”成为文学关注的中心。19世纪50、60年代，在革命民主派和自由派围绕着废除农奴制而开展的政治思想斗争中，现实主义文学从不同侧面敏锐地反映了时代的重大社会问题。这一时期的作品，特别是长篇小说，由于其题材的广泛、揭露的深度和批判的强度，在欧洲文学中后来居上。它的一个显著特点，是在加强对黑暗现实的批判的同时，着力表现“黑暗王国中的一线光明”，开始从描写“小人物”“多余的人”转向表现平民知识分子中的“新人”，如车尔尼雪夫斯基(1828—1889)的《怎么办?》、屠格涅夫的《前夜》等；反映出下层人民中反抗情绪的增长，如涅克拉索夫(1821—1878)的农民题材诗歌《谁在俄罗斯能过好日子》，奥斯特洛夫斯基(1823—1886)的戏剧《大雷雨》等。直到19世纪70、80年代，当西欧现实主义的批判力量已经削弱的时候，俄国现实主义仍在发展和深化。列夫·托尔斯泰后期的创作表现出“最清醒的现实主义”，如他的《复活》，对现实和人性都作了深刻的剖析和忏悔。契诃夫、柯罗连科的创作表现了俄国民主阶层迫切变革现实的愿望和对美好的“新生活”的追求。

在美国，现实主义的杰出作家迟至19世纪80年代才相继出现，马克·吐温(1835—1910)、欧·亨利(1862—1910)、杰克·伦敦(1876—1916)以及后来的海明威(1899—1961)都是享有世界声誉的作家。幽默讽刺是马克·吐温的拿手本领，《竞选州长》揭露了民主选举下面龌龊的现实，充分体现了作者的艺术才华；《汤姆·索亚历险记》和《哈克贝利·费恩历险记》则展示了当时美国内地生活的庸俗和种族歧视的现状，具有很强的抒情性。《麦琪的礼物》《最后一片藤叶》等是欧·亨利的代表作，以轻松幽默的笔调描写了小人物的悲欢和相濡以沫的情感。杰克·伦敦的作品多描写美国北方淘金者的野性故事，弥漫着强烈的大自然气息，被称为“北方故事”，如《热爱生命》《野性的呼喊》等。以简明精练取胜和专注于“迷惘的一代”的海明威，创作了《永别了，武器》《太阳照样升起》《老人与海》等小说，既有战争过后颓废情绪的渲染，又有对不屈的“硬汉”形象的礼赞。

随着无产阶级革命运动的深入和马克思主义的传播，欧洲现实主义文学进入了一个新的发展阶段——出现了社会主义的现实主义。它的代表有高尔基(1868—1936)等人，代表作则是《伊则吉尔老婆子》《母亲》《童年》《人间》《我的大学》等，广为中国读者所熟悉的是散文诗《海燕》(如图3-21)。十月革命后，苏联的革命文学沿着高尔基所开辟的道路前进，产生了法捷耶夫(1901—1956)的长篇小说《毁灭》《青年近卫军》和马雅可夫斯基(1893—1930)的长诗《列宁》《好!》以及肖洛霍夫(1905—1984)的巨著《静静的顿河》等一系列优秀作品。

正当现实主义作家从社会、日常生活的角度全力挖掘人性的时候，另一些作家却想从生理的方向把握人物的命运，这就是以法国作家左拉(1840—1902)为代表的自然主义者(如图3-22)。左拉认为，写小说就像在实验室里做实验一样，拒绝社会规律的支配，小说家“只是一种特殊的学者……他的领域是生理学的领域”。这就要求小说要有科学性，要以客观的态度把生活中的一切细节毫无遗漏地记录下来，尤其要着重写人的生理本能，因为人物

图 3-21 海燕

“生命中的每一个行动都是被他们的肉体所注定了的”，他希望人们看到小说的“每一章都是对生理学一种病况的有趣研究”。包括 20 部长篇小说的社会史诗《卢贡—马卡尔家族》(包括《妇女乐园》《小酒店》《娜娜》《萌芽》等)，就是左拉实践自己文学理念的丰硕成果。作品中的许多人物，因为遗传的关系，都受到不同程度的损害，有的是酒精中毒者和病态的人。卢贡—马卡尔家族的老祖宗阿黛拉伊德·福格是精神病患者，嫁给门丁卢贡，生有一子；后又同酒精中毒者马卡尔同居，生一男一女，三个孩子分别受到了她和马卡尔的遗传影响，这种影响持续到家族的第三、第四乃至第五代。

图 3-22 左拉肖像

但是，左拉并没有宥于自然主义的主张，把社会现实也纳入了作品中，因而在揭示人物生理病变的同时，也展示了19世纪中期法国的社会、生活画卷。自然主义的忠实实践者是龚古尔兄弟(爱德蒙，1822—1896；于勒，1830—1870)，两人合写的小说《日尔米尼·拉塞德》，写主人公堕落至死的故事，作品丝毫没有触及社会原因，而把悲剧归因于喝酒和纵欲。

(八)美丽的与神秘的——唯美主义与象征主义文学

“为艺术而艺术”，这个口号你或许并不陌生，但是它源自哪里，你可能并不熟悉。

这个美丽而富于理想的口号是唯美主义和象征主义的产物。

19世纪后半期，资本主义的种种弊端都暴露出来，许多人对现实的幻想被悲观所代替，再加上世纪末情结的困扰，苦闷、彷徨乃至颓废的情绪在社会上弥漫。唯美主义和象征主义文学就在这样的语境下诞生了，为了宣泄和消解这种情绪，两者都体现出了重主观、重幻觉、求神秘、求怪异的特征，崇拜非理性主义、神秘主义和下意识，而其共同的美学纲领就是“为艺术而艺术”。在实际文学创作中，两者虽然都有相似的历史背景和艺术理念，但各自阵营还算清晰，各自发展的脉络也非常明显。

唯美主义最初是由19世纪60年代的一群法国作家提倡的，随后得到英国一些作家的积极响应，后来影响到德、俄等国家。“为艺术而艺术”的口号就是首先由法国著名诗人戈蒂耶(1811—1872)提出来的，他声称艺术本身就是目的，艺术具有永恒性，任何艺术以外的观点对于艺术创作都是有害的；文艺应该自觉地拉大与社会的距离，应该挣脱道德规范的束缚，提倡纯粹美，追求抽象的艺术效果，远离功利目的。这种艺术观点后来在英国作家王尔德(1856—1900)的作品以及画家比亚兹莱为《黄色杂志》所作的插图中得到全面的体现。英国文艺理论家佩特使之系统化。王尔德憎恶英国的市侩哲学和虚伪的道德，努力建造艺术的“象牙塔”来抵抗世俗的丑陋。在《撒谎的衰落》《意图》《社会主义制度下的灵魂》等论文中，他认为只有“美”才有永恒的价值，艺术不应带有功利主义目的，艺术应当超脱人生，反对“为人生而艺术”，艺术家的个性不应受到压抑。现实的都是丑陋的，艺术的美来自精美的虚构，“一切艺术上的坏处，都是从现实感产生的”，而“撒谎，说出美丽动听的假话——这就是艺术的真正目的”——这是他的惊世之语。从此出发，艺术就高于生活，高于人生，“艺术不是人生的镜子，而人生才是艺术的镜子”——这是他的又一句名言。

考察唯美主义的主张，我们不难发现康德美学的影子。康德把美区分为自由美和附庸美，强调审美活动的独立性和无利害感，并力图调和审美标准与道德、功利以及愉快之间的矛盾。康德的美学思想曾在德国的歌德、席勒，英国的柯尔律治、佩特等人的作品中得到阐发。唯美主义提倡的“艺术至上”，“为艺术而艺术”，几乎是康德美学的忠实回声。

唯美主义文学最重要的作家就是已提到过的戈蒂耶和王尔德。《珐琅和宝石》是戈蒂耶的代表作，全书写景咏物，对自然美、人体美和艺术美反复赞叹，不涉及任何有时代气息的东西，因为在作者眼里，“只有毫无用处的东西才是真正美的；所有有用的东西都是丑的。”王尔德的代表作是长篇小说《道林·格雷的画像》，主要情节是：年轻的道林·格雷请画家霍尔伍德给自己画了一张肖像。他深爱这张肖像，希望自己永远像肖像上那样年轻貌美。他果然始终保持年轻时的美貌，但是他的肖像却逐渐发生了变化。当道林造成爱恋他的女演员自杀时，肖像嘴角上露出了一丝残忍；当他为了忘掉她而去寻求新欢时，肖像的脸上出现了欲望。道林不乐意再让别人看到变得苍老和凶狠的肖像，企图毁坏它，用匕首去刺它的胸部，但刺中的却是自己的心脏。仆人们闻声赶来，发现肖像还是那样年轻英俊，地上却躺着一个憔悴、衰老的人。全书充满躁动不安的情绪、混乱的精神世界，情节怪诞，有颓废主义色彩，但对作者来说，这些只是他对现实失望和不理睬道德规范的结果。《快乐王子》也是王尔德的杰作，它赞美了纯朴、善良的心灵，是一篇充满诗意的童话故事，仿佛是纤尘不染的“象牙塔”。王尔德还创作了许多戏剧，《莎乐美》(如图 3-23)《理想丈夫》《做一个正经

图 3-23　莎乐美

人的重要性》等比较有名。《莎乐美》写希律王的女儿莎乐美爱上了约翰，约翰却拒绝了莎乐美的爱情，莎乐美要求国王杀死约翰。得不到就毁灭，莎美乐身上体现着“残酷的美”。剧中莎乐美的美貌和舞姿，以及她手捧约翰被砍下来的头颅时那种冷酷的表情和美丽，在作家笔下逼真地表现出来，体现了作家的唯美追求。英国“前拉斐尔派”诗歌的主要代表罗塞蒂(1828—1882)以及稍后的史文朋(1837—1882)的作品，唯美主义的倾向也比较明显。

唯美主义在其他艺术领域也得到了回应，譬如绘画方面，就发展过一种抽象的形式美，提倡培养精细的艺术敏感性。这对20世纪工艺美术产生了决定性的影响。

象征主义文学的出现也是在法国，而且是在19世纪40、50年代。

作为新的创作方法和文学思潮，象征主义早在浪漫主义盛行的时期已经萌芽。浪漫主义诗人奈瓦尔力求以新的表达方式反映不可捉摸的内心活动，这种努力后来给象征派诗人以一定的影响。浪漫主义诗人维尼的《牧人之家》，拉马丁的《葡萄架下的住室》，都在一定程度上运用了后来为象征派诗人所喜爱的艺术手法：暗示多于解释，含蓄多于畅尽。

图 3-24 《恶之花》诗意画

但是，说到象征主义的先驱，一般会提到波德莱尔(1821—1867)。奠定波德莱尔在法国文学史上的重要地位的是他的诗集《恶之花》(如图3-24)。从题材上看，《恶之花》歌唱醇酒、美人，强调官能陶醉，并写了很多肮脏不堪的东西，如尸体、苍蝇等。从波德莱尔的诗作看，与其说诗人对现实生活采取厌倦和逃避的态度，不如说作者对现实生活不满，对客观世界采取了绝望的反抗态度。他揭露生活的阴暗面，歌唱丑恶事物，甚至不厌其烦地描写一具腐烂的“兽尸”，蛆虫成堆，恶臭触鼻。这在传统作品中是不可想像的，对流行的美学观是一个巨大的冲击，雨果就说：“《恶之花》的作者创作了一个新的寒颤。”

《恶之花》的“恶”字，法文原意不仅指恶劣与罪恶，也指疾病与痛苦。波德莱尔称自己的诗篇为“病态之花”，是一种“病态”的艺术。他对于使他遭受“病”的折磨的现实世界怀有深刻的仇恨。他给友人的信中说：“在这部残酷的书中，我注入了自己的全部思想，整个的心（经过改装的），整个宗教意识，以及全部仇恨。”这种仇恨情绪之所以如此深刻，是因为它本身反映着作者对健康、光明甚至“神圣”事物的强烈向往。

诗集中的“丑”与“恶”经过诗人的变形，早已是一种特殊的“美”，它与现实的丑陋有着根本的区别，已经超脱了现实人生，这也是一种“为艺术而艺术”（波德莱尔也是法国唯美主义的先驱之一）。另外，《恶之花》的美还在于诗人的艺术手法，因为那些艺术手法是最适于表现作者内心隐秘和真实感情的——这自然也是一种美，不过这种美的观念，是属于现代主义的，因而波德莱尔是现代主义的创始人之一。

在波德莱尔之后，象征主义的一些重要美学特征逐渐形成。比如它强调以抒写个人感情为重点，但与浪漫主义大异其趣：它抒写的不是日常生活中的浮浅的喜怒哀乐，而是不可捉摸的内心隐秘；或者如马拉梅（1842—1898）所说，表现隐藏在普通事物背后的“惟一的真理”。为了达到上述目的，象征主义对于诗的语言进行了很大的改造。对于日常用的字和词加以特殊的、出人意料的安排和组合，使之产生新的含义。在象征主义者的眼里，客观世界是主观世界的“象征”，主张诗歌应当表现超现实的“理想世界”。这“理想世界”存在于人们的意识与下意识之间，非人们的理性可以感知，惟有感悟才能达到，通过象征才能予以暗示。因而象征主义不满足于描绘事物的明确的线条和固定的轮廓，它所追求的艺术效果，并不是要使读者理解诗人究竟要说什么，而是要使读者似懂非懂，恍惚若有所悟；使读者体会到此中有深意。象征主义不追求单纯的明朗，也不追求晦涩的含蓄；它所追求的是半明半暗，明暗配合，扑朔迷离。象征主义诗歌十分强调音乐的效果，可是诗句的音乐性不是单纯通过机械的协韵表现出来，而在于诗句内在的节奏和旋律。散文诗的音乐感并不亚于格律诗，有时反而胜过格律诗，因此许多象征派诗人的散文诗都写得有特色。

1886年，先是诗人勒内·吉尔发表了一部《言词研究》，诗人马拉梅为它写了前言。这部论著试图系统地肯定自波德莱尔以来在诗歌艺术上陆续出现的新倾向和新成就。稍后，巴黎有一个原籍希腊的年轻诗人，笔名让·莫雷亚斯，在《费加罗》报上发表了一篇文学宣言，主张用“象征主义者”这个称号来称呼当时的前卫诗人。这篇宣言获得广泛热烈的响应，文学史上认为这一事件标志着象征主义流派的产生。与此同时，象征主义由法国向外“辐射”开来，法国的主要代表是马拉梅、魏尔伦(1844—1896)和兰波(1854—1891)，比利时有梅特林克(1862—1949)，俄国有梅列日柯夫斯基(1865—1911)和巴尔蒙特(1867—1942)。

混合着神秘主义、悲观主义和唯美主义是象征主义的老传统，马拉梅等人进一步发展了象征主义诗歌的暗示性、朦胧性和音乐性。马拉梅认为，只有梦幻才能达到不属于人世的美，“美”是神圣而神秘的，表现“纯净的美”的诗歌也应该是神秘的，“一首诗是一种神秘”。魏尔伦在他的诗作《诗的艺术》里说：“叫读者走进梦幻世界，这才是诗的真义。”兰波更是竭力使自己成为“幻觉诗人”。发轫于19世纪80年代的俄国象征主义，同样认为实物世界是另一个真实、神秘、不灭的世界的象征，人们摸索着走向神秘的真实，诗是一条路。

尤其值得一提的是梅特林克——比利时杰出的象征主义诗剧作家。他认为外部生活不过是潜在意识这一深海里泛起的泡沫，艺术的目的是要表现潜在意识里的“真的自我”，而不是表现“泡沫”。他早年的戏剧作品《闯入者》《盲人》《室内》等，充溢着透骨的悲观，采用的都是象征性的故事情节，宣扬死亡无从避免，命运不可抗拒。于1908年完成的剧本《青鸟》，是他一生的杰作，也是象征主义的代表作之一。故事梗概是：一个樵夫的两个可爱的孩子——蒂蒂儿和弥蒂儿，在圣诞节前夜做了一个梦，他们两人历尽千辛万苦去寻找象征快乐和幸福的青鸟，终于不可得或得而复失。这样的情节暗示着幸福的无常和追求的徒劳。而蒂蒂儿将自己心爱的白鸽送给邻居的病女孩时，白鸽突然变为青鸟的情节，则传达了这样的理念：只有把幸福给别人，自己才会接近幸福。

对于象征主义运动来说，1891年是一个转折点。这一年，首倡象征派“文学宣言”的莫雷亚斯首先宣布脱离象征派，而提倡一种所谓“罗曼派”的文学，其目的在于恢复希腊罗马古代文学的传统。接着，许多象征派诗人也纷纷向自己选择的方向发展，不再遵循共同的象征主义艺术标准。象征主义作为一个流派，在这一年宣告解体。但是，象征主义作为文学思潮和艺术风格，影响却非常深远。尤其是在第一次世界大战后，象征主义又卷土重来，出现了所谓的后期象征主义，成为现代派文学中的一个重要流派，20 世纪 20 年代至 40 年代还盛极一时，20 世纪法国的重要诗人瓦莱里、克洛代尔、亚默甚至圣琼·佩斯等，都被评论家列为后期象征主义者。而在遥远的东方——中国，象征主义也有着热诚的追随者，比如在“五四”以后的新诗坛上，戴望舒、李金发等都受过象征主义诗歌气息的熏陶。

(九)荒诞与意义——现代主义文学

现代主义文学不是指一个流派，而是多个流派文学(主要是后期象征主义、表现主义、意识流、超现实主义、存在主义、荒诞派戏剧、新小说派、黑色幽默和魔幻现实主义等)的总称，并且许多流派之间可能旨趣大异，但是，这并不妨碍它们有着共同或相似的历史背景和美学理念，它们在与传统的文学审美观念、表达方式等决裂的同时，拥有了共同的身份。

19 世纪末以来，西方社会的科学技术日新月异，工业化程度大大提高，资本主义文明发展到一个新的阶段，但同时，也爆发了两次世界大战，几千万人的生命灰飞烟灭，而后又进入冷战时期，核恐怖让世界的未来充塞着灰暗，人与自然、人与社会、人与人之间的和谐关系冰消瓦解，以决定论和理性主义为基础的西方传统价值观念也呈土崩之势。相应的，各种非理性主义哲学思潮及现代心理学，如叔本华的唯意志论、尼采的权力意志论和超人哲学、柏格森的生命哲学和直觉主义、萨特的存在主义以及弗洛伊德的精神分析学等，就在此时流行起来——这些就构成了现代主义文学得以产生的“温床”。

因此，现代主义文学表现的是“现代人的困惑”，即揭示周遭世界的荒诞、冷漠和不可理喻，以及人置身其中的孤独、焦虑、痛苦的情绪(如图 3-25)。在表现方式上，它用荒诞的情节来代替故事的逻辑性，用虚化的、富有象征性的空间、场景和人物来取代典型环境中的典型性格，用跳跃、交错的心理时间来取代递进的物理时间，用隐晦、暗示性的语言取代语言的鲜明性。

图 3-25　我们从哪里来？我们是什么？我们往何处？

现在，我们就去浏览一下具体的流派、作家和作品。

象征主义已在前面介绍了，后期象征主义在理论上有一些发挥，比如主张通过象征暗示、意象隐喻、自由联想和语言的音乐性去表现理念世界的美和无限性，曲折地表达作者的思想和复杂微妙的情绪、感受。叶芝(1865—1939，爱尔兰诗人)、瓦雷里(1871—1945，法国诗人，代表作是《海滨墓园》)、庞德(1885—1972，美国诗人)等是后期象征主义的代表，而更不可忽略的是英国诗人艾略特(1888—1965)。作为1948年诺贝尔文学奖得主，艾略特对当代诗歌做出了卓越贡献，起到了先锋作用。他的成名作《荒原》(1922)是20世纪西方文学一部划时代的作品，现代派诗歌的里程碑。全诗分5章。在第一章《死者葬仪》里，诗人以荒原象征战后的欧洲文明，它需要水的滋润，需要春天，需要生命，而现实则充满了庸俗和低级的欲念，既不生也不死。第二章《对弈》对照上流社会妇女和酒吧间里下层男女市民的生活，显得同样低级和毫无意义。第三章《火戒》写情欲之火造成的庸俗猥亵，空虚而无真实的爱。第四章《水淹之死》最短，暗示死是不可避免的，人们渴望的生命之水也拯救不了人类。第五章《雷霆的话》又回到欧洲是一片干旱的荒原这一主题，但对革命浪潮又感到恐惧，宣扬宗教的“给予、同情、克制”。艾略特利用了人类学关于神话传说的研究成果，大量引用或更动欧洲文学中的情节、典故和名句，用6种语言，以鲜明的形象并借暗示、联想以及严密的结构，构成一部思想和情调一致的完整诗篇。全诗极少用韵，大多是有节奏的自由体，语言变化多端，却自有一种严谨、整齐的节奏感。请读一读第三章开头的几句，略略感受一下此诗的魅力：

> 河边的帐篷破了：树叶最后的手指/抓着濡湿的岸边然后沉下去。风/吹过褐色的土地无人听见。那些女神一一去了。/美妙的泰晤士，轻轻流吧，直至我唱完我的歌。

兴起于20世纪初的表现主义文学，至20世纪20年代得到巨大发展，在诗歌、小说、戏剧等领域产生了一大批有影响的作家。在诗歌方面，有奥地利的特拉克尔(1887—1914)、韦尔弗(1890—1945)、德国的海姆(1887—1912)、贝恩(1886—1956)，戏剧方面有瑞典的斯特林堡(1849—1912)、德国的凯撒(1878—1945)、托勒(1893—1939)和美国的奥尼尔(1888—1953)，小说方面则有奥地利的卡夫卡(1883—1924)。参加表现主义运动的人，在政治信仰和哲学观点上存在着很大的差异。但他们也有一些共同的思想倾向和艺术特点，即不满社会现状，要求改革，要求“革命”。在创作上他们不满足于对客观事物的摹写，要求进而表现事物的内在实质；要求突破对人的行为和人所处的环境的描绘而揭示人的灵魂；要求不再停留在对暂时现象和偶然现象的记叙而展示其永恒的品质。他们的理论纲领就是“艺术是表现不是再现”。奥尼尔的代表作《毛猿》(1922)(主要情节是：主人公扬克是一艘远洋轮船上的司炉，以身强力壮得到同伴的敬畏而自豪，但遭到旅客中一个有钱女人的侮辱，在工人组织里，他又被认为是奸细，他只好到处去寻找他的生活地位，最后与动物园的一只大猩猩结交朋友，结果却死在它的大力拥抱之中)，通过主人公怪诞的经历和临死前的绝望哀号：“我到哪里去？哪里是我安身的地方?”揭示了一个事实：人们赖以生存的社会逐渐异化为排斥人的世界，无处可走的人的归宿就是死亡，用作者自己的话说，就是人类“失去了昔日与自然的和谐，现在又没能在精神上获得新的协调，这样他就上不着天，下不着地，而是悬在空中了”。奥地利犹太人卡夫卡是表现主义文学的杰出代表(因为卡夫卡在艺术手法上的独特性，几乎所有现代派文学都把他视为“自己人”)，他的小说尤其是两部长篇小说——《审判》和《城堡》，对现代社会荒谬性的揭露，具有穿透人心胸的力量。在《审判》中，银行的高级职员约瑟夫·K在30岁生日的早晨突然被法院莫名其妙地逮捕了，但逮捕仅限于法院看守给他一声通知，他照常过自己的生活。第一次开庭时，他对腐败的司法制度表示了强烈的愤慨，并决定不理睬这桩案子。事实上他念念不忘，内心压力越来越重，开始为自己的案件到处奔忙，可几个月过去了，他没有得到任何帮助，教堂的神父告诉他：要找到法律是不可能的，人只有低头服从。不久，K的案件结束，他被判处死刑。K临死前的想法是："像条狗一样死去。"强大的国家机器随时可以不承认或终止人的生存，即使是以最荒诞的理由。在国家机器面前，人只有像狗一样活着，这就是我们的生存处境。卡夫卡的《城堡》讲了另一个类似的故事，在此，K成了土地测量员（在卡夫卡的笔下，主人公的名字是不重要的——那只不过是标签而已），他从家乡赶来城堡，准备履行自己的职责。他先在附近的村子住下，城堡就在眼前，却可望而不可即，永远进不去。K千方百计要见他的领导——名叫克拉姆的部长，但除了克拉姆的信使，他见不了任何城堡里的大人物，最后甚至断绝了与城堡联系的一切可能性。小说没有写完，据说，按照卡夫卡的写作计划，K将为了自己能留下来"奋斗而死"，弥留之际，城堡传谕，准许他在村中工作，但不许进城堡。整部小说笼罩着神秘的、梦魇般的气氛，以"卡夫卡式"的形象塑造和多层含义的隐喻来表现一个主题：城堡，作为权力的象征，是整个近现代国家机器的缩影，它已异化为人的对立物，侵蚀着人的生存，给人以致命的威胁。

古希腊有一句箴言："认识你自己。"人是复杂的，文学"认识"人的步伐也从未停止过。在19世纪，许多作家相信通过对一定环境一定性格的考察、描绘，可以"认识"人。但这一侧重于外部环境的表现方式，对于复杂的人来说，显然有简化之嫌。美国心理学家詹姆斯（1842—1916）曾把人的意识比喻为流动的"河流"或"流水"，法国哲学家柏格森也说"真实"存在于"意识的不可分割的波动之中"。20世纪20年代，欧美一些作家把这种理论直接嫁接到文学创作上，认为文学应表现人的意识流动，尤其是潜意识的活动；而人的意识流动遵循的是"心理时间"而非物理时间，这就形成了意识流文学——在对意识流的描绘中，它打破了从理性和逻辑推理解释世界和人的传统观点，企图以此展现当代世界和人的复杂景象。法国的普鲁斯特（1871—1922）、爱尔兰的乔伊斯（1882—1941）、英国的伍尔夫（1882—1941）和美国的福克纳

(1897—1962)等，是意识流文学的代表作家。他们的作品多是不受时间和空间限制的自由联想和内心独白，形成风格独特的艺术方法，影响甚大。某一天，“我”从床上醒来，“把一匙茶送到嘴边，茶中浸泡一小块点心，那混杂着点心的液汁刚碰到我的上腭，立即有一下震动穿越全身”，于是，往事如涓涓细流一样慢慢而清晰地呈现出来，一个对自己青春的无限怀恋与追念的故事——普鲁斯特的《追忆逝水年华》(包含 7 部：《通往斯万家的路》《在花枝招展的少女们身旁》《盖尔芒家》《所多玛和娥摩拉》《女囚犯》《逃亡者》和《昔日再现》，细致地描绘了 19 世纪、20 世纪之交法国上流社会的生活习俗、人情世态，有“风流喜剧”之称)就这样开始了：“我”是一个家境富裕、体弱多病然而有才华的年轻人，酷爱书籍和绘画，经常出入巴黎社交场合。在一次疗养过程中“我”爱上了一个叫作阿尔贝蒂娜的姑娘，初时遭到拒绝，后来姑娘态度有所改变，“我”更狂热地爱恋着她，想与她结婚，将她关在家里，但她不告而别。“我”到处找寻，最后得知她已突然死去。“我”深感绝望，决定从事文学创作，写出一生经历的悲欢苦乐。在这部小说里，普鲁斯特感兴趣的不是叙述故事、交代情节和刻画人物形象，而是抒发自己对某一问题的感想，如在与阿尔贝蒂娜的交往中，叙述者逐渐体验到“人是这样的生物，他不能走出自我，只能通过自身了解别人，其他说法都是欺人之谈”，这些抒怀是每一页中的点睛之笔。小说内容几乎全部用第一人称叙述出来，叙述者“我”的回忆是贯穿全书的重要艺术表现方式，形成了独特的意识流叙述风格。

乔伊斯花 7 年时间写成的《尤利西斯》，主要是人物的内心独白，并且只涉及了 3 个都柏林人——青年艺术家斯蒂芬·代达罗斯(寻找精神上的父亲)、广告经纪人布罗姆及其妻子演员莫莉一天的生活和感情活动，全书也因此分成 3 大部分。通过人物各个器官的感受，作者逼真而细致地描绘了都柏林市从早到晚万花筒般的活动情景。全书没有任何戏剧性的巧合或高潮，使之更符合生活原态。象征性是本书的一大特点，取名《尤利西斯》，表明作者也想写一部史诗——记录现代人的史诗，因而作者把一个极其平凡的布罗姆在都柏林市一天的游荡与希腊英雄尤利西斯(即奥德修斯)10 年的海上漂泊相比，并把斯蒂芬比作尤利西斯的儿子忒勒马科斯，把莫莉比作英雄的妻子佩涅洛佩；全书分 18 章也和荷马史诗中的情节相对应，而且通过全面的对比、象征渲染了现代西方社会中人的渺小与悲哀、孤独与绝望。乔伊斯在书中广泛运用了“意识流”的创作手法，如第三大部分描写的是莫莉入睡前的种种内心活动，结束于长达40页的莫莉的内心独白，而且部分篇幅不分段落，没有任何标点符号，象征着人物的浮想联翩，表明人物的意识在自然流动。作者还在遣词造句方面刻意创新，运用了大量的典故、引语和神话，这些都增加了解读的难度，因而它又被人称为“天书”。在意识流文学中，福克纳的《喧哗与骚动》、伍尔夫的《到灯塔去》《黛洛维夫人》也都是杰作。

20世纪30年代末期，法国的存在主义哲学在文学领域也结出了硕果——存在主义文学诞生了，随后就流行于欧美各国。在存在主义作家笔下，世界是荒诞的，人生是痛苦的；他们在描写世界的荒诞性的同时，又表现人的不幸和毁灭以及孤独、失望、恐惧的情绪。代表作家有法国的萨特(1905—1980)、加缪(1913—1960)和波伏娃(1908—1986)。

萨特的《恶心》是存在主义文学的经典作品之一，其主要情节是：青年历史学家安东尼·罗康丹为了写一本书到贝维尔市收集资料，中间穿插着他以前的一些游历，除此之外，就是他的一连串机械乏味的日常生活场景：在街上散步，进餐，与酒店女老板调情，回旅馆睡觉，偶尔记下一些所谓的研究心得。完全生活在自我感觉中的罗康丹深深体悟到外界的荒诞和毫无意义，由此他竭尽全力避免与他人和事的联系，但周围的世界总会侵入他的意识，这使他“恶心”。他在日记里写道：“你不该触摸物件，因为它们不是活的。你使用它们，然后把它们放回原处，你活在它们中间：它们是有用的，除此无它。但是它们触摸到我，这是难以忍受的。我害怕跟它们接触，就好像它们是活生生的动物。”他知道自己这样恶心下去是要发疯的，于是决定使用自己“自由选择”的权力，重新安排未来的生活——“试写”另一本有意义的书，这就在虚无和荒诞的世界里，留下了“一个在写作中获得解放的创造者的希望”。萨特另外的三部曲长篇小说《自由之路》(《理性的时代》《缓期执行》和《心灵之死》)、短篇小说《墙》以及戏剧《苍蝇》《禁闭》和《死无葬身之地》，也都是存在主义文学的力作，脍炙人口的名句“他人就是地狱”就出自哲理意味极浓的《禁闭》。

加缪的《局外人》(中篇小说)和《鼠疫》(长篇小说)，是存在主义文学的重要作品。《局外人》写的是人在荒谬世界中孤立无援，身不由己，主人公莫尔索是自己所生活于其中的世界的一名“局外人”，他对周围的世界十分冷漠，母亲的去世，女人的爱情，以及杀人犯罪、被判处死刑，他都无所谓。人和社会、人与人之间的关系，在这里都被冰冻起来：“我”跟谁有关系？“我”跟什么有关系？《鼠疫》的故事发生在20世纪40年代阿尔及利亚的奥兰市，突然发生的一场鼠疫夺走了许多人的生命，当局决定封闭这座城市。面对鼠疫，有人坐以待毙，有人及时行乐，有人发不义之财，而医生里厄却不顾个人安危，全力以赴抢救人的生命。但他没有回天之力，正当他眼看包括他的朋友在内的人一个个死去时，鼠疫却神秘地慢慢退却。人们载歌载舞地庆祝，只有他仍清醒地知道：鼠疫杆菌还留在这座城里，灾难随时可能降临。但作者要表达的是，灾难并不可怕，重要的是在厄运面前，人要作出英雄的“自由选择”，去实现人的尊严与价值，如里厄医生一样；而不是消极悲观，无所作为。

女作家波伏娃的成名之作是《女宾》，书中集中反映了作者向往绝对自由的人生观。小说描写一对年轻情人皮埃尔与弗朗索瓦兹同情并接济一位名叫萨维埃尔的姑娘。他们打破常规，三位一体地生活着，企图在性爱上进行新的尝试。但是最后爱情的妒忌心终于战胜了友谊。战争爆发，皮埃尔应征入伍，两个女人潜在的矛盾终于爆发。一天夜里，弗朗索瓦兹趁萨维埃尔熟睡之际，打开厨房的煤气，企图毒死对方。小说到此结束。作者把爱情中的妒忌心理描写成人的本性，即自我意识中的排他性。三位一体的尝试与破产，说明存在主义自由抉择原则在现实生活中行不通。

马丁大妇去拜访史密斯夫妇，到史密斯家后，马丁夫妇突然互不相识了。他们开始一点一点地回忆各自的过去，才发现他们都出生在同一座城市曼彻斯特，离开那里已有五个星期，坐同一次火车来到伦敦，在车上坐同一节车厢，两人的座位挨在一起，在伦敦他们居住在同一条街、同一所房子、同一层楼上的同一个房间，而且使用的是同一张床；他们还都有一个一只眼珠白、一只眼珠红的两岁的女儿，此时他们终于得出结论：原来他们是夫妻！这个经典的荒诞派戏剧故事，发生在尤奈斯库的《秃头歌女》里。荒诞派戏剧是20世纪50年代出现于法国的一个重要的戏剧流派，20世纪50年代后期，它流传到英、美等许多国家，逐渐成为第二次世界大战后西方最有影响的戏剧流派。谈论人生的荒诞性，早就见诸古希腊戏剧。在索福克勒斯、埃斯库罗斯的剧作中就曾关注过人类的命运、人类生存条件的残酷与荒诞性。20世纪的存在主义文学，也从理性出发，揭示了人的存在的荒诞性。而荒诞派戏剧家则更进一步对人生的荒诞性表现了强烈的敏感和深刻的讽刺，为了揭示世界的不合理性，存在的无依据、无理由，他们不仅借助语言，而且借助各种舞台手段(如舞台灯光、音响、道具、布景等)去表现，使荒诞性本身戏剧化。代表人物有法国的尤奈斯库、贝克特(1906—1989)、阿达莫夫(1908—1970)、热奈(1910—1986)，英国的品特和美国的阿尔比。尤奈斯库、贝克特等人剧作的主题，是面对人的生存条件的荒诞不经所引起的抽象的恐惧不安之感，他们要表现的是"原子时代的失去理性的宇宙"。贝克特曾轰动世界的名剧《等待戈多》只有两幕，场景只有一个：黄昏时分的一条乡间小路；剧中人物5个：流浪汉爱斯特拉冈(戈戈)和弗拉基米尔(狄狄)，一主一仆波卓和乐克，以及戈多的信使小男孩。剧中没有个性鲜明的形象，这些人的职业、身份乃至性格特征，观众都无从知晓。剧情极其简单：两个流浪汉在路上等待着一个叫"戈多"的人(这个人在剧中从未出现)，说着语无伦次的话，做些莫名其妙的动作以打发时间；波卓用绳子牵着乐克上场，他们走后，小男孩来了，告诉两个流浪汉："戈多今天不来了，明晚准来。"全剧突出的是一种"等待意识"，等待的对象是"戈多"，但"戈多"是谁，谁也不知道，甚至"戈多"是否存在也无人知晓，也许这并不重要，重要的是两个流浪汉(现代人的象征)有一个等待的理由，并以此作为生存的意义。"戈多"不过是他们寻找生存意义的一根稻草，尽管这根稻草谁也没见过，但它必须存在，至少是在等待者的精神世界里存在，否则等待者就只有上吊自杀——这是现代人生存处境中带有根本性的荒诞。此剧典型地体现了荒诞派戏剧的艺术特征，需要强调的一点是它的重复性，如两幕的场景与剧情几乎完全一样，只是在第二幕的秃树上添了四五片叶子，时间还是那个时间，人也还是那些人，五个人物的出场、关系、动作、语言也都大致一样。作者仿佛是要表达这样一个理念：在这个荒诞的世界里，人的一生只能是一个痛苦而毫无意义的重复过程。这正应了《圣经》里的一句话：太阳底下没有新鲜事，一切虚空。

荒诞，是现代作家的共同话语，但在把荒诞呈现出来时，却千差万别，荒诞派戏剧从内容到形式都荒唐得让你沉重，黑色幽默则让你在无奈之中发笑。所谓黑色幽默，是兴起于20世纪60年代的美国小说流派，它突出描写人物周围世界的荒谬和社会对个人的压迫，以一种无可奈何的嘲讽态度表现环境和个人(即“自我”)之间的互不协调，并把这种互不协调的现象加以放大，扭曲，变成畸形，使它们显得更加荒诞不经，滑稽可笑，同时又令人感到沉重和苦闷。因此，黑色幽默又可称为“绞架下的幽默”或“大难临头时的幽默”。在艺术上，黑色幽默抛弃了传统小说的严谨结构和叙事原则，多由许多散文化的场景组成；将不同时间、地点发生的事件剪接在一起，情节富于跳跃性；生活素材被夸张、变形；人物精神世界常常趋于分裂，成为带有悲喜剧双重色彩的“反英雄”；笔法则富有反讽意味，经常打破一般语法规则和固有的词语搭配习惯。代表作家有海勒、冯内古特、品钦、巴思和巴塞尔姆等。

1961年，名不见经传的海勒发表了处女作《第二十二条军规》，轰动一时，一举奠定了他在西方文坛的重要地位，《第二十二条军规》也成了黑色幽默的经典。小说写的是第二次世界大战期间，奉命驻扎在地中海“皮亚诺扎岛”(作家虚构的岛)上的一个美军空军大队的生活。构成全书内容的是形形色色的人物和光怪陆离的场景。全书共42章，每章以一个人物为中心讲述一个主要故事，再由贯穿全书的人物尤索林的经历把这些故事串联起来。尤索林怀着满腔爱国热情入伍，但到军队后他发现这场战争不过是个骗局：上司们忙于升官发财，无耻之徒在军中混得如鱼得水，士兵们牺牲得毫无价值。尤索林开始变成不可救药的厌战者和怕死鬼，想方设法脱离战争。第二十二条军规规定，凡是精神病患者就可以被遣送回国，同时又规定，凡想回国者必须由本人提出申请，说明自己不能飞行；可既能提出申请，就说明申请者不是精神病人，因此还得飞行。第二十二条军规还规定，飞满32次的飞行员即可不再执行飞行任务，可又有一个附加条件：飞行员终止飞行前必须执行长官的命令；尤索林的上司卡斯卡特上校又命令他必须继续飞行。尤索林一直飞行到50次仍不能如愿逃离军营，他终于明白，第二十二条军规不过是个精心策划的圈套，自己根本不可能摆脱它的控制。实际上，类似“第二十二条军规”的东西在我们的生活中屡见不鲜，你在碰到它们时有没有觉得很滑稽很荒诞？海勒的另一部力作《出了毛病》，则是关于中产阶级精神危机的故事：某公司高级职员斯洛克姆患有神经过敏症，哪怕一扇关着的门都会使他心惊肉跳，因为每扇门后都可能隐藏着一个秘密，这个秘密也许对他构成威胁。公司里的其他职员也惶惶不可终日。斯洛克姆明白这个世界肯定“出了毛病”，但“毛病”是什么，出在哪里？他又一无所知。

魔幻现实主义是拉丁美洲小说界涌现出的一个流派，发端于20世纪30、40年代，至20世纪60年代后成为拉美小说的主潮。魔幻现实主义小说家大多具有强烈的使命感，在自己的作品中表现拉美人民苦难的历史和现实，探索民族的未来和出路。在艺术手法上，他们借鉴了欧美现代主义文学，又吸收了深厚的民族文化素养。古老的印第安神话传说，丰富的民间文学作品，原始的宗教观念与习俗，神秘、壮丽的自然景观，以及动荡多变的社会生活，给他们提供了丰富的素材。创作时，他们在现实描绘中引入大量超自然因素，奇迹、幻觉、梦境甚至鬼魂形象经常在小说中出没，时序关系常被打乱，叙述富有跳跃性，场面有时很有象征色彩。代表作家有危地马拉的阿斯图里亚斯(1899—1974)、古巴的卡彭铁尔(1904—1980)、墨西哥的鲁尔弗(1918—1986)和哥伦比亚的马尔克斯等。

“许多年后，面对行刑队，奥雷良诺·布恩地亚上校将会回忆起他父亲带他去见识冰块的那个遥远的下午。”这是马尔克斯《百年孤独》极为著名的开头(在这里，叙述者从“将来”向“过去”回溯，但其立足点显然又是“现在”；类似的时序叠错的句子和段落在此书中多次出现)，而《百年孤独》是魔幻现实主义最经典的作品。小说以马贡多镇为背景，描写了布恩地亚家族七代人的命运，从而折射出哥伦比亚乃至整个拉丁美洲一个多世纪的历史进程，从政治、经济、文化诸方面探讨了拉美地区贫困落后的原因。布恩地亚家族第一代霍·阿·布恩地亚与妻子乌苏拉是马贡多镇的开创者，他们本是表兄妹，乌苏拉怕近亲结合生下畸形后代，婚后拒绝与丈夫同房，村里人却嘲笑布恩地亚没有性功能，一次，布恩地亚因此刺死了邻居，夫妇俩只好远走高飞，最后定居在一片荒凉、多石的河畔——他们把它命名为“马贡多”。马贡多镇逐渐成为一个繁盛、热闹的村镇，吉普赛人来了，带来了科学幻想，布恩地亚迷上了吉普赛人朋友和科学实验，后来受刺激发疯。乌苏拉是这个家族最长寿的女人，活了一百多岁，目睹全家及马贡多的历史沧桑：之后的六代人中，出过军人、浪荡子、修女、老姑娘、不成材的教士和夭亡的婴儿，最后彻底败落——第六代奥雷良诺·布恩地亚与自己的姨母生下一个长尾巴的婴儿，孩子次日就被蚁群拖往巢穴吃掉。不久，一阵飓风使马贡多镇从地球上永远消失了。布恩地亚家族发展的趋势是一代不如一代，走着逐渐没落直至灭亡的道路，其精神历程都是由狂热的欲望追求转为孤独与冷漠。孤独是这个家族每一代人的共同特征："布恩地亚家族中的每个人脸上，都带着一种一望可知的特有的孤独神情。"这是一个家族的不幸，更是民族的悲剧——马贡多镇就是哥伦比亚和整个拉美的缩影。此外，马尔克斯《家长的没落》、阿斯图里亚斯的《总统先生》、卡彭铁尔的《消逝的脚步》等长篇小说也是魔幻现实主义的重要作品。

在现代主义文学中，超现实主义和新小说派也不可忽略。所谓"超现实"，是由梦幻与现实转化生成的"绝对现实"，所以，超现实主义者追求"纯精神的自动反应，力图通过这种反应，以口头的、书面的或其他任何形式表达思维的实际功能。它不受理智的任何监督，不考虑任何美学上或道德方面的后果。为了达到纯精神的自动反应，他们强调潜意识，强调梦幻，提倡写"事物的巧合"，而相应的创作方法是自动写作法，比如在咖啡馆、电影院等公共场所寻找、搜集人的思维的原始状态，而后进行创作。代表作家有法国的布勒东(1896—1966)、艾吕雅(1895—1952)、阿拉贡(1897—1982)和苏波(1897—1990)等。布勒东的小说《娜佳》和阿拉贡的散文集《巴黎的乡下人》，是这一流派的重要作品。新小说派出现于20世纪50年代的法国，20世纪60年代影响到欧美诸国和日本。在新小说作家的笔下，人物被看作与周围物质世界同等的描写对象，也就是说，以往被人忽视的物质世界获得了与人同样的地位，都一样是表现心理因素的符号与"道具"；叙述者被要求"像摄像机一样"准确客观地描写事物的真实面貌；小说情节非常不确定，以表现生活现象的无逻辑混乱状态。罗伯-格里耶的《橡皮》是新小说的代表作之一，故事梗概是：一个恐怖主义组织计划暗杀十个对法国政治经济有影响的人，他们已杀死九个，杜邦教授是"黑名单"上的第十个人。凶手格里纳达去执行任务，杜邦受伤住院；次日杜邦的死讯见诸报端，实则他是安然地躲起来了。内政部长派侦探瓦拉斯去调查杜邦秘密文件的下落，恐怖分子得知杜邦未死，再次竭力追杀。杜邦潜回自己住所取文件，结果却被实际上是他私生子的瓦拉斯误杀。乍一看，这是一部侦探小说，可它完全没有侦探小说那种逻辑严密的结构和完整的故事，甚至谈不上有一以贯之的情节，有的只是一个个场景——现实的、想像的或回忆的场景交织在一起，扑朔迷离。人物形象模糊难辨，而对客观事物的描写则细致入微，不厌其烦。罗伯-格里耶的另一部小说《在迷宫中》也是新小说派的力作，其他代表作家作品有萨洛特的《马尔特罗》《天象仪》《黄金果》，布托的《路过米兰》《变化》，西蒙的《风》《草》《佛兰德公路》，杜拉斯的《夏天晚上十点半》(以上作家全是法国人)等。

(十)揭开伊人的面纱——东方文学

很久以来，我们习惯了以西方为参照来审视东方，理解东方的文化和文学；在西方占据世界舞台中心的今天，我们唯西方马首是瞻也许是一种无奈的现实，但若以此为基点切入古代的东方，则绝对要混乱历史的面貌。如果非要说中心，那么在过去很长的时间里，东方曾经是世界的中心，东方文学曾经有过灿烂的辉煌。在此，我们不想重复中国五千年的悠久历史，只是想简单地领略一下日本和印度文学的风采，以略窥东方神韵的吉光片羽。

直至5世纪前后，日本才从地区性的小国家群逐步成为统一的古代国家。同一时期，汉文字传入日本并得到使用，这对日本古代文化和文学的发展，具有重大意义。

8世纪下半叶，和歌总集《万叶集》的出现，标志着日本民族诗歌已从不定型的古歌谣发展为定型的和歌。这部集子收和歌4500余首，90%以上是短歌。《万叶集》收集有“东歌”这类珍贵的民谣与民歌以及“防人歌”(戍边兵士之歌)等。集中的和歌以雄浑真率见长，表明作者善于从古代民歌中吸取营养。

11世纪初的《源氏物语》是日本的“《红楼梦》”(如图3-26、图3-27)。这部出自宫廷女官、中层贵族出身的紫式部之手的小说，共54回，近100万字，主要故事情节：主人公源氏，原名光君，是桐壶天皇同更衣(仅次于女御的妃嫔)所生，颇受天皇宠爱。右大臣的女儿弘徽殿女御(地位与皇后相似)担心天皇将光君册立为皇太子，产生忌恨，逼死更衣，促使天皇将光君降为臣籍，赐姓源氏。源氏娶左大臣的女儿葵姬，但不如意，移情于继母藤壶妃，生子名冷泉。桐壶天皇不知真情，把冷泉立为皇太子。期间源氏又追逐夕颜、空蝉、六条御息所、末摘花等妇女，并纳养女紫姬为正妻。桐壶天皇让位给弘徽殿女御所生的朱雀，右大臣掌握了实权，乘机打击源氏，逼迫源氏离开宫廷，流放须磨、明石。包括左大臣在内的源氏一派，也都被除名简册，剥夺官爵，成了失势的人。弘徽殿一派横征暴敛，引起朝廷内外极大不满。这时朱雀天皇重病在身，召源氏回京收拾残局。弘徽殿一派为对抗源氏势力，策划废掉冷泉皇太子，拥立桐壶天皇的八皇子，但阴谋失败，结果被源氏一派所排斥。在朱雀天皇让位于冷泉之后，冷泉天皇知道源氏实为其生父，便倍加礼遇，源氏官至太政大臣，独揽朝政。此时，源氏营造六条院，过着骄奢淫逸的生活。但是，源氏与左大臣之子因冷泉天皇立后一事又产生了新的矛盾。源氏预感到自己在宫中的地位不稳，又发现妻子三公主同自己的外甥柏木有私，生子名薰君，颇受刺激；加上葵姬去世后，他钟爱的藤壶、紫姬也相继故去，三公主在柏木死后又出家为尼。他终于看破红尘，落发出家。后10回则写薰君对浮舟等妇女的追逐和失意的故事。和《红楼梦》一样，《源氏物语》表达了人生空幻的主题：源氏曾在欲望的喧嚣中沉浮过，也经历了与女人的刻骨情感，但不用说最终他遁入空门(贾宝玉最后也抛下尘世走进佛门)，即使是在温柔乡中，他那忧郁的性格也时时让他有着莫名的悲哀。政治上的翻云覆雨、女人的背叛和心爱的东西烟消云散，只不过是直接的导火线，使他彻底地认识到了人生的空幻。而令人无可奈何的是，同样是私生子的薰君，又接着重复源氏的故事——世世代代的人们，就这样无可逃避地经历着人生的空幻。紫式部把细腻的抒情和描摹人情世态的叙事水乳一般交融起来，并且达到了炉火纯青的地步。《源氏物语》像母乳一样滋养着后世的日本文学。

图 3-26　《源氏物语》插图一

图 3-27　《源氏物语》插图二

12 世纪末，武士阶级取代了贵族阶级的统治，在镰仓建立了统治全国的政权，史称“镰仓幕府”。这一时期是由古代向中世纪、由贵族统治向武士统治过渡的时期。正在走向没落的贵族作家一边为自己唱着挽歌，一边又对武士阶级的兴起感到惊异与赞叹。这种复杂矛盾的态度和佛教的净土思想，贯穿在这一时期的散文和“军记物语”中，其中最为有名的是《平家物语》。

17 世纪初至 19 世纪中叶，日本文学开始走向世俗化。井原西鹤(1642—1693)是市井小说最有代表性的作家，他的市井小说被称为“浮世草子”，“浮世”即尘世、现实之意，“草子”即书册，在内容上可分为艳情小说(“好色物”)和经济小说(“町人物”)。长篇小说《一代风流汉》(原文《好色一代男》)是西鹤艳情小说的代表作，它以编年体的形式描述了主人公世之介一生爱欲生活的经历，他七岁就懂得恋爱，一生都在追求女人，60 岁的时候，他还乘“好色丸”船到“女护岛”去追求新乐。商人在政治上是无权者，他们旺盛的生命力只好宣泄在疯狂的攫取财富和追逐享乐上。西鹤的作品是那个时代的一面镜子，并继《源氏物语》《平家物语》之后形成了日本古典小说的最后一个高峰。

1868 年，日本爆发了资产阶级革命——“明治维新”，结束了德川氏三百年的封建统治，开始向一流的资本主义列强迈进。日本的近代文学，表现了与封建主义抗争的主题，怀着近代意识关注现实问题，并在全面引进欧洲文学思潮的过程中成长起来——现实主义、浪漫主义、自然主义、唯美主义等文学运动都相继在日本文坛上演。

日本近代文学的第一个大文豪是夏目漱石(1867—1916)。在短短 12 年的创作生涯中，他共写下了《我是猫》《哥儿》《从那以后》《明暗》等 12 部中长篇小说，对明治维新以来知识分子悲剧心态的揭示，可能无人能出其右，理所当然地被公认为当时的文坛领袖。《我是猫》以教师苦沙弥家一只“猫”的视角，扫描了几个知识分子的“丑态”：他们自命清高，常常以局外人的立场评点人物、议论社会，实际上他们是最世俗的人，对风吹草动的事也保持着高度敏感。主人公苦沙弥因为学校的顽皮学生在他家外面捣乱，就大动肝火，抓了根手杖飞跑到大街上准备大打出手。连“猫”都看出他们这些人“与他们平日所骂的俗物是一丘之貉”。他们这种矛盾性格是整个社会背景造成的。漱石所处的时代，处处都充满着东方式的隐逸高蹈、超越逍遥与近代特有的社会剧变、人事纷繁之间的矛盾，独善其身的清高与强烈的干预意识之间的冲突，这样的时代中的人物是很容易患上人格分裂症的。得风气之先的知识分子一方面向往着超脱的境界，另一方面又无可避免地强烈地受着现实的刺激，“丑态百出”也就是必然的事。稍后的芥川龙之介(1892—1927)，也是日本一位相当有影响的作家，他对人性中利己主义的批判，入木三分，有时到了无以复加的地步，比如《罗生门》《鼻子》《竹林中》等，其中表现出的自私的人性让人有一种冷森森的感觉。而作家对人性也彻底绝望，在35岁那年，他怀着“对未来莫名其妙的不安”而服毒自杀了。

第二次世界大战后的日本文学五彩缤纷，在文学界，被称为“一个特异的存在”的三岛由纪夫(1925—1970)，对天皇制抱着狂热的信念，战争期间，他征兵体检时因医生误诊而未能参战，成为他终身的憾事，而他的创作自然就与战争、日本的战败和战后日本社会有着深刻的联系。《金阁寺》是三岛由纪夫艺术成就最高的作品，它受1950年有人纵火烧掉日本著名的古建筑金阁寺的犯罪事件的启发而写成：主人公是少年沟口，他患有口吃症，这成了他和外界交流的巨大障碍，造成了他仇视现实的心理，决心做一个“缄默不语的暴君”。他到金阁寺当小和尚，在他的记忆里，金阁寺是最美的存在，但这种美早已先于他存在，被美排斥在外的感觉折磨着他，但在战争期间，金阁寺随时可能毁于战火，与他“脆弱而丑陋的肉体毫无二致”，他还感到有点平衡。可是在战后，金阁寺依然挺立，比任何时候都显得壮美，他无法忍受，终于在一个月明风疾之夜，点燃了金阁寺。这部小说象征意味很浓，金阁寺是战败之前的日本所有的价值和最高的美的象征，因为金阁寺是14世纪末由一个武士将军及其幕下建造的，所以它又是日本武士精神的结晶。在作者看来，由于战败，日本的传统价值、光荣和骄傲都随之荡然无存，故而金阁寺的存在就变得很滑稽，与战后日本社会的和平民主秩序格格不入；和金阁寺有着某种内在联系的沟口在战后的和平气氛中也备受压抑和焦躁。于是，毁灭金阁寺，就成了他必须完成的任务：与其让金阁寺滑稽地存在着，还不如让它作为武士道精神的祭品，在毁灭中保持着神圣、纯洁和永恒。三岛由纪夫另外的几部小说，如《假面的告白》《爱的饥渴》《潮骚》《丰饶之海》四部曲和戏剧作品《近代能乐集》等，也都写得非常有特色，既展示了其对死亡之美的强烈兴趣，夹杂着对变态心理的尽情描绘，又常常可见西方现代派手法的运用。

有了战前和战后的与西方的痛苦融合，日本文学开始逐渐走向世界，并为世界文学史贡献了伟大的人物——川端康成(1899—1972)。1968年诺贝尔文学奖授予他，标志着日本文学开始为世界所承认，从而走向世界。明治维新以后，日本大力学习西方，但引进多于创造，启蒙重于建设，在文学方面，立足于东方传统，融合西方文化的巨匠，始终没有出现，川端康成就是要完成这个历史使命。他是以"新感觉派"的闯将登上历史舞台的，裹挟着西方文化的旋风，更主要的是植根于东方文化的土壤。他提倡"自他一体、万物一体"的美学原则，即作者要"以自己的主观存在于天地万物之内的心情去看待事物"。他的长篇小说《雪国》，就是体现这种原则的典型。故事主要写舞蹈家岛村追求艺妓驹子，当驹子深深爱上他时，他却同她保持一定的距离，认为这是一种"徒劳的美"。情节很简单，甚至可以说没有情节，整部小说几乎全由感受性、感觉性——岛村对驹子官能上的感受和对叶子精神上的感受——的描写组成。岛村到雪国与驹子第二次相会时，伸起食指对驹子说："这家伙最记得你哪!"别开生面地写出了岛村的独特感受——曾触摸过驹子的手指一直保持着感觉，可见岛村对驹子的官能感受有多么独特和强烈，对岛村来说，驹子不过是感受——官能感受中的女人。叶子留给岛村的第一也是终生难忘的印象，是她映在火车车窗上的眼睛——"单单映出星眸一点，恰恰显得格外迷人"。此后，叶子与岛村只有几面之缘，但正是这种虚无缥缈，给岛村提供了巨大的想像空间，使叶子成了岛村精神世界极具悲剧性之美的女性。不单女人，就是外在的客观世界，岛村也把它化为感受性东西，小说中的"雪国"就是超脱于现实的世外桃源，也同样只存在于岛村的感觉世界。总之，感受性构成了这篇小说的精髓。叙述一对孪生姐妹悲欢离合故事的《古都》，依然走着"新感觉"的路子，只不过是更侧重于凸显对客观事物的亲和感。此外，川端康成提倡的"新感觉"，包含着一个"永恒的基本主题"——恋爱。短篇小说《伊豆的舞女》因其纯美的爱情故事而成为世界名篇：20岁的高中生"我"，在伊豆邂逅了14岁的卖艺舞女薰子，两人结伴而行，情窦初开的少男少女开始了一段若有若无的爱情，仿佛是演奏着一曲飘渺的音乐，共同创造了如诗如画的意境。后来川端康成的《千鹤》《山音》《睡美人》等小说，就再也没有这样纯真的爱情故事，而夹杂着许多变态心理。

浏览了川端康成，我们应该结束日本文学了。如果还需要提一下当下作家的名字的话，20 世纪 90 年代获得诺贝尔文学奖的大江健三郎不应被忽略，他对现代都市生活的描写，有着独特的视角，关于他的作品，在书摊上很容易找到，就留待读者自己去评说了。

对于许多人来说，印度的出名是因为它是佛教的故乡，“佛法”从这里宏扬到全世界。我们也许还知道一些中印战争的历史，以及现在印度软件人才拥有的世界性声誉，此外还知道什么？实际上，作为世界文明古国之一，印度在文化上有着许多辉煌，比如说文学，该奠基信仰的时候就有了史诗，该走向贵族化的时候就有了古典诗歌，该挺进世界舞台的时候就有大文豪，印度文学如其文明一样时刻不忘向人们显示它独特的存在。

公元前 4 世纪到公元 4 世纪，印度产生了第一部史诗《摩诃婆罗多》。“摩诃婆罗多”的意思是“伟大的婆罗多族的故事”，全书 18 篇，约 10 万颂(每颂两行，每行 16 个音)，主干故事是写婆罗多的后代堂兄弟之间为争夺王位而进行的斗争和战争。失明的持国在哥哥般度死后继任国王。持国有 100 个儿子，为俱卢族，长子难敌；般度有 5 个儿子，为般度族，长子坚战，老二怖军，老三阿周那。坚战成年后，持国指定他为王位继承人。难敌兄弟不满，百般设法陷害般度族。坚战兄弟只好逃往般遮罗国，合娶国王女儿黑公主为妻，与般遮罗国结盟。持国只得将一半国土分给他们。五兄弟在分得的土地上建起天帝城。期间，阿周那又娶化身为黑天的毗湿奴大神之妹为妻。面对般度族的日益强大，难敌十分担忧，便提出进行赌博。般度族在赌博中输掉了一切，坚战等和妻子黑公主也沦为俱卢族的奴隶，在第二次赌博中，般度族又失败并被放逐森林 13 年。13 年后，般度族根据协议要求归还国土，但背信的难敌拒绝了他们的要求，双方由此爆发了战争，印度西北部的民族和部落都分别成为双方的盟军。黑天把自己的军队给了俱卢族，本人则成了般度族的军师。战争持续了 18 天，双方著名英雄一个个战死，俱卢族兄弟只剩下 3 人，般度族兄弟幸免于难。战后，两族和解，坚战在众人扶持下登上了王位，但不久他就决定入山修道。坚战兄弟和黑公主最后都升入了天堂。史诗贯穿着婆罗门教的基本教义，并试图用生动的艺术形象和抽象的哲学语言这两种方式阐述这些教义，因此，史诗中就夹杂着政治、伦理、法律、哲学、宗教等大量非文学成分，典型之处就是《薄伽梵歌》，它是黑天在阿周那战车上抽象深奥的长篇理论说教。印度宗教、哲学精神的宗旨是和谐，这是史诗所要弘扬的理想。按照《薄伽梵歌》中的理论，和谐统一就是瑜伽，瑜伽要求人们以理性、情感和行动去领悟自我与宇宙的和谐统一，实现人与最高自我的结合。俱卢族的统帅毗湿摩是瑜伽和谐精神的典范，他完美地尽了族长的义务，履行了武士的职责，完成了婆罗门教的超脱，他知道一切都是自己一生行为——"业"的结果，因而面对死亡他非常安详，对杀死他的、曾经是他学生的阿周那不仅毫无怨言，还充满了宽容与慈爱。战后双方的和解，也缘于他们领悟了人生与宇宙的奥秘，明白了他们都是出于一个绝对的本源——"梵"。而最高的和谐，是超脱这个世界，退出现实的人生舞台，复归于无限的宇宙，坚战的出世就是在实践这一信念。

稍后于《摩诃婆罗多》的史诗《罗摩衍那》，表达了同样的思想。"罗摩衍那"的意思是"罗摩的漫游"，全书共 7 篇，2400 颂，以英雄罗摩和其妻子悉多一生的悲欢离合为主要情节。阿逾陀城国王十车王，有四个儿子，都是大神毗湿奴的化身：长子罗摩，次子婆罗多，老三罗什曼那。罗摩娶弥提罗城国王的女儿悉多为妻。十车王想立罗摩为太子，但小王后吉伽伊却要让自己所生的婆罗多继承王位，并要求流放罗摩 14 年。此前，十车王曾允诺可以答应吉伽伊提出的两个条件，于是他只好把罗摩流放到森林。罗什曼那和悉多也一同前往。十车王因流放长子忧郁而死。婆罗多到森林中劝哥哥回去执政，罗摩不答应，婆罗多只好代兄摄政。楞伽城十首罗刹王劫走了悉多，悉多坚贞不屈而遭囚禁。罗摩在神猴哈奴曼的帮助下，消灭了魔王，救出了悉多。但罗摩怀疑妻子的贞洁，悉多投火自明，被火神托出，证明了贞洁。罗摩执政之后，又听信传言，遗弃了怀孕的悉多。蚁垤仙人收留了悉多，后来领着她的两个孩子去罗摩宫唱《罗摩衍那》，罗摩终于意识到那是自己的孩子，但他坚持说他的人民无法相信悉多的贞洁。悉多求救于地母，大地裂开，悉多投入大地之中。最后罗摩升天还原为毗湿奴大神，与妻儿在天上团聚。与《摩诃婆罗多》一样，《罗摩衍那》表明了印度人关于宇宙统一性的观念：天上、人间和大地是相互沟通的，天神、人和其他动物是互相转化的，人间英雄与天神本质上是同一的，整个宇宙处于一种生死流转的状态。而人世间是天神导演下的一个人生大舞台，不断上演着一幕幕的人生戏剧。在这些戏剧里，正法与非法之间、高尚与卑下之间、内心世界不同感情之间充满着错综复杂的矛盾与不和谐，人生由此滋生出各种各样的痛苦。要超越这些痛苦，就必须远离人生舞台，投入最高实在的怀抱之中，这个理想归宿就是神所居住的天堂。两大史诗开辟了印度文学的新时代，极大地影响了后世的印度文学，成为后来作家进行文学创作的典范和取之不尽的灵感与题材源泉，其影响甚至越出了国界。有研究者称，中国的长篇小说《西游记》中孙悟空形象的塑造，还受到哈奴曼的启发呢。

在产生泰戈尔(1861—1941)这个大文豪之前，印度的近代文学已取得了巨大的成绩。印度近代文学的奠基人是般吉姆(1838—1894)，他既接受了西方文化的影响，又受到了传统文化的深刻熏陶，使他的小说从而有了近代化的气息。长篇小说《毒树》是他的代表作，是印度文学史上第一次客观地反映由传统的家庭婚姻习俗所造成的悲剧，揭露了传统文化的某些负面因素，但是，作者不仅没有对落后的家庭婚姻制度和观念进行反省，反而把悲剧的产生归结于人的欲望，甚至直接宣扬宗教禁欲主义。

剔除了般吉姆那代人身上的传统毒素的是泰戈尔，真正实现了东西方理解与对话的也是泰戈尔。泰戈尔在文学史上的地位，主要是由诗歌来奠定的，他首先是一位伟大的抒情诗人，一生创作了50多部诗集，《吉檀迦利》是他最具有代表性的作品。“吉檀迦利”在孟加拉语中是“献诗”之意，即这部诗集是献给神的，主题是歌颂神、敬仰神、渴求与神合一。神的称呼多种多样：“你”“他”“我的主”“上帝”“圣者”“我的朋友”“我的情人”，等等，但神到底是什么，作者也不知道，“我在人前夸说认得你，在我的作品中，他们看到了你的画像，他们走过来问我：‘他是谁?’我不知怎么回答。我说：‘真的，我说不出来。’”诗中的神是作者心中的神，诗里的宗教是“诗人的宗教”，它的实质和核心是自由、平等和博爱，神就是自由、平等和博爱的象征。神“在最贫贱最失所的人群中歇足”，他“穿着破敝的衣服”，他在“锄着枯地的农夫那里，在敲石的造路工人那里，太阳下，阴雨里，他和他们同在，衣袍上蒙着尘土”。泰戈尔也追求真理，但他反对西方的科学主义、物质主义的真理观，而是用东方式的精神主义来理解和建构真理的内涵，《吉檀迦利》试图呈现这样的“真实世界”：它充满了人的丰富的情感，细腻的感受力，人与大自然的和谐关系，与万事万物的亲近感。因此它不存在科学真理的清晰，而是模糊而神秘，就像神一样，你要问作者他(或她)是谁，诗人是提供不了答案的。在其他体裁领域，泰戈尔也取得了相当大的成就。他的短篇小说与他的诗很接近，是他诗歌思想的直接延伸，以爱、自由、平等为创作的立意和核心，《喀布尔人》通过小商贩拉蔓与富家女敏尼之间的亲密交往，展现了超越民族、社会地位和年龄界限的爱。但泰戈尔的其他短篇小说，如《太阳与乌云》《饥饿的石头》《活着还是死了》，等等，则通过揭露社会和生活中的丑陋来肯定爱，从反面来表明爱的可贵；不过，即使是在揭露丑陋，作者的笔调依然富有诗意。泰戈尔的长篇小说，则更为直接地介入了当时动荡不安的社会生活。《家庭与世界》是泰戈尔最为有名的长篇小说，尖锐地表达了作者对 1905 年至 1908 年发生的抵制英货的所谓“国货运动”的看法。地主兼商人尼基莱什，他的妻子莫碧拉和以尼基莱什的朋友的身份寄居在他家中的爱国鼓动家松迪博的独白交叉组成了全篇。尼基莱什是作者思想的传声筒，他不反对也不拒绝参加国货运动，但坚决反对以激烈的暴力手段逼迫一切人销毁英货，拒绝接受具有狭隘民族主义情绪的“邦代马特拉姆”(母亲，向你致敬)这个口号，因为在他看来，还有比祖国高大得多的东西。而松迪博则是一个“盗用祖国的概念取代良心”的人，他以爱国之名，攫取政治资本，企图引诱莫碧拉，骗取甚至驱使人为自己抢夺金钱，在他身上，我们可以体谅作者发出的警告：不要让狭隘的民族主义情绪和思想冲决心中的理性，还有比简单的爱国主义更高的东西——博爱、平等。泰戈尔这种博大的胸怀和创作出的这样成熟的作品，表明印度文学真正实现了东西方之间的理解、对话和融合，也正因如此，泰戈尔赢得了国际声誉，获得了 1913 年的诺贝尔文学奖。

四、解读你的魅力——文学美在何处

语言比太阳与月亮都常见，因为人是语言的动物，人的存在离不开语言。太阳月亮东升西落，而语言的存在没周期。海德格尔说："语言是存在的家。"

文学是一种特殊的语言现象，但文学语言与日常语言有本质的区别。

按照俄国形式主义大师什克洛夫斯基的观点，艺术的存在是为了唤回人对生活的感受，艺术的目的是使人对事物的感觉如同所见的事物那样，而不是如同所认知的那样。按照这种说法，文学在用语言作为手段唤起人们对世界的审美感受。的确，日常语言传递的信息是认识性的，使用和接收的双方不会产生美感。

(一)会"说话"的文学语言

文学语言是对日常语言的反常化。在日常语言中，月亮是天上的一颗星星，东升西落，随着时间的变化经历着从月缺到月满，再到月缺的变化。在文学作品中，她却是浸染着人的情感的审美意象。唐代诗人张若虚在《春江花月夜》中写道："江天一色无纤尘，皎皎空中孤月轮。江畔何人初见月？江月何年初照人？人生代代无穷已，江月年年只相似，不知江月待何人，但见长江送流水。"诗中的明月不仅是春江夜景中一方明亮澄澈的风景，而且，她岁岁年年，一如既往地用阴晴圆缺周而复始的笑靥照耀年复一年亘古不变的春江，带有浓厚的哲学色彩。苏轼的《水调歌头·明月几时有》中，明月则是相思，是祝福，"人有悲欢离合，月有阴晴圆缺，此事古难全。但愿人长久，千里共婵娟"。词中的明月象征着人世间的离合变幻，具有无限沧桑。晏几道《临江仙》中忆起他心爱的歌伎，说"当时明月在，曾照彩云归"，月亮是情人相见的证物。可见，文学作品中的月亮和日常生活的月亮是不一样的。文学语言和日常语言是两套完全不同的结构系统。

文学的语言结构相对于日常语言结构来说，是反常化的。日常话语中，词语的能指和所指是互相对应的、吻合的。如玫瑰一词，和自然界中玫瑰这种植物相对应。而文学话语中，玫瑰一词和自然界的玫瑰之间的对应关系出现了偏差，“我的爱人是红红的玫瑰”，爱人和玫瑰显然是两码事，但是二者之间又有相联系的地方，玫瑰绽放的情态就像娇羞少女的情态，红色是热烈的颜色，和爱情的强烈是类似的。文学的语言是审美性的语言，因此它具有阻拒性，并且蕴涵着人的心理内涵，指向作品的内在世界，符合作品的情感逻辑，而有可能违背日常世界的逻辑，因此文学语言极具有张力。日常语言是说明性的语言，它和接受者之间的关系是平滑的。语言要产生审美效果，必须向着和日常语言相反的方向逃离，挣脱日常语言中词的能指和所指一一对应的模式，使所指丰富起来，增加语言的张力。这样一来，势必造成阅读障碍，这种障碍似乎是众美之门，这也是文学语言区别于日常语言的特点所在。

（二）美的凝结者——审美意象

文学区别于其他艺术的另一个审美特征是审美意象。文学意象的产生是由于读者在阅读过程中，经过联系和想像，在头脑中唤起一系列具体可感的意象，组成一个扣人心弦的文学世界。例如雨果的《巴黎圣母院》里，敲钟人卡西莫多丑陋、畸形，他的相貌人见人憎，但他很善良，对美有一种天生的爱慕，当主教要把爱斯美拉达处死时，他机智地把她抢入圣母院中，保护她。在他身上，丑和美完美地结合在一起。意象是文学作品最基本的审美“单位”，语言的美丽，作品的动人，主要是通过意象来体现的。意象具有丰富的韵味，司空图所说的“象外之象，景外之景”“韵外之致，味外之旨”，经典地描述出意象的审美特点。意象使作品的美更加含蓄，浓郁。

意象有意境和典型两个高级形态。

意境是一种整体意象，它的特点是情景相融、虚实相生，能够幻发和开拓出丰富的审美想像空间。意境是中国古代文论中重要的审美范畴，体现了中国人的审美理想。意境论在刘勰的《文心雕龙》和钟嵘《诗品》中已见端倪，盛唐以后开始全面形成，经过晚唐司空图等人的相继发展，到晚清王国维时大成。意境是中国古代诗学、画论、书论的中心范畴。最早使用意境这个词的相传是唐代的王昌龄，他在《诗格》中说诗有三境，一曰物境；一曰情境；

一曰意境。物境是作者对外物的把握，要求是“神之于心，处身于境”，目的是“得形似”。“情境”是作者对人生的体验和感悟，要求是“娱乐愁怨，皆张于心而处于身”，目的是“深得其情”。“意境”是作者对真情、真境的把握，要求是“张之于意而思之于心”，目的是“得其真”。王昌龄后，诗僧皎然又把意境的研究推进了一步，提出了“缘境不尽曰情”“文外之旨”“取境”等重要命题。中唐以后，刘禹锡提出了“境生象外”的观点，启发了晚唐司空图的思路，他所提出的“象外之象，景外之景”和“韵外之致，味外之旨”等观点，更加准确和生动地把握住了意境基本的审美特征，意境论的基本内容和框架已经确立。意境在对意象的审美把握的基础上，进一步升华，把多个分散的意象整合起来，并由此开拓出更加深厚的审美想像空间。王国维的境界说对意境进行了深入的探讨，区分出了“有我之境”和“无我之境”。现代学者宗白华对意境的研究也给人很多启发。他在比较中西绘画的区别时提出，中国画的空间是空灵的空间，使意境带上了很浓厚的哲学色彩。

由此我们可以总结，意境的特征是情景交融、虚实相生和韵味无穷。清人王夫之说“情、景名为二，而实不可离。神于诗者，妙合无垠。巧者则有情中景，景中情。”(《唐诗评选》卷四)认为情景交融是意境创造的方式。虚境和实境则是意境创造的结构特征，古人总结出的艺术规律是“真境逼而神境生”，清代雍正时期的画家邹一桂在《小山画谱》中解释道：“人言绘雪者，不能绘其清；绘月者，不能绘其明；绘花者，不能绘其馨；绘人者，不能绘其情；此数者虚，不可形求也。不知实者逼肖，虚者自出，故画北风图则生凉，画云汉图则生热，画水于壁，则夜闻水声。谓为不能者，固不知画也。”“实者逼肖，虚者自出”是意境创作的奥秘，当然“实者逼肖”并不是说照搬原物，而是要按照虚境的审美要求取舍。

文学典型比一般文学意象更有艺术魅力，表现出更鲜明的特征性。文学典型就是文学话语系统中显出特征的富于魅力的意象。

文学典型基本上是西方文论的一个概念，它具有很浓厚的哲学色彩。17世纪以前，典型论主要强调普遍性和类型化，18世纪以后，典型的个性化特征得到了重视。19世纪80年代末，马克思主义典型观趋于成熟。随着马克思主义在中国的传播，五四运动后典型论传入中国。新中国成立之初，我们主要从苏联移植了典型理论。典型具有很强的艺术魅力和独特的审美效果。

典型的一个重要的美学特点是特征性。黑格尔在《美学》中指出，“特征”

是“组成本质的那些标志”，他认为特征性原则是艺术创作的重要原则。特征可以是一个细节，一个人物，一个场景，一个事件，一种人物关系等，“特征”是生活的一个凝聚点，现象和本质，个别和一般，形与神，都在这里汇聚。高明的作家可以把这些因素提炼升华成传世之作。陆游的《示儿》，以死前的一句遗言结构全篇，而传诵千古；契诃夫的《小职员》，把“打喷嚏”一个细节描画得名扬四海；尤奈斯库的《秃头歌女》，通过“夫妻对面不相识”的人际关系，让人品味现代社会的荒诞。

典型的艺术魅力是“永久的”，马克思在赞扬希腊神话时说，它们“仍然能够给我们以艺术的享受，而且就某方面说还是一种规范和高不可及的范本”，因而“显示出永久的魅力”。

典型的魅力是如何产生的呢？首先来自它的真实性，真实是马克思主义典型观的核心命题。典型以它所揭示的真理、真相来引起欣赏者的共鸣，让他们产生强烈的审美震撼，巴尔扎克也说：“获得世界闻名的不朽的成功的秘密在于真实。”其次来自它的新颖和诚挚。典型绝不是陈词滥调，每一个典型都是古今独创的“这个”。对此，鲁迅《华盖集续编·厦门通讯(二)》中的一段话说得很生动：“我本来不大喜欢下地狱，因为不但是满眼只有刀山剑树，看得太单调，苦痛也怕很难当。现在可又有些怕天堂了。四时皆春，一年到头请你看桃花，你想够多么乏味？即使那桃花有车轮般大，也只能在初上去的时候，暂时吃惊，决不会每天做一首‘桃之夭夭’的。”无论美丑，都不能重复。典型讲究新颖决不是一味求奇，它还要有诚挚性。用真心、真情作出来的东西，才会赢得喝彩和欣赏。典型的艺术魅力的一个重要的源头是蕴藉性，这是最能体现典型的审美意味的东西。文学典型总是给人一种含蓄蕴藉、挖掘不尽的艺术诱惑力，让人反复玩味，百读不厌。典型是“以少总多”“万取一收”的，一个典型浓缩了巨大的思想和艺术含量。比如，在阿 Q 身上，就有道不尽的思想内涵：中国国民的劣根性，辛亥革命失败的教训，农民革命的必然性和盲动性，“阿 Q 相”对灵魂的触动作用，作家的赤子之心等。典型的蕴藉性还来自人物性格的复杂性，例如巴金《家》中的觉新，他是旧式家庭的长孙，又是看到了新时代变化的青年，但他没有勇气像觉慧和觉民那样奋起反抗，因此在他身上体现出很强的两面性。陀思妥耶夫斯基的《罪与罚》中的拉斯柯尔尼克夫，是杀人犯，又是圣徒，胸怀天下，却身无分文，憎恶世间的压迫和剥削，却找不到惩罚它们的途径。他内心经常有无数个声音在呐喊，心中充满矛盾和惶惑。在陀氏小说中，主人公形象都英俊，苍白，嘴角上带着嘲弄的微笑，内心时刻在矛盾、犹豫和作出决定，他的小说富有病态的、热情的和狂乱的美，俄罗斯学者巴赫金把他的小说称作“复调小说”。

(三)文学样式的审美特征

以上主要讲的是文学总体的审美特征，还没有触及各种文学样式的语言审美特征。

主要的文学样式有诗、小说、散文，等等，它们都有自己的话语特色，都有自己的审美特点。我们应该明确，各种文学样式的规范制约着各自的审美特征，也制约着作家的创作和读者的阅读。

诗是一种语言凝炼，结构跳跃，富有节奏和韵律，高度集中的表情达意的文学样式。

俄国形式派批评家雅可布逊认为，文学语言充分体现了语言的诗功能，诗功能是文学作品和非文学作品的区别所在。诗、小说等样式都体现了诗功能，而诗是文有语言的诗功能体现得最多、最充分的一种文学样式。从形式上说，诗的语言一般都富有节奏和韵律，有的诗体还讲究严格的格式要求，如西方的十四行诗和中国古代的骈赋。在诗中，语言的“阻拒性”“反常化”得到了充分的体现。所谓的“阻拒性”是指语言由实用功能转变为审美功能时所产生的阅读效果，文学作品常用的手法有隐喻、夸张等，这些手法的运用使语言的表意清晰性受到了威胁，也正因为如此，语言获得了美感。“我的忧伤因为你的照耀/升起一圈淡紫色的光环”，忧伤会有光环，而且是紫色的，在日常语言和日常思维中，肯定没有这样的想像。而在诗中，即使是日常语言中的常见词，也会因为进入了诗行而具有阻拒性。如杨万里的《闲居初夏午睡起》：

梅子留酸软齿牙，芭蕉分绿与窗纱。
日长睡起无情思，闲看儿童捉柳花。

梅子软倒牙齿，芭蕉映绿窗纱，午睡乍起困乏无力，悠闲地看儿童扑戏柳絮，是非常普通的暮春场景，语言也平实、朴素，但是读来却满口诗味不绝，不是一般的实景描述。

除语言的审美特征外，诗歌的魅力还表现在结构的空灵和跳跃上。诗的结构遵循想像、情感的逻辑，常常有天马行空之感，时空的界限全不是它的樊篱。比如歌德的诗《迷娘》(一)：

> 那儿柠檬花盛开，你可知道/蓝天里吹来一阵温暖的和风，/金橘在绿荫丛里闪耀，/桃金娘静默无声，月桂挺立/这一切你可知道？/走吧！走吧！/啊，亲爱的人儿，我和你迈步同道！//你可知道那座房屋？圆柱支撑着屋顶，/厅堂明朗，房室明光，/耸立的大理石像向我张望，/可怜的孩子，人们对你怎样？/这一切你可知道？/走吧！走吧！//啊，我的保护人，我和你迈步同道，/你可知道那高山和云径，/骡子在迷雾中把道路询问；/深窟里栖息着龙子龙孙；悬崖巍耸，飞流向下奔腾，/这悬崖你可明白？/走吧！走吧！/啊，爸爸，快快上路，我们迈步登程！

这首诗作于 1783 年，后来歌德把它收入教育小说《威廉·迈斯特的学习时代》。诗歌的第一节描写意大利的风光，写了现实中的柠檬树、金橘、桃金娘和月桂，桃金娘是爱神维纳斯的神树，月桂是太阳神阿波罗的神树，这两种树把神话和现实联在一起。第二节回忆故园房舍，借大理石像的发问，勾起对命运的思虑，把旧时光和新感觉联在一起。第三节叙述迷娘对沿途阿尔卑斯山美景的憧憬，高处是高山、云径，低处是深窟、悬崖，思绪飞扬不定。结构的跳跃不定是诗人诗情万端挥洒，灵感一泻千里的表现。因此诗在所有的文学样式中是最有灵性的，情感最不受羁绊，最具抒情性。

诗语言的阻拒性、结构的跳跃性，都要求诗的语言要凝炼，以最节约的笔墨抒发最浓烈的情感。中国的绝句可以说是诗歌语言凝炼的典范。绝句只有 20 个字或 28 个字，但它所勾画出的意象和诗意空间是无限的，这也是文学作品含蓄蕴藉审美特征的很好说明。李白的《静夜思》、孟浩然的《春晓》，就是很典型的例子。

诗的语言要有节奏和韵律，诗歌具有音乐性。中国古代的诗和词都可以和乐吟唱。

小说是侧重刻画人物形象，叙述故事情节的文学样式。在小说中，语言同样体现出诗功能，但明显不如诗歌语言诗意功能发挥得充分。法国的斯丹达尔、福楼拜的小说语言都极富诗情画意，中国现代作家孙犁、贾平凹的语言受传统小说的影响很大，语意凝炼、意境优美。

小说主要通过对人物形象的刻画，对故事情节和环境的叙述来塑造形象，表达思想。小说的叙事非常重要。叙事是指用话语虚构社会生活事件的过程，叙事是一种行动，它的虚构性决定了小说和历史记载的区别，以及小说从街谈巷议或实事记录升华到艺术的转变。小说是特殊的话语系统，它的叙述不受篇幅的限制，是叙事最自由的文学样式。人物形象的塑造往往是决定小说成功与否的关键，鲁迅因为他的“阿 Q”，托尔斯泰因为他的“安娜·卡列尼娜”，斯丹达尔因为他的“于连”而享誉文坛。

散文是一种题材广泛、结构灵活，注重抒写真实感受、人生境遇的文学样式。散文的语言对诗功能的体现界于诗和小说之间。散文题材广泛，可以写人、记事、写景、抒情，古往今来，无所不包。散文的结构也没有一定的限制，一般结构灵活多变，其基本特征可以用“形散而神不散”来概括。“形散”指运笔自如，不拘成法，“神不散”指中心明确。

五、奇文共赏析

(一)《诗经》——诗意的原点

一个民族在最初的年代，从来都不乏诗情。犹太人在《圣经·旧约》中唱出了“雅歌”，希腊人有不朽的《荷马史诗》。作为世界上最悠久的文明古国之一的中国，在3000年前，就开始把诗情形诸文字，再经过五六百年的积累和锤炼，影响了中国几千年文化、思想的《诗经》编定了。

《诗经》原来叫《诗》，或者“诗三百”，只是汉代之后，“罢黜百家，独尊儒术”，《诗》被划归儒家经典，遂成《诗经》，从而奠定了它在中国传统文化中的显赫地位。《诗经》是以抒情诗为主的，在它的影响下，中国古典诗歌善于抒情而弱于叙事，即使是叙事，也只是为抒情服务；以至以叙事见长的小说，也充溢着诗情画意，最典型的莫过于《红楼梦》。所以我们可以毫不夸张地说，古代中国是诗的国度，抒情诗的国度，而《诗经》就是给她诗意的原点。

现在我们就进入这个原点。

> 厥初生民，时维姜嫄。生民如何？克禋克祀，以弗无子。履帝武敏，歆攸介攸止，载震载夙，载生载育，时维后稷。

这样的诗读起来很拗口，有时还不知所云，但我们明显可以咀嚼出其中的诗味，实际上它就是西周时候的诗歌——追述周人始祖后稷的传说的史诗《大雅·生民》。诗的大意是，周部族始祖后稷的母亲姜嫄，最初因没有儿子，勤于祭祀，向天神祈祷，后践踏过巨大的足迹，遂生下后稷。后面还有好几章，述说后稷成长的神奇经历及其巨大功勋。每个伟大的民族的诞生都伴随着伟大而神奇的故事，而且多半借长篇的史诗来永垂史册，维吉尔的《埃涅阿斯纪》叙述的就是罗马民族诞生的传说。可是，我们的祖先却只用300余字的篇幅来完成这样宏伟的叙事，所有的故事细节都被忽略不计，留下的只是伟大故事框架中的几根顶梁柱，这样，我们的阅读兴奋点就不是被引导到故事细节的欣赏上，而是被“引诱”到神奇的诗意中。其他具有史诗性质的“大雅”作品(如《公刘》《绵》《皇矣》《大明》)和用于宗庙祭祀的“三颂”(《周颂》《鲁颂》和《商颂》)，也都不是洋洋洒洒的鸿篇巨制，尤其是“颂”，皆为一章，在五六十字以内，富有韵味，雍容典雅，贵族气息很浓；而到后世，只要有必要显示文雅，比如铭文、祭祀文，甚至政府的公告，就不能不采用韵文，以附庸上诗意，这不能不归功于《诗经》的影响——诗意，弥漫在古代每一个角落。

但“大雅”和“颂”毕竟还负载着一定的政治功利目的，典雅有余而真气不足。真正激动人心，千载之下犹有生气的，是“国风”中的篇章。周代实行分封制，诸侯林立，国风主要是这些地方的土乐，配以歌词，就是我们现在见到的诗。

爱是文学中最富有魅力的主题之一，爱情诗是文学长河中一朵异常晶亮的浪花。《诗经》中最浪漫的就是诗意的爱。

关关雎鸠，在河之洲。
窈窕淑女，君子好逑。
参差荇菜，左右流之。
窈窕淑女，寤寐求之。
求之不得，寤寐思服。
悠哉悠哉，辗转反侧。
参差荇菜，左右采之。
窈窕淑女，琴瑟友之。
参差荇菜，左右芼之。
窈窕淑女，钟鼓乐之。

这是国风“周南”中的《关雎》。在古代，一般都把它解读成颂扬后妃之德，确实，诗中窈窕而不逾礼的淑女，对于善于泛政治化的中国知识分子来说，把她与端庄的国母联系起来，是很自然的事。孔夫子不也说《诗经》是“乐而不淫，哀而不伤”，表现了君子之德吗？但是，只要不把《诗经》当成圣典，不把诗意都庸俗化或简化为政治，我们会发现，这首诗不过是涉及了一个极其古老的话题：男女之情——一个青年男子看见了一个窈窕淑女，害起了相思病，整夜整夜地睡不着，幻想着日后与淑女和谐地生活。这个男子可能是个贵族青年，很有教养，不轻浮，爱得很含蓄，不像现在有些人一看见自己喜欢的异性，马上就冲上去说“I love you”；甚至在构想和心爱女人日后生活的时候，也丝毫没有令人肉麻的场面，而是用高雅的“琴瑟”“钟鼓”之乐来点缀幸福时光。《诗经》中那些可能是来自民间人士创作的诗歌，非常直率地渲染着爱的痛苦与甜蜜，焦虑与激动。如《郑风·子衿》：

青青子衿，悠悠我心。
纵我不往，子宁不嗣音？
青青子佩，悠悠我思。
纵我不往，子宁不来？
挑兮达兮，在城阙兮。
一日不见，如三月兮。

这是从女子的口吻来写相思的：那次约会，虽然我因种种原因没有前往，难道你不能给我个音信吗？难道你不能想方设法来找我吗？我在城阙上徘徊，殷殷地等你，你怎么还不来？一天没有见你，就好像分别了三个月似的。这是热恋的诗，全是清新自然的语句，但女子特有的细腻感受，却表现得非常完美，成语“一日三秋”，就直接从此诗化出。带有初恋的纯真，意境最美，诗意回环往复的是《秦风·蒹葭》：

蒹葭苍苍，白露为霜。

所谓伊人，在水一方。
溯洄从之，道阻且长；
溯游从之，宛在水中央。
蒹葭凄凄，白露未晞。
所谓伊人，在水之湄。
溯洄从之，道阻且跻；
溯游从之，宛在水中坻。
蒹葭采采，白露未已，
所谓伊人，在水之涘。
溯洄从之，道阻且右；
溯游从之，宛在水中沚。

这里的“伊人”，已经超越了具体的个体，而成为一种象征，那是很美丽很令人激动的一个目标，仿佛是水中的月亮(这不是一个确切的比喻，水中的月亮太虚幻了，而“伊人”始终给人实在的感觉，好像触手可及)，你努力向她靠近，但每一次她都让你可望而不可即，而又激起你追求的欲望。这是初恋的感觉，也是每个有理想的人在奋斗旅途中的感觉。

作为我国的第一部诗歌总集，它的内容涉及社会生活的方方面面，但这些篇章也与情诗一样，不以叙事取胜而以抒情动人。比如写战争的《小雅·采薇》，从士兵的角度表达了对侵犯者的愤怒和胜利后的自豪，但篇末透露的厌战情绪把前面的氛围都盖过了：

昔我往矣，杨柳依依。
今我来思，雨雪霏霏。
行道迟迟，载渴载饥，
我心伤悲，莫知我哀。

读一读这些千古名句，你就不得不惊叹作者高超的抒情艺术：平常的杨柳，平常的雨雪，平常的士兵，经诗人妙手组合，就把久战不归者的无限哀伤淋漓尽致地展现出来。再比如写徭役的《卫风·伯兮》，没有服徭役的具体画面，而是写思妇的思念之痛，譬如名句："自伯之东，首如飞蓬。岂无膏沐，谁适为容?"俗语说："女为悦己者容"，大概就是来源于此。选择这样的角度和着重写相思之情，表明作者的兴趣在于写情而不是写事。

从大雅到三颂，从小雅到国风；从史诗到祭文，从情诗到战歌，《诗经》的篇章都充溢着诗意，充溢着令人回味不已的各种情愫，不以事的曲折而以情的美丽直击读者的心扉。

(二)《楚辞》——于无人处发悲声

> 朝发轫于苍梧兮，夕余至乎县圃。欲少留此灵琐兮，日忽忽其将暮。吾令羲和弭节兮，望崦嵫而勿迫。路曼曼其修远兮，吾将上下而求索。

这是许多人都知道的名句——2000多年前，屈原在《离骚》中发出的苍茫而执着的声音。屈原的声音在《离骚》里，在《楚辞》里，震撼着我们。"楚辞"是指由楚国地方特色的乐调、语言、名物而创作的诗赋，其直接渊源是以屈原《九歌》为代表的楚地民歌，《离骚》是其进一步的发展；西汉末年，刘向辑录屈原、宋玉等人的作品，编成《楚辞》一书。《九歌》原来是祭祀时的巫歌，富有神奇迷离的浪漫精神，屈原其他诗赋也同样继承了这一特色。

《离骚》是屈原带有自传性质的长篇抒情诗(近2500字)，也是楚辞中最重要、最伟大的作品。全诗的主要内容是，一开始自叙家世生平，认为自己出身高贵，具有"内美"；又勤勉不懈地坚持自我修养，希望辅佐君王，兴盛楚国。但因"党人"的谗害和君王的犹疑多变，使诗人蒙受冤屈，不过诗人仍然坚守崇高的节操。在尘世无人理解的诗人只好向古代的圣君重华(舜)倾诉愤懑，并开始了"周游上下""浮游求女"的漫漫征程，可都无果而终。全诗结束于诗人的最后一次飞翔，此时，诗人眷恋宗国，流连不前："仆夫悲余马怀兮，蜷局顾而不行。"最后虽然说："国无人莫我知兮，又何怀乎故都？既莫足以为美政兮，吾将从彭咸之所居。"可诗人是否真的会毅然斩断对故国的思念，是否真的会如彭咸一样超脱人世，仍值得怀疑。

屈原身居要职，完全可以曲承君王旨意，与君王的宠臣称兄道弟，保住自己的位置，过着作威作福的日子。可是，他以自己的家世（“帝高阳之苗裔兮，朕皇考曰伯庸”，高阳，是著名三皇五帝中的颛顼帝）和“内美”为傲，以为自己就是社会正义的代表，以为自己负有救国救民的伟大责任——很多知识分子都有这种一厢情愿的幻想。所以，他的所作所为都有意把自己美化为理想者的形象，“扈江离与辟芷兮，纫秋兰以为佩”“朝饮木兰之坠露兮，夕餐秋菊之落英”“制芰荷以为衣兮，集芙蓉以为裳”，把一切美好的东西都集中在自己身上，以表明自己是世间美好的化身。“香草美人”之喻，也就成了中国几近于有自恋癖文人的挥之不去的情结。为了显示自己与小人乃至世间一切庸人的对立和区别，屈原还“高余冠之岌岌兮，长余佩之陆离”，特立独行；从另一方面而言，这也是他对无处不在的孤独和寂寞的抗击——以此来证明自己的存在和存在的意义。可惜的是，像屈原这样具有美好品质和富有才干的人，与“党人”一交战就一败涂地，“众女嫉余之蛾眉兮，谣诼谓余以善淫”，君王也“荃不察余之中情兮，反信馋而齌怒”。在流放途中，屈原依然执着于自己的理想，虽然他一边哀叹着“老冉冉其将至兮，恐修名之不立”“日月忽其不淹兮，春与秋其代序。惟草木之零落兮，恐美人之迟暮”“长太息以掩涕兮，哀民生之多艰”，但他也表示“亦余心之所善兮，虽九死其犹未悔”“民生各有所乐兮，余独好修以为常。虽体解吾犹未变兮，岂余心之可惩”。在人世找不到知音的屈原，在天上“求女”的过程中，也依然遭遇着小人阻路的现实，发出几近绝望的哀声。遭受了这么多的磨难，屈原还是坚持着理想。

《九歌》《九章》《原游》《卜居》和《渔父》等，涉及的主题与《离骚》基本一样。值得一提的是《九歌》中关于人神恋爱悲剧的诗句，如《湘夫人》的开头：“帝子降兮北渚，目眇眇兮愁予。袅袅兮秋风，洞庭波兮木叶下。”（如图5-1）。把秋的凄凉与相恋的人神之间受阻造成的痛苦融为一体，变景语为情语，描绘出很有冲击力的画面。《湘夫人》稍后的两句诗：“沅有芷兮澧有兰，思公子兮未敢言。”爱而不敢言，对方无由知道，再美好的感情也只有如花般萎落为尘土；这样一份痛苦，在民歌中就说得很坦率：“山有木兮木有枝，心悦君兮君不知。”

图 5-1　湘君、湘夫人

在屈原之后，比较有名的楚辞作家是宋玉、唐勒、景差等人，但只有宋玉有作品流传下来。宋玉的身世与屈原相似，也因不同流俗而被谗见疏、流离失所，对国家兴亡同样表现出了强烈的责任感，他的代表作《九辩》就是他由自己的身世奏出的哀音，如其对秋景的描写就写得极其哀怨动人：

> 悲哉秋之为气也！萧瑟兮草木摇落而变衰。憭慄兮若在远行，登山临水兮送将归。

把秋的凄凉寂寞和自身的惆怅失意、冷落孤独之情交织在一起，很能抓住读者的心弦。中国文学史上俯拾皆是的“悲秋”主题，就发端于此。《高唐赋》《神女赋》《登徒子好色赋》等，也是宋玉献给后世的“礼物”。但是，没有身世家国的悲慨，作品就失去了那份穿透人心的力量，楚辞的伟大魅力，更多的来自屈、宋那些寄托遥深的作品。

(三)《红楼梦》——末世悲音

美丽的爱都伴随着美丽的故事和传说。

孟姜女哭长城，许仙与白娘子，梁山伯与祝英台，都是千古绝唱。

但几乎无人知道这些刻骨铭心的爱情的伟大力量来自哪里，《牡丹亭》的作者汤显祖说：“情不知所起，一往而深。”

如果真的需要解释，超凡的爱只有超凡的理由。

贾宝玉和林黛玉之间超越了尘俗的爱，起点就是一个动人的神话：在西方灵河岸上三生石畔，长着一株绛珠草，赤瑕宫的神瑛侍者，每天都用甘露来浇灌它，它才得以生存下去。后来它又秉承了天地精华，修成女儿之身，终日游荡在离恨天外，因无机会报答雨露滋养之恩，心中郁结着一段缠绵不尽之意。正巧神瑛侍者偶起凡心，想到人间品尝人世恩怨。绛珠仙子得知此事，就想：“他是甘露之惠，我并无此水可还。他既下世为人，我也下世为人，但把我一生的眼泪还他，也偿还得过他了。”神界的姻缘就此延伸到了人世的缠绵(如图 5-2)。

图 5-2 《红楼梦》图咏

宝黛的爱情悲剧，其深刻性不仅表现为与外界的冲突，还体现在两人之间的“战争”上。父母早逝、寄人篱下、病魔缠身的黛玉，无法把握身世和未来。看到柳絮，宝钗态度是："好风凭借力，送我上青云。"黛玉想到的却是："叹今生谁舍谁收？嫁与东风春不管，凭尔去，忍淹留。"落花满地，豪情者吟诗到："零落成泥碾作尘，只有香如故。""落红不是无情物，化作春泥还护花。"黛玉却只有对生命无常的悲歌："花谢花飞花满天，红消香断有谁怜？……尔今死去侬收葬，未卜侬身何日丧？侬今葬花人笑痴，他年葬侬知是谁？试看春残花渐落，便是红颜老死时。一朝春尽红颜老，花落人亡两不知！"敏感的黛玉对爱情的期望非常高，因为爱情是她生活在这个世界上最后的支柱，如果爱对她来说也是不可捉摸的，难以预料的，那么她宁可自己折磨尽生命的火焰。她希望宝玉会全心全意地理解她。但心与心之间总不可避免地有屏蔽，更何况宝玉是多情种子，他肯定会分情他处，不过他心里真正爱的是黛玉。黛玉的猜忌给宝玉带来了痛苦。宝玉想，我对你是如此真心真意，可你还这么对我，可见我是枉费心血了！第 82 回中，在黛玉的梦里，宝玉不得不把自己的心掏出来以明心志。"我为林姑娘病了"——这句仿佛很疯癫的回答，实质上是宝玉的真情表白。直到揭开新娘的头盖，宝玉才知道自己是被骗了：新娘不是他日夜挂念的林姑娘！这些黛玉都无从知道了，在流干了最后一滴泪之后，在宝玉、宝钗举行婚礼的时刻，在仙乐之中，她走了。她说的最后一句话就是："宝玉，宝玉，你好……"她把两人之间的爱与恨，带到了步入另一个世界的门槛上。

一部《红楼梦》，博大精深，宝、黛的爱情故事，只不过是贯穿其中的一根红线，在这根线的周围，是封建世袭贵族大家庭生活的巨幅画卷。贾府上连着皇宫和朝廷，下又与平民百姓有着剪不断的联系，把它的方方面面展现出来，就可以以一斑窥全豹，就是封建社会的典型画面。而贾府上下的堕落和一代比一代腐朽、无能，充满着末世的喧嚣与躁动，是"呼喇喇大厦将倾"的前兆。在这样的大背景中，一切的繁华、富贵和温柔，都是过眼烟云，都是梦幻泡影，"了便是好，好便是了"，人生的最终结局就是空幻。那个自由、青春、纯洁和美丽的大观园，最后只有被现实的污浊所吞噬，它的那些集天地之灵气的主人，也都一个个风流云散。而于人生意义最为重要的情，自然也逃不过现实的劫难，宝、黛那段圣洁之情归于虚幻，是奏响于末世上空袅绕不去的悲音。确切地说，《红楼梦》所宣扬的主题，不是悲剧而是人生空幻。但黛玉对情的痴执同时又对人生悲凉的敏感，表明作者显然是在情的美丽和幻灭之间徘徊，或许这正是《红楼梦》最为感人的地方。

（四）总有一种力量使我们流泪——走进鲁迅世界

一个被误为革命党的农民，被官府判为死刑，他自己却什么也不知道，糊里糊涂地在判决书上画押，他不识字，从来没用过笔，只好画个圈，他想努力画好——这可是官府派给他的任务啊，使劲了平生的力气，结果还是画得像瓜子模样，心里羞惭不已。这个不成样子的圈就给他的人生合法地画上了句号。

——这个糊里糊涂死去的农民叫阿 Q，是鲁迅（1881—1936）著名小说《阿 Q 正传》中的主人公。

这样的情景，一半要归功于鲁迅犀利的眼光，一半要归功于当时社会中到处充斥着的荒诞而残酷的现实。从 19 世纪 40 年代鸦片战争到 20 世纪初，中国逐步沦为半封建半殖民地社会，任人宰割，任人蹂躏，而生活于其中的黎民百姓，丝毫没有尊严地活着。任何有正义感的中国人都开始自觉地投身到救国救民的运动中去，鲁迅也不例外，例外的是，他是凭着自己的思想和笔来战斗的（如图 5-3）。他的工作是启蒙，他给自己规定的任务是改造国民性。在他看来，中国要强大，必须先有强健的国民，而做惯了奴隶的中国人，尤其需要进行灵魂的洗礼，否则一切还会照旧，民族的前途依旧没有希望。他说：革命的"第一要著"，就是改变民众的精神，"而善于改变精神的是，我那时以为当然要推文艺，于是想提倡文艺运动了"。小说就是他"改良社会"的武器之一。《狂人日记》是对中国吃人历史的批判，《孔乙己》呈现出来的封建科举毒害文人的个案，《祝福》写封建礼教思想对一般老百姓灵魂的扭曲，等等。鲁迅的所有小说，都以犀利的思想，高超的艺术水准，成为批判封建思想、解剖丑陋的国民性的文学旗帜，成为现代小说史上的经典，《阿 Q 正传》就是经典之一。严格说来，《阿 Q 正传》没有什么情节，阿 Q 从一个地位卑微的无业游民到阶下囚，再到喊着"二十年后又是一条好汉""慷慨就义"，故事线索很松散，构成小说主体的是一个又一个场景描写，这主要是出于作者解剖国民性的需要，比如第一章的序，实际上很像一篇诙谐多刺的杂文而不是笔调轻松的小说。

图 5-3　永不休战——鲁迅

对于这篇小说，我们第一要注意的是阿 Q 的“精神胜利法”。阿 Q 是未庄的短工，没有固定的职业，住在土谷祠里，年龄仿佛很大了，还是光棍，属于未庄弱势群体中的弱者，谁都可以欺负。他原本要姓赵，想和赵太爷攀为本家，不想被赵太爷掌了个嘴巴：“你怎么会姓赵——你哪里配姓赵！”也就是说，他连给自己取姓名的权利都没有。可是，尽管没有太多的想法与欲望，他还是无法安分下去——毕竟，作为人，他还是会有那么一点思想，遇到压迫的时候，他也要回应的，不过，他用的是精神胜利法，在心里或在口头上自我满足、安慰。不久人们也知道了他的这件法宝，就在打败他时逼他说“人打畜生”，他就讨饶：“打虫豸，好不好？我是虫豸——还不放么?”别人放了他，他立马又想：自己是第一个能够自轻自贱的人，除了“自轻自贱”外，剩下的就是“第一个”，状元不也是“第一个”么？——自称为“虫豸”的他现在又成“状元”了！在这里，我无意取笑阿 Q，也取笑不起来——许多时候，我们也像阿Q一样安慰自己。在那个人的基本尊严和生存的权利都毫无保障的社会里，在那个无论哪一级的权力机构和个人都可以肆意侵犯普通百姓的时代，除了精神胜利法，阿Q还能用什么来抚慰受辱受伤的心灵？用精神胜利法不是阿Q的耻辱，而是社会的耻辱。但鲁迅没有就此止步，他还要问：作为社会的受害者，阿Q并没有成为这个社会的叛逆，他没有进行什么有价值的抗争，在更多的时候，他也一样在伤害别人，可怕的是，他周围的人也都如此——一面他们是被侮辱和被伤害，另一面，他们也在侮辱和伤害比自己弱小的人们，那么他们与以赵太爷为代表的社会统治者又有什么本质的区别呢？阿Q被“假洋鬼子”打了之后，就把气撒到了几乎没有任何抵抗力的小尼姑身上：顺手摸了她的头，还扭住她的脸，调戏道：“和尚动得，我动不得？”可想而知，如果以阿Q为代表的民众的受虐和施虐心理即奴性没有得到根本的改变，那么中国的社会就不会有革命性的变化，即使是巨大的政治变革，也依然会循环回原点，历史上无数次急风暴雨式的王朝更迭，不就没有根本改变中国的社会现状吗？不信，请看阿Q想像自己革命成功后的情景：

> 这时未庄的一伙鸟男女才好笑哩，跪下叫道“阿Q，饶命！”谁听他！第一个该死的是小D和赵太爷，还有秀才，还有假洋鬼子……留几条么？王胡本来还可留，但也不要了……钱呀物呀，就是女人，都是随便挑，随便用。

那么，当阿Q他们革命成功后又与先前的社会有何差别呢？由此看来，在中国传统文化的“熏陶”下，被压迫者和压迫者、被伤害者和伤害者在本质上基本是同一的，我们这个古老社会的出路就是改造国民性——让阿Q们觉醒过来，让他们成为体魄和精神上同样强健的国民，否则，即使是代表社会权威的官府要草菅他们的生命，他们还会极力地配合呢！

在《呐喊》《彷徨》和《故事新编》这些短篇小说集中，鲁迅塑造了一系列富有生命力的人物形象，阿Q只是其中的一个，而且可以肯定地说，就凭笔者的才力和这些文字，不足以道出《阿Q正传》含蕴之万一，不过，通过笔者上述抛砖引玉的一些文字，对鲁迅在创作上无情解剖国民性及其深刻得几近于悲观的思想，似乎也可见一斑了。

鲁迅的文学才情不只在小说方面，在散文和杂文上，他也一样是现代文学史上最伟大的作家。《野草》和《朝花夕拾》是他的散文集，前者是他早期思想诗意的表达，但依然带着鲁迅式的尖刻，依然不乏能够穿透钢铁般的力量，如《希望》中作者述说着绝望："绝望之为虚妄，正与希望相同！"在《墓碣文》中歌唱着对生命的痛苦体悟："于浩歌狂热之际中寒；于天上看见深渊。于一切眼中看见无所有；于无所希望中得救……我就要离开。而死尸已在坟中坐起，口唇不动，然而说——'待我成尘时，你将见我的微笑！'"后者大多是回忆性文章，《藤野先生》《从百草园到三味书屋》和《无常》等，都是作者美好的回忆和沉重的凝思的混合体。从《热风》到《且介亭杂文末编》等十多个杂文集，是鲁迅献给杂文史上最伟大的也是最有力量的作品，它们无一不是刺向敌人最锐利的武器。如果说小说和散文在解剖国民性方面或者针对虚构的世界或者无情地反观自己，难以刺痛别的具体对象，还只是许多人身外带刺的玫瑰，那么，作为鲁迅参与具体论战抛出的利器——杂文，即刻撕开了那些身陷其中甚至只是沾边的人的"假面"，就成了正人君子们甚至是一般人须臾都无法躲开的芒刺。

走近鲁迅，我们就走进喧嚣和混杂的中国现代文学史，在这里，缺失了鲁迅，很可能就会变得像纸一样苍白；走近鲁迅，我们就走进一个伟大的思想世界，如果你希望理解中国的历史和今天，如果你希望对国民性不是进行肤浅的审视，这可能是一个无法绕开的世界；走近鲁迅，我们就在和一个伟大的心灵对话，在所谓的大师和思想家乐于"作秀"的今天，在高贵的人格消失殆尽的今天，我们能够找到这颗心灵进行交流，真是一种幸运，也总有莫名的感动。

(五)《荷马史诗》——英雄的神话

嫉恨和美丽一样拥有巨大的力量。希腊奥林匹斯山上的三位女神，为了争夺第一美人的称号，竟不惜引起了一场长达10年的战争。

在珀琉斯和女神忒提斯的婚宴上，专管争执的女神阿瑞斯没有受到邀请，她在席间投下了一个不和的金苹果，上面刻着："属于最美者"。天后赫拉、智慧女神雅典娜和爱神阿佛洛狄特都认为金苹果应该属于自己，得罪不起三人中任何一个的主神宙斯，把决断权交给了特洛伊的王子帕里斯。为了成为世间最美丽的女子的丈夫，帕里斯把金苹果判给了爱神。赫拉和雅典娜对帕里斯恨得咬牙切齿，并把这种恨迁移到了所有特洛伊人身上。后来，阿佛洛狄特履行了诺言，帮助帕里斯拐走了倾国倾城的海伦——斯巴达国王墨涅拉俄斯的妻子。

希腊与特洛伊之间的10年战争从此开始了。墨涅拉俄斯的哥哥迈锡尼王阿伽门农被推为希腊联军的统帅，调集10万大军远征特洛伊。奥林匹斯山上的众神也分成两大阵营，天后和智慧女神帮助希腊人，阿佛洛狄特则站到了特洛伊人一边。关于10年战事和战后故事，就成了"荷马史诗"(《伊利昂纪》和《奥德修纪》)的叙述对象。

《伊利昂纪》写10年战争最后一年中51天内发生的事。阿凯亚部族中最勇猛的首领阿基琉斯和阿伽门农为了争夺一个女俘失和，愤而退出战场。缺乏勇将的希腊联军连连失利，直至退到海岸边，也抵挡不住特洛伊主将赫克托耳的攻势。阿伽门农请求和解，遭到拒绝。阿基琉斯的好友帕特罗克洛斯穿着他的盔甲杀上战场，特洛伊人以为是阿基琉斯，望风退却。可赫克托耳把他杀死，并夺走了他的盔甲。好友的死激起了阿基琉斯的愤怒，他深悔自己的过失，决定重新参战。在特洛伊城下，他终于把赫克托耳刺死。赫克托耳的父亲、特洛伊的老国王普里阿摩斯前来赎回儿子的尸首，在为赫克托耳举行的盛大葬礼中，全诗画上句号。

但是，希腊人作为胜利者在战后并不都像凯旋者一样顺利回乡，无情的大海使得他们的回程变成了不可预测的危险之旅。为打败特洛伊人而立下大功的奥德修斯——木马计的设计者，就不得不屈服于大自然的艰险，在海上漂流了10年，备历艰辛，最后才与家人团聚。《奥德修纪》就是从他最后来到菲埃克斯人的国土时写起，让他重述9年间的海上经历：与独目巨人波吕菲摩斯较量，智胜把人变成猪的神女喀尔刻，逃脱了人首鸟身的女妖塞壬用迷人歌声编织的"网"，和海中巨怪卡律布狄斯、斯库拉斗智斗勇；游历冥界，与特洛伊战争中的亡魂相会；同伴都已死去，孤独一人的他无法不为仙女卡吕浦索的柔情所感动，为此他停留了 7 年，但对家乡的思念还是最终催他起程……一切在追述中都显得那么神奇与惊险、残酷与温柔，菲埃克斯国王以及长老们深受感动，下令派快船送他回家。在故乡，由于他长期不归，那些觊觎王位和财产的贵族，以为机会来了，围着他美丽的妻子佩涅洛佩转，希望代替奥德修斯的位置。奥德修斯回国后，乔装成乞丐与儿子一起谋划，把求婚者全部杀死。史诗在夫妻团圆的戏剧气氛中结束。

作为伟大的史诗和经典作品，"荷马史诗"是开放性的阅读文本，可以从很多角度切入，你可能看到了氏族社会的某些特征，你也可能惊讶于冷兵器时代战争的残酷，你还可能领略了古希腊神话的美丽……但笔者要强调的有两点：史诗表现出的高度的责任感和不屈的奋斗精神。

"阿基琉斯的愤怒是我的主题"，诗人如是开篇，在英雄时代，一个人的愤怒与高兴的确可以扭转乾坤，"一将功成万骨枯"，成千上万的人都只有在英雄的阴影中存在。谴责作者的眼里没有普通士兵的光辉是不切实际的。而英雄之所以是英雄，就是因为在他们的身上，我们可以找到人类最优秀的品质(当然也有人类的弱点)，阿基琉斯的英勇和傲气，都足以让他成为英雄中的英雄：帕特罗克洛斯穿着他的盔甲，其神威就已让特洛伊人望风而逃；得知他要重新上战场，特洛伊国王就劝赫克托耳带部下躲回城里。可是，如果这样的英勇没有理性的驾驭、个人的得失战胜了责任感，就很容易给集体带来灾难。为了争夺一个女虏，吃了一点亏，受了一点侮辱，阿基琉斯就拒绝参战，致使希腊联军处于危险的境地。最后他悔悟了，重上战场，杀死特洛伊的主将，算是对自己过错的一点弥补。当然，我们也可以从另一个角度看待阿基琉斯的"愤怒"：作为希腊的第一勇将，他的自尊心极强，荣誉感也特重，阿伽门农夺走他的女虏对于他来说就是不可忍受的耻辱，极其烈性的他只是拒不出战，已是很克制了。但无论如何解读，阿基琉斯的任性事件给我们带来的一个启示就是：个人责任感非常重要。相对而言，赫克托耳的表现就很好。他的骁勇仅次于阿基琉斯，但他很自觉地把为部落牺牲看作是个人的荣誉。他不顾老父老母的劝告，辞别娇妻弱子，投入一场必死的战斗——迎战阿基琉斯。当怀着满腔愤怒的阿基琉斯向他冲来时，他想到的不是逃跑，而是自己的责任："现在已因我自己的执拗把军队牺牲了，我没有面目回去见我的国人和那些拖着长裙的特洛伊女太太们了。我要是听见某一个平民在那里说：'赫克托耳信任他自己右边的臂膀，却丧失了一个军队了。'那是我受不了的。"最后他也确实把自己的生命献给了祖国。

"人生不如意事常八九。"人生常常面临苦难与艰厄，中外皆然，问题是我们怎样面对。荷马在《奥德修纪》中通过奥德修斯的经历告诉人们：不屈的奋斗是唯一的出路。从某种意义上说，人生活在对立面的包围中，在荷马的时代，"对立"来自 3 个方面——怀带敌意的神、敌对的人以及大自然的打击。面对苦难，人可以哭泣，但人生的价值在于拼搏。

(六)《安娜·卡列尼娜》——心灵深处的罂粟花

"幸福的家庭都是相似的；不幸的家庭各有各的不幸。"这是列夫·托尔斯泰在长篇小说《安娜·卡列尼娜》(如图 5-4)中的著名开头。它以对家庭生活的洞悟和精练的概括成了我们的经典语言，而对于一部复杂的家庭小说来说，它是一个简明而意味深长的开头，仿佛是海边高楼上的一扇窗，打开它，汪洋恣肆的大海就尽收眼底。

图 5-4 《安娜·卡列尼娜》插图

小说的确有如大海一般壮阔，它叙述的是家庭故事，但裹杂于其中的却是整个时代的气息。小说由两条平行而又互相联系的线索构成，一条线索写彼得堡贵族妇女安娜因不爱她的丈夫卡列宁，对贵族青年军官渥伦斯基一见钟情而离开家庭，遭到上流社会的鄙弃，后来又受到渥伦斯基的冷遇，终于绝望而卧轨自杀。另一条线索写的是外省地主列文和贵族小姐吉提的恋爱，波折之后终成眷属。表面上，这是一个女人的“外遇”故事和一个男人追求生活意义的历程的混杂，起初，作者也确实打算写一部单纯的家庭小说，关注一个已婚妇女因不贞而产生的悲剧，但是，写着写着，社会变迁发生的深刻变化和对人类心灵的深刻体悟使得作家完全打乱了原来的构思，把“可以不费力地把我从新的、不平常的、于人们有利的角度来看所理解的一切，完全写进去”，写成了一部“广阔的、自由的小说”。在这里，有官僚的冷漠，有贵族阶级的集体堕落，有追求正义的心灵的苦苦挣扎……

安娜和列文都是“有心灵”的人，他们都无法忍受现实生活的平庸和命运的安排。安娜艳丽迷人，雍容优雅，真挚、单纯、自然、善良，又有着旺盛的生命力、炽烈的感情。在故事发生的8年前，由姑母做主，她嫁给了比她大20岁的彼得堡显贵卡列宁，在那8年里，她努力去爱丈夫，每逢欢乐和愁苦，都立刻向丈夫倾诉，维持着和睦的家庭生活，可是，卡列宁是个“木头人”，长年的官僚生涯使得他思想僵化，毫无激情，从未想到自己的妻子还需要爱情的滋润。有着“复杂而有诗意”的内心世界的安娜当然不可能安于这样的生活。她在火车站对一表人才的渥伦斯基突然产生爱意，激起心中对幸福的爱情生活的欲望，也就在情理之中，何况整个时代“一切都翻了一个身，一切刚刚开始安排”(主要指当时农奴制正在被改变)，社会道德在急剧转变，婚姻自由的新风气到处传播。“我要爱情，我要生活!”她终于喊出了自己的心声。她的“外遇”就不是一个庸俗的故事，而是一曲具有丰厚的社会内容和充满人改变自身处境赋予生活灵魂的崇高精神的交响乐。在列文身上，则有作家的影子，他不满俄国的现状，苦苦寻求出路，在向吉提求婚遭到拒绝后，更坚定了他对都市文明的反感——生活在都市的上流社会的荒淫和虚伪让他恶心，他回到农村安顿灵魂，主张地主与农民接近，走“共同”富裕的道路，以消灭农村的贫困和不公平，并为整个社会找到出路，“以人人富裕和满足来代替贫穷，以利害的互相调和和一致来代替敌视。一句话，是不流血的革命……先从一县开始，然后及于一省，然后及于俄国，以至全世界。”暂时给农村和劳动涂抹上诗意是容易而惬意的，但要真正改变现实世界尤其是农村，诗意的力量十分有限，列文的主张只能是美好的幻想和诗意，农民和地主都不会买他的账。诗意破灭使他极度悲观，甚至想要自杀。后来他还是在农民那里得到启示："为了灵魂而活着。"

这是一部对于"最感兴趣的是心理过程本身"、善于用"心灵的辩证法"的大师的作品，其中呈现出来的丰富的心灵世界，我们不能熟视无睹。比如，关于安娜卧轨自杀前后大篇幅的心理描写，就非常精彩，"突然间回忆起她和渥伦斯基初次相逢那一天被火车压死的那个人，她醒悟到她该怎么办了"。"一种仿佛她准备入浴时所体会到的心情袭上了她的心头，于是她画了个十字。这种熟悉的画十字的姿势在她的心中唤起了一系列的少女时代和童年时代的回忆，笼罩着一切的黑暗突然破裂了，转瞬间生命以它过去的全部辉煌的欢乐呈现在她面前"。"那支蜡烛，她曾借着它的烛光浏览过充满了苦难、虚伪、悲哀和罪恶的书籍，比以往更加明亮地闪烁起来，为她照亮了以前笼罩在黑暗中的一切，摇曳起来，开始昏暗下去，永远熄灭了"。死的方式是被偶然的记忆决定的，临死前的思想竟然回到了美好的少女时代(生命的美好才突出了死的悲哀)，蜡烛是她美丽的生命的隐喻，这些仿佛杂乱无章的描绘，把安娜自杀前的凌乱而绝望的思绪精彩优美地"暴露"出来，令人叫绝，无怪乎后来的意识流小说家还要从中吸取营养呢。安娜的精神世界有多么复杂——也许在她内心的一个角落，时常绽放着美丽而又有毒的罂粟花呢。再譬如，列文在接受基督教的信仰和拥有幸福的家庭之后，心灵也并没有完全安宁，家庭生活的庸俗，现实的不平静，最重要的是他的内心经常涌起的波涛，使得灵魂的安顿仍是遥遥无期之事。他可能会赋予生活意义，但他"照样还会跟车夫伊凡发脾气，照样还会和人争论，照样还会不合时宜地发表自己的意见"，在"心灵的最神圣的地方"和"其他的人们"，甚至他深爱的妻子之间"仍然会有隔阂"。心灵沉静了，内心世界一片澄澈，就不会存在人性复杂的问题，而列文这个艺术形象的魅力所在，就在于他最后并没有成为一个单纯的宗教人物，而是在信仰中仍有内心的不安，在幸福中仍在感觉着生活的苍白。托尔斯泰就是如此善于把握人物复杂而有诗意的内心世界，即使是他所不愿看到的喧嚣的心灵，他也一样敏感而痛苦地要掀起它的一角。

(七)生命中不能承受之轻——昆德拉如是说

在一般人的眼里，小说是故事和形象的世界，与抽象的哲理至少在叙述上很难相融，即使在叙述上融合在一起，往往也貌合神离，或者画蛇添足，但在捷克作家昆德拉的笔下，哲理的思辨与虚构的叙事完美地结合在一起。

发表于1984年的《生命中不能承受之轻》是昆德拉的代表作，没有多少的故事情节，讲的是捷克的外科医生托马斯、女记者特丽莎、女画家萨宾娜、大学讲师弗兰茨等人的感情纠葛和生活轨迹，而以托马斯的生活为主要叙事线索。如果我们仅仅是想到这里找故事，那么我们得到的是一些非常另类的生活：特丽莎与托马斯的结合是偶然的，她的专一没有得到同样的回报，托马斯在外面经常与别的女人有关系，比如与萨宾娜的奇怪的男女关系，可我们又明显地感到，托马斯是有灵魂的人(他不屈从专制政府对个人的压迫，对生活中的丑陋极端轻蔑)；再比如萨宾娜，她与托马斯、弗兰茨的亲密关系，用道德的眼光审视，都让我们很是诧异，可是她也同样是对生活有独特理解和独立思想的人。这就向我们提出了一个问题：我们该用什么样的眼光看待这一小说世界？

这是一个带有本质性的问题，因为昆德拉是用小说来解读我们这个世界的，解读他的小说实际上就是在努力寻找一只洞察世界的眼。

由此，我们就要学会用理念的眼光投向这部小说，用抽象的象征切入它的叙事逻辑。如果把故事的血肉转换成筋脉，我们就会发现整部小说是一堆哲理性很强的概念的集合体：轻与重、灵与肉、忠诚与背叛、光明与黑暗；还有富有象征意义的具象名词：女人、音乐、墓地，等等。这些概念和名词，自身背后都是语意与生活景象、生命意义的海洋，因此哲理的呈现与故事的展开是同步的，吸纳故事具象的时候也就在融进抽象的哲理。我们阅读萨宾娜的成长：她的父亲是清教徒，从小就开始培养她成为画家，14岁那年，她爱上了一个男孩，随后的一年里，父亲不让她一个人出门，她心中升起了背叛父亲的强烈欲望，后来她完成了学业，来到布拉格，实现了第一次的背叛。在美术学院学习的时候，捷克的共产主义者信徒们禁止她像毕加索一样画画和自由恋爱，背叛的激情再一次抓住了她，她终于宣布与一位有着怪汉名声的二流演员结婚，完成了第二次大胆的背叛。接着她背叛的是自己：离开自己选择的丈夫。“背叛意味着打乱原有的秩序，背叛意味着打乱秩序和进入未知。萨宾娜看不出什么比进入未知状态更奇妙诱人的了。”背叛就是萨宾娜一生特有的标志，背叛是她建构自己生活的同一语，也是她对抗限制个人自由的暴政的自觉选择。对她而言，背叛就是媚俗的反义词。这样，背叛就被作者赋予了富有激情的含义，成为一个非常有力量的概念，并随着萨宾娜的经历进入我们的血液。在整部小说中，像这样的叙述随处可见。

如果一个作家还想要成为思想家，那么他不仅要在作品中表达出足够诱人的哲理，更重要的是，他的洞见要经得起读者阅读的检验，也就是说，他的思想能给我们洞穿(当然，彻底洞穿是不可能的)世界的力量。在《生命中不能承受之轻》中，昆德拉就试图改变我们对世界的看法，他给我们力量的一个核心理念，就是发挥尼采“永劫回归”的观念，对人类的处境作了哲学的思考：“如果我们生命的每一秒钟都有无数次的重复，我们就会像耶稣钉于十字架，被钉死在永恒上。这个前景是可怕的。在那永劫回归的世界里，无法承受的责任重荷。沉沉压着我们的每一个行动”，比如，法国大革命时代的罗伯斯庇尔要是一再出现，法兰西就要永远有头颅被砍下，这是人类能够承受得了的吗？可是“最沉重的负担同时也是一种生活最为充实的象征，负担越沉，我们的生活也就越贴近大地，越趋近真切和实在”“曾经一次性消失了的生活，像影子一样没有分量，也就永远消失不复回归了”“完全没有负担，人变得比大气还轻，会高高地飞起，离别大地亦即离别现实的存在”——这也就是“生命中不能承受之轻”的含义。

在昆德拉的小说里，尤其是在这部杰作中，尽管他经常在“构造”“可笑”的事件。比如托马斯，一再对妻子不忠，不在乎妻子的痴情，有一天他终于有了要与特丽莎白头偕老的感觉，可在去他们曾经销魂过的旅馆途中，与特丽莎在车祸中丧身——生活就这么“可笑”，但我们听到的仍然是一位思索的智者在“表白”。而在 1985 年，在耶路撒冷文学奖的典礼上，他在演讲中引用了一句犹太谚语——“人们一思索，上帝就发笑。”并告诉人们：“人们愈思索，真理离他愈远。人们愈思索，人与人之间的思想距离就愈远。”而小说就是要向读者呈现人们的这种处境。他在自己的作品中“构造”可笑事件，就是他这一理念的体现。问题是，把这一发现告诉读者的行为本身，就是深思熟虑的结果，那么作者的创作，也最终变成了可笑之事，能不能告诉读者真理，也就成了一件可疑之事——解读到这里，我们已经走入了后现代的思维领域了(通俗而具体地说，在叙事虚构作品中，后现代观点就是质疑作者叙事的最初动机和本意)，而这也许是一个永远也化解不了的矛盾。

结束语

书写完了，评论是大家的事情。

古人讲，文章的高妙境界是“终篇皆浑茫”，文章写完后，要言有尽而意无穷。这本小书肯定不敢有此奢望。作者只有一个小小的愿望，但愿读过它的人，如果他以前对文学一无所知，读完这本书后会对文学有所了解，并开始喜欢文学。如果他是文学爱好者，能够从本书中得到一些启发，并能够和本书对话，提出批评意见。

跋是作者最后的表达机会，借临别絮语之际，我把祝福献给所有关心这本书的人们。

主编方珊先生的宽厚让我感激不尽，他对本书的框架结构、具体细节都提出了中肯意见，有时亲自作出修改。对方珊先生的帮助，怎一个“谢”字了得！牛宏宝先生也慷慨解囊，不惜用自己的宝贵藏书解本书作者的缺文少字之困，本书的插图多承牛先生相助。想到深夜贪览牛先生藏书之态，不禁失笑。另外，王旭晓女士和林叶青女士都对本书的构思提出了宝贵意见，一并相谢！

最后，还要感谢同窗赖配根先生，他在工作之余承担了本书第三章外国文学部分和第四章作品赏析部分的写作，并对本书的初稿作出修改。妹妹杨桂春也鼎力相助。同窗之谊，手足之情，没齿难忘。

愿我捧着世间最明净的水去报答他们！